目次

所轄刑事・麻生龍太郎

大根の花

1

「絶対にガキの仕業だね」

今津はコートの襟を立て、北風の中に頭を低くしながら言った。

「最初っから少年係にやらせりゃいいんだよ、こんなのはよ。なんで俺らがやんないとなんないのよ、ったく」

龍太郎は何も言わず、頷くでもなく、今津の後ろを歩いていた。確かに、感触としては犯人は少年だ、という気がする。少年事件はデリケートな部分が多い。専門家に任せないと、マスコミや世間から非難されるようなことにもなりかねない。だが署の少年係は、管内で起こった対立する暴走族同士の喧嘩で死人が出てしまった事件の捜査にかかりきりで、犯人が少年かどうかはっきりしない段階で、今度のような小さな事件に人手を割いてもらえる可能性など最初からない。今津の愚痴は、龍太郎が聞いてやる以上の意味を持たない。

龍太郎は今津が嫌いではなかった。刑事になって最初に組んだ先輩としては、なかなか理想的な相手だと思っている。今津は短気でもなく呑気（のんき）過ぎるということもない。目下の人間に対して無意味に威張りくさるような小ささもなければ、大言壮語して部下を戸惑わすような中身のない肥大した自己の持ち主でもなかった。適度に小市民で適度に生真面目、適度に論理的で適度に感情的。所轄の刑事としては典型的なのかも知れないが、仕事によく馴染（なじ）んだ柔軟性が、オブラートのように、芯（しん）の強さを包みこみ、テレビドラマの人情派ベテラン刑事のような安定した雰囲気を醸し出している。高卒から叩（たた）き上げ、機動隊で安保をくぐり抜け、学生の投げた火炎瓶で手の甲を焼かれた傷と、強盗殺人の犯人と格闘して背中を刺された傷とを背負って、定年まであと数年。階級は巡査部長どまり、もう面倒なので今さら昇進試験など受ける気はないと言う。それでも、所轄で巡査部長ならばノンキャリアには御の字なのだ。定年まで昇進試験に受からず、年功序列の恩情で巡査長という形だけの階級に昇進させてもらい、それで終わる者は数多い。

「龍さん、あんたは試験、頑張んなよ。大卒なんだし、剣道でそんだけ有名なんだから、さっさと警部補まで昇ってりゃ、警部（オブケ）の目もある。オブケになりゃまがりなりにも管理職だよ、定年後の生活が違う」

今津は一日に一度は同じ話を繰り返す。

「俺もそろそろ、定年後のことを考えないとなんないからなあ。先輩で警備会社にいったのが何人かいるから、まあそのあたりだな。上の二人は女の子なんで、なんとか定年までに短大くらいは出してやれそうなんだが、いちばん下がなあ、男でしかも、まだ中一なんだよ。大学まで出すとなると、あと早くても九年もある。定年でのほほんと年金生活ってわけにはいかんもんなあ。だけど俺自身高卒でさ、やっぱり大学出てりゃなあと思うことは多かった。俺に似てあたまの悪い息子なんだが、それでもどっかに押し込んで、とりあえず学士様って状態にしておかんとなあ、親としての義務が果たせないような気がしてな」

今津に限らず、定年まで数年と迫った所轄の警察官はみな、似たような愚痴を毎日のようにこぼしている。龍太郎自身はまだやっと二十五になったばかり、定年間近になった自分の姿など想像しようとしてもあまりにも漠然としていて、想像し切れない。それでも子供の進学の話になれば、自分を子供の身に置いて考えてみることはできた。

龍太郎には二歳違いの弟がいる。一年浪人して大学に入ったので、やっと昨年、就職したばかりだ。龍太郎より幼い頃から成績が良く、大学も国立を出て就職先はそれなりに名の通った企業だった。それでも、浪人生活も含めて進学にかかった費用は馬鹿にならなかったろう。龍太郎にいたっては、高校から私学だった。剣道の強い高校を選んだ結果だったが、大学では奨学金を受けていたとはいえ、父親が早く亡くなっていた家の経済状況からすれば、かなりきつい。それでも、交通事故死した父親の生命保険は、龍太郎と弟の学費のために全額貯金されていたので、二人とも大学まで出ることができた。母は強く、賢明だった。自分も社会に出て、今津のように親の立場で言葉を発する人々と交わって、やっとそのことを理解した。そして自分には、そうした親の強さ、親の意地のようなものがはたして持てるのかどうか、そう考えると心もとなかった。

親になること、それどころか、家庭を持つことすら、今の龍太郎には考えられないことだった。

女性と結婚して築く家庭。

清潔な衣類と片づいた部屋。

用意された温かな食事。

子供の笑い声。

おまえは無理してるんだ。

耳の中に、その男の声が聞こえる。

無理してる。

門前仲町の商店街は懐かしい匂いで満ちている。ラーメンの匂いや餅菓子の匂い、屋台の焼き鳥の匂い、それに様々な人の匂い。永代通りは幅のある通りなので、反対側の商店までは距離があるのに、どちらの側の喧噪も空気の濁りも、同時に鼻に染み込んで来る気がする。もともと下町育ちの龍太郎には馴染みのある、安心できる空気だった。

その商店街から数十メートル北に入った路地で、事件は起こった。

小さな事件だった。誰もまだ怪我したわけでもないし、死んでもいない。が、放置しておくのは危険だと今津も龍太郎も感じている。

路地に面して並べていた植木を壊された、と交番に最初の届け出があったのは半月ほど前のことだった。その時は地域課が処理をした。壊されたのは盆栽の植木鉢が数個、中にひとつだけそこそこ高価な盆栽が含まれていたので被害金額は十万円ほどになったが、それがなければ数千円の被害、酔っぱらいが通りすがりに植木鉢を蹴飛ばしたのだろうと判断され、それきりになるような事件だった。だがどんな小さな事件でも、続けて似たような事件が頻発すれば、その背後に歪んだ犯人の心が透けて見えて来る。

最初に交番に被害が届けられた家から十数メートル北に進んだところにある家が、第二の被害届を交番に出したのが三日後。壊されたのはやはり、玄関先に出されていた植物の鉢だった。今度は盆栽ではなく鉢植えの山茶花と沈丁花。いずれも苗から育てて四、五年は丹精込めて可愛がられていた鉢で、この冬も山茶花は旧年の内から可憐な花をつけ、沈丁花もぼちぼち蕾ができかかっているところだった。大きな瀬戸物の鉢が無惨に割られ、ひきずり出された山茶花の幹は途中で踏み付けたように折られ、沈丁花も枝がほうぼうで折れていた。めったやたらと足で踏みにじった、そんな有り様だった。

交番から現場写真がまわって来て、器物損壊事件として捜査されることになったが、龍太郎と今津のところにお鉢がまわって来たのは、三件目の被害届が出てからだった。今度は草花だった。もうじき花開くことを家人も楽しみにしていたというラッパ水仙のプランターがひっくり返され、すべての水仙が土から引っこ抜かれて踏み潰されていた。桜草の鉢三個も同様の被害を受け、どちらも再生不可能だった。

悪意があった。

明らかな悪意。酔っぱらいがやったというのではない。正気を保った人間が、自分のしていることを認識した上で行った破壊行為だった。だがそれだけだったら、たぶん、今津のように凶悪犯罪のエキスパートである男が捜査を担当したりはしなかっただろう。三件目の事件では、壊されたのは植物の鉢だけではなかったのだ。

被害を受けた家は、一階に車庫があった。草花の鉢は、玄関のある二階へとのぼる階段に並べられていた。そして、車庫の中には乗用車が一台と自転車が二台、それに三輪車が一台、収納されていた。その三輪車のビニール製のサドルが、鋭い刃物でずたずたに切り裂かれていたのである。

三輪車から即座に連想されるもの、それは、子供だ。

切り裂かれていたのが三輪車のサドルだけで、自動車や自転車は無傷だった点が問題になった。花の鉢を壊し、花を踏み潰すこの犯人は、同時に、子供に対しても悪意を持っている？　花と子供。無垢と可憐とを具体化し、他人から愛をふんだんに受け取る存在。そうしたものを憎悪するひねくれた心の存在は、危険だった。小動物を虐待する者がやがて子供や女性に危害をくわえるようになる可能性が高いことは、これまでの犯罪の歴史が雄弁に物語っている。それと同じで、花を憎悪する者には、人々に愛されるものすべてを憎悪する可能性がある。たまたま、半年ほど前に隣接する管轄区域で猫殺しが頻発し、その直後に中学生の女子生徒を狙った通り魔傷害事件が起こった。捕まった犯人は、猫殺しも自供した。

そのことがあったので、万が一に備えて、という理由で、今津がこの連続器物損壊事件の捜査にあたることになった。そして龍太郎も、教育係である今津にくっついてこの捜査に専任することになったのだ。

最初に被害を届けた家は、川北、といった。両親に二人の子供とその祖父母の六人家族で、祖父母は永代通りに面した店で靴屋を営んでいる。子供たちの父親はサラリーマンで、新橋にある文房具卸し会社に勤務し、その妻は家事を切り盛りしながら靴屋を手伝い、子供たちは二人とも地元の小学校に通っていた。壊された盆栽はどれも子供たちの祖父のもので、二十年近く、細々と楽しんで来た趣味だった。近所の評判もそれとなく聞き込んだが、商店街の雑務も嫌がらずにこなすとなかなか評判が良く、少なくとも、誰かに恨まれているという情報は得られなかった。

「おじいちゃんが可愛がってた盆栽なのに」

三十代後半の嫁は、憤懣やるかたない、という顔で言った。

「あんなひどいことってないですよ、ほんとに。警察は被害金額なんて問題にしてましたけどね、お金のことじゃないんです。いちばん高いのはデパートの即売会で買った赤松だけど、それよりもあの桜とか、姫りんごの方がおじいちゃんには可愛かったんですよ。縁日の屋台で買った、素性もたいしたことないものだったらしいですけどね、もう十年以上も手塩にかけて育てて。年寄りのささやかで綺麗な趣味じゃないですか。誰に迷惑かけてたわけじゃないし、どうしてあんなひどいことされないとならないのか、ねえ刑事さん、たかが盆栽だなんて思わないで、必ず犯人を捕まえてくださいね。頼みますからね！」

喋らせておくとどんどん興奮するタイプなのだろう、今津は辛抱強く神妙な顔で頷き続ける。もう何度も警察が話を聞いている相手だったが、それでも同じ話を繰り返すうちに記憶が甦って、思いもかけない事柄が飛び出して来る可能性だけは捨てられない。

「このあたりの路地は、みなさん、何か鉢植えを置いてらっしゃるじゃないですか。こんな下町のごみごみした場所で、庭もない家ばかりだからこそ、せめて鉢植えくらい楽しみたいんですよ。このあたりを歩いてね、あ、誰それさんとこの沈丁花は蕾がついたなあとか、誰それさんとこの椿は小振りで上品だわ、とか、そういう会話をするのが地域の楽しみなんです。うちだけが被害に遭ったんだったら、酔っぱらいのやったことだと諦めもつきますけどね、何軒も続けてやられてるって話じゃないですか！　こういうのって暴力ですよね？　何もしてない一般市民に対する、立派な暴力じゃないんですか？　被害金額がいくらかなんてことが問題じゃないんですよ、心の問題なんですよ。花を踏みつけたり鉢を壊すなんて、異常ですよ。ほっておけば花だけで収まらないわ、きっと。加藤さんとこなんか、お子さんの三輪車が壊されていたらしいじゃないですか！　次は子供に危害がくわえられるかも知れないんですよ、もう悠長に構えている場合じゃないんじゃないですか？　うちだって税金はちゃんと払ってるんだし、これまで警察にご迷惑をかけたことは一度もないんだし……」

龍太郎は、その路地を見つめた。確かに川北家の嫁の言葉通り、軽乗用車一台が通れる程度のその路地には、玄関先に鉢植えやプランターがずらりと並んでいる。路地は私道で、十年ほど前までは舗装もされていなかったらしい。

　ずらりと並んだ鉢植え。

「犯人は、無作為に選んで壊したんですかね」

　龍太郎は、川北家から離れて二件目の被害者、菅原家に向かう十数メートルの間を、今津の背中を見つめて歩きながら呟いた。

「他にもたくさん鉢植えがあるのに」

「どうかな」

　今津が応えた。

「酔っぱらいだって何かをする時に、酔ったなりの理屈は持ってやるもんだ。ただ酔いが醒めた時、その理屈が思い出せないだけなのさ。犯人が何か明確な選択基準でもって、壊す鉢を選んでたとしても俺は驚かないがね。それより龍さん、気になるのは音のことなんだが」

「音、ですか」

「うん……今の川北さんとこの盆栽が壊されたのは、深夜の一時から朝六時までの間だ。ご亭主が地下鉄の終電で帰宅したのが一時少し前、その時玄関の盆栽は壊されていなかったと証言してる。朝は六時頃、新聞配達がこの路地を通って、その時点で玄関の盆栽が割れてることには気づいていた。六時半に家人がやはり確認してる。この路地には車は入って来ないし、深夜に人通りが多いようなところでもない。どうだろう、真夜中だとかなり静かなんじゃないかと思うんだが」

「静かでしょうね……そうか、だとしたら、盆栽を壊した音に誰かが気づいてもよかった」

「家人はぐっすり寝ていたとしても、周囲の家の誰ひとりとして音に気づかなかったというのは不思議だろう？」

「つまり、犯人は音をたてないように細心の注意を払ってことを行ったってことですか……だとしたら」

「酔っぱらいって線は消えるだろうな。盆栽の鉢はすべて陶器だった。他の被害も、プラスチックのプランターを除けば素焼きか陶器の植木鉢に植わっていたものばかりだ。割る時に音をたてないようにするには、布か何かにくるんでハンマーでこつこつ叩くとか、そういう工夫が必要だろう。酔いにまかせて蹴飛ばしたとしたら、かなり派手な音をたてただろうからな」

「布やハンマーを用意していたとなると、行きずりの酔っぱらいということはあり得ない。計画的な犯行ってことになりますね」

「三輪車のサドルを切り裂いたのはカッターのような刃物だ。ハンマーとカッターを持って深夜に町をうろついてるとなると、小さな事件とばかり言ってはいられなくなるな」

「しかし、計画的な犯行となると、やはり家を選んだ基準があるんですかね」

「それはわからん。植木鉢を壊す、という犯行そのものは計画的だったとしても、ターゲットは誰でもよかった、ということだってある。通り魔殺人はだいたいの場合、凶器を用意して逃走経路も準備した計画的犯行だが、被害者の選択は行き当たりばったりだ。それと同じってこともあるよ。その場合、我々が知りたいのは、犯人がその犯行を行った理由だ。今度の場合も、どうして植木鉢を壊して植物を傷めつけないとならなかったのか、そこがいちばんの問題になるな」

「それがわかれば犯人が割れますか」

「いいや」

今津はにやりとした。

「そういうのは推理小説の場合だ。現実の事件は逆なんだよ。まず犯人を捕まえる。それから犯人に理由を訊ねる。そういう順番でないと解決しないもんさ。そして犯人を捕まえる決め手は、推理じゃなくて証拠だ」

反論する気はなかった。今津の言っていることは、おおむね正しいと龍太郎も思う。ただ、捕まえてしまった人間が本当の動機を話してくれるかどうかについては、少ない経験の中ですでに懐疑的になっていた。それこそ小説の中に出て来る犯罪者のように、取調室で犯行の動機をぺらぺら解説したり、胸の中にしまいこんでいるものをすべて吐き出してくれる者などは、これまでひとりも見たことがない。犯罪を犯した者たちは、嘘をつくか黙るか、話すにしてもこちらが訊いたことに答えるだけで、なぜそんな犯罪を犯してしまったのか、その本当の理由、本当の気持ちを教えてくれることはなかった。そして警察も検察も、果ては裁判所にしても、必要なのは本当の動機、本物の理由ではなく、罪状にふさわしい妥当な説明だけなのだ。

鉢植えを壊した犯人もまた、たぶん、そうだろう、と龍太郎は思う。捕まえてみても、何か妥当な説明をつけて罪が確定してしまうだけで、どうして盆栽や花を傷つけなくてはならなかったのか、その本当の理由はわからないまま終わるのだ。

二件目の家は路地のほぼいちばん奥、少し広い東西の道に出る角から一軒だけ手前のところにあった。四十代の夫婦と、妻の母親の三人暮らし。母親は門前仲町の甘味屋にもう三十年近く勤めていて、夫は品川の家電メーカーに勤務、家にいるのは妻ひとりだった。夫婦の間には高校生の子供がいるらしいが、アメリカ留学中だという。従って、ここでも話をしてくれたのは主婦だった。川北家の嫁、香苗よりはいくぶん控え目というか陰気な表情をした菅原啓子は、それでも植木のことになるとまなじりを吊り上げ、今にも泣き出しそうな顔で言った。

「こんなにひどいことってあるんでしょうか。いったい、うちがよそ様に何をしたっていうんです？　川北さんのところのおじいちゃまが大切にされていた盆栽も被害に遭ったそうですが、うちだって、盆栽のようにお値段の張るものではないにしても、家族の一員のように可愛がって育てていたものなんですよ。あの山茶花はわたしが実家から持って来た山茶花の枝を挿し木して育てたものなんです。手間ひまかけて、やっと毎年綺麗な花をつけるようになったところだったのに……沈丁花だって、毎年毎年、あの香りが楽しみで、あれの匂いがすると、ああもうすぐ春が来るな、なんて思ったりして。おわかりでしょう？　植物だって家族なんです。それをあんなひどいことをされてしまって、わたし、もう悔しくて悔しくて……」

「わかります、わかります。いえ、わたしの妻も花を育てるのが趣味なんですよ」

「あら、奥様もですか」

「ええ。何しろご承知のように警察というのは薄給です、金のかかる趣味などは持てません。家もマンションでベランダに植木鉢を置くのがせいいっぱい。それでも、妻はせっせと花に水をやることで、わたしが仕事にかまけて相手をしてやらないことの不満を慰めているようですよ。花が育つのを見ていると、ささくれていた心が静まるとか言いましてね」

菅原啓子は、何度も頷いた。

「よくわかりますわ……わたしだってそうなんです。こんな下町の、小さな家だってわたしにはお城なんです。それをなんとか守ろうと必死です。ストレスだってあるんですよ。つまらない日常生活でも、細々(こまごま)とした悩みはあるものなんです。娘も遠くに行ってしまって、愚痴を聞いてくれるのはあの山茶花と沈丁花だけでした。二本とも、わたしにとってはかけがえのないものだったんです」

啓子はとうとう、エプロンのポケットからタオルハンカチを取り出して目をおさえた。

龍太郎は不思議な気持ちでその様子を眺めていた。

花。たかが花ではないのか。

花が嫌いなわけではない。美しいものは美しいと思えるし、花を育てたり飾ったりする心はいいものだと感じている。だが、龍太郎にとって、花は花だった。植木は植木でしかなく、盆栽は所詮(しょせん)、盆栽だった。壊されたり潰(つぶ)されたりすれば怒りは感じるだろう。あるいは無惨だなと思い、あるいは、生き物を大切にできない犯人の心根に恐怖を感じることもあるだろう。しかし、こうやって人前で泣くほど強い愛着を、自分は抱けるのか。

龍太郎は、思春期の頃からか、自分が周囲の人間に比べて冷淡なのではないか、という思いにとらわれることがあった。同年代の子供たち、少年たちが喜怒哀楽を全身で表現してはねまわっているのに比べて、大声をあげて泣いたり喚(わめ)いたり、笑ったり、ということが自分には少ない。悲しくないわけでも、悔しくないわけでもなかった。嬉しいことやおかしいことはたくさんあった。心の中に喜怒哀楽の波がたっているのは意識できた。感情的な欠落、情感の欠如といった異常があるわけではないのはわかっていた。が、それでも、自分と周囲との、ひとつの物事に対する温度差のようなものが、龍太郎を戸惑わせ、懐疑的にさせることがままあった。何事にも熱くなれない、すべてを投げ捨てて熱中することのできない、自分。唯一剣道だけには、すべてを捧げて後悔しないと思っていた時期もあった。が、それも、社会に出て、剣道だけでは生きていけないと悟ってしまったと同時に、趣味のひとつ、自分の人生を彩る要素のひとつへと気持ちが沈静してしまったのを感じている。少なくとも今の龍太郎にとっては、剣道の為ならばどんなことでもできる、持っているものすべてを捨ててもいいと思っていた、あの日々はすでに遠い。

自分は、どちらの側の人間なのだろう。

花を育てることに熱中する側の人間なのか、それとも、その花を無惨に踏みにじることに暗い情熱を抱く側の人間なのか。

「どうした龍さん」

今津の声で龍太郎は自分がとりとめもないことを考え込んでいたことに気づいた。

「なんだかえらく真剣な顔してるな。まさか、得意の推理ってやつで犯人の目星がつしていた。

きました、とか言い出すんじゃないよな？」

今津は笑顔だったが、ほんのわずかに龍太郎を非難するようなひんやりとした瞳をしていた。


「得意の推理だなんて、そんなものは」

「噂は聞いてる」

今津は瞬きした。瞳にまた温かさが戻った。

「刑事研修中に、あんたが解決した事件のことはな。あれはちょっとしたセンセーションだったそうじゃないか」

「いえ、それは……本当はそんなことじゃないんです。たまたま自分が、思いついた意見をたいして考えもしないで述べたら、それが犯人逮捕に繋がっただけで。ただの偶然でした」

「ビギナーズラック、ってやつか？　いいじゃないかそれでも。一生、ラッキーと縁のない刑事だっているんだ。偶然でもなんでも、犯人逮捕に繋がる意見が出せたってだけで、あんたには充分、この仕事をやっていく素質があるってことさ。俺は、刑事は足がすべてだ、なんて頑なに考えてるわけじゃない。もちろん所詮、俺たちは、所轄のデカだ。こうやって毎日毎日靴底をすり減らして歩き回って関係者の話を聞いたり、膨大なリストを丹念に潰していくことでしか成果はあげられない。それは俺の意見じゃなく、事実だ。しかし、まったく頭をつかわないでただ歩き回っていれば仕事になる、そういうのも違うんじゃないか、と俺は思ってる。つかえる頭はつかうべきなんだ……これは、俺のこれまでの刑事生活に対する、俺なりの反省の弁だ」

今津は歩きながら、クックックッと笑った。

「俺は頭をつかわなかった。つかうのが怖かったんだな」

「怖かった？」

「そうだ。頭をつかうってことは、何かの推測をして結論を出して、それを意見として進言する、ということだろう？　もしその意見が、あんたのビギナーズラックみたいに採用された場合、それに沿って捜査方針が変わったり、あらたな捜査対象がくわわったりする。殺人事件みたいな大きな事件でなくても、たとえば連続ひったくりみたいな事件にしたって、だ。捜査対象が増えればそれだけ徒労も増える。うまく犯人があがればいいが、それがまったくの見当違いだった時、言い出した人間にだっていくらかは責任が負わされる。もちろん、あからさまに立場が悪くなるようなことはそうそうないだろう。どっちにしたって捜査ってのは徒労の積み重ねなんだからな。だけど、自分の意見のせいで仲間が無駄足を踏み、成果がなくてがっくりしてる姿を見ることを想像すると、身がすくんでしまった。俺だって長いことこの仕事をして来た内には、勘が働いたこともあるし、ちょっと閃いたことだってある。だけどそれを堂々と前に押し出すことが、どうしてもできなかった。俺は小心者だ。何度もミソつけてしまえば異動になって、刑事でいられなくなるかも知れない、と思うとそれも怖かった。こんな俺でも、どうせ警察官になったからには、刑事になりたいとずっと思っていた時期があるし、その念願の刑事になった以上、辞めたくないと思ったのも無理ないことだろ？」

「はい」

龍太郎は頷いた。だが同意はして見せても、自分の本音を今津にごまかすことはできないだろうな、と思った。

龍太郎は、刑事、という仕事に対しても、今津ほどの執着を感じていない。むしろ、憧れていたというのならば、白バイの警官の方にずっと憧れていたのだ。

今津はそんな龍太郎の心を見すかすように、笑った。

「まあな、龍さんと俺とは違う人間だ、俺の思いを理解してくれなんて言うつもりはないよ。ただ、俺は本気で後悔してるんだ。たとえ失敗続きで今よりずっと早く刑事でなくなっていたとしても、言いたいことを言い、考えたことをちゃんと捜査の中に生かして仕事をしていれば、もっと別な人生になっていたんじゃないか、そういう思いが確かにあるんだ。だからあんたには言わせて貰うよ。頭をつかえ。足だけに頼るな。歩き回っていれば仕事だなんて思うな、ってな。だけど他人にはそう言えても、俺自身はもう、だめだ。俺の刑事としての脳味噌は足の裏に移動しちまってる。俺は今さら定石からはみ出すことはできないし、はみ出すつもりもない。この土壇場で失敗するわけにはいかないんだ。俺は安楽に穏当に定年を迎え、警備員か何かしながら、子供たちに金がかからなくなる日をじっと待つ。その日が来たら、女房とオーストラリアあたりにでも旅行して、それから猫でも飼うよ」

「猫、ですか」

「うん。俺は猫が好きでな、昔っから。だけどこんな仕事してたら、家に戻ってもゆっくり猫を膝にのせてる時間なんかほとんどないだろう。子供の教育費を捻出するために女房はずーっとパートに出てるし、子供たちもある程度大きくなると、友達と遊ぶことばかり熱心になって家にいる時間は短いし、家にいたって自分の部屋に閉じこもって何をやってるんだか、親の顔なんかろくに見ようとしない。まして動物の面倒なんか見やしないからなあ」

「さっきの女性は、山茶花と沈丁花のことを、ペットの猫のことでも話すみたいな感じで話してましたね。植物でも、愛着を持つとあんなふうになるもんなんですね」

「何か不自然だと思ったか？」

　今津は口調を変えていた。人生談議から捜査へと素早く切り替え、神経を研ぎすませている。この人が頭をつかっていなかった、などと言うのならば、自分はいったいなんだ？　龍太郎は、心の中で自分に活を入れた。

「いえ、不自然とまでは思いませんでしたが。ただ」

「ただ？」

「あれだけ可愛がっていたとすると……たとえば猫なんかが植木にションベンか何かかけたりしたら、相当怒っただろうな、と」

「うん」

今津は小さく頷(うなず)いた。

「つまり、近所の人間と植木が元でトラブルを起こしていた可能性がある、そう思うわけか」

「下町ですから、猫は放し飼いにしてるとこも多いでしょうし」

「猫には限らないな。犬の散歩、なんて線はどうだ？　犬の飼い主がずぼらで無神経なやつだったら、植木にションベンひっかけるのを平気で見ていた可能性もあるだろう。それを家人に見とがめられて口論になった、とか」

「でもそういう事実は、これまでの捜査では出て来ていないんでしょう？」

「ああ。だがな、捜査と言っても、地域課だって毎日忙しい。人が殴られたんならともかく、植木が壊されただけの事件で、それほど綿密で完璧(かんぺき)な捜査をしているとは思えん。仮に、今回の被害者たちとトラブルになっていた人物のことなど、ちらっと噂を耳にしたとしても、民事不介入の原則がある限り、ずかずかと住民同士の問題に警察が踏み込んで行くわけにはいかないだろう」

「つまり、もっと事が大きくならないと警察は動けない」

「住民同士のトラブルだとしたら、そうだ。器物損壊だから即、刑事事件だ、と騒ぎたてて、万が一、被害者の側の落ち度が著しく大きかった場合、警察が弱者を虐めたってことになっちまうからな。植木鉢を壊すくらいの仕返しは仕方ないんじゃないか、と、世間が思うようなひどい敵対行為を被害者の方がしていた場合、マスコミがどんな騒ぎ方をするかは想像できるだろう？　お隣さん同士ってのは、関係がうまくいっていれば何かと頼りになるが、ひとたび関係が悪化すると始末に負えなくなる。いがみ合うようになってしまえば、どちらが本当の被害者かなんてことは、第三者には判断がつかないことの方が多いからな」

「どちらも被害者であり加害者である、ということもあり得ますね」

「その通りだ。だから民事ってのはある意味、刑事よりずっと複雑なんだ。下手に我々が介入すると、さらに複雑になってしまうかも知れない。もっとも、一度介入した以上はそれなりの成果をあげないと収まらないんだけどな」

　今津は肩をすくめた。

「警察が本気出して調べ始めたって噂は、もうこの町一帯に広まってるよ。そうなれば犯人をきちんと特定しないと、地域住民の間に疑心暗鬼が広がる源になってしまう。その前に勝負をかけないとな。ともかく、あんたの着眼点は間違っていない。盆栽も植木も、ただのイタズラにしては無惨に破壊されている。程度はともかくとして、何らかの恨みとか悪感情が犯行の動機になった可能性は、酔っぱらいが暴れたって可能性よりずっと高いよ。音をたてないように注意して犯行を行ったことからもそれは明らかだ。しかし、遣り口はどうだ？　どんな印象を受ける？」

「遣り口ですか……なんと言えばいいのか……節操がない。秩序が感じられない……幼稚な印象を受けます。盆栽は鉢を割って枝を折っただけですが、山茶花と沈丁花は花を楽しむことが出来ないように徹底して潰してます。三件目のプランターに至っては、ストレス解消の為に壊したのか、と思うほどでたらめに壊しています。しかし、音をたてないように注意したにしては、全体に雑です」

「つまり？　遣り口、手口から犯人の想像がつけられるか？」

「……成人の男、という印象はあまり受けません。もし成人の男が犯行を思いたったとしたら、もっと大きく破壊するような気がするんです。たとえば……盆栽の鉢を放り投げる、とか。もちろん、音をたてないように注意したのでどことなくこぢんまりとした結果になった、ということなのかも知れないですが」

「俺は、やっぱりガキの仕業だと感じてる」

　今津が、ぐるっと首をまわした。

「龍さんの言った通り、これは大人の男の犯行じゃないな。もちろん断定はできないが、仮に大人の男だったとすれば、相当に非力なやつだ」

「非力、ですか」

「ああ。おまえも男だからわかるだろう。男ってやつは、自分の力を誇示するチャンスをみすみす逃すことができない因果な動物なんだよ。憎い相手がいて、その憎い相手に仕返しするのに、わざわざ計画的に花の鉢を壊す、なんて真似はしないのさ。そういう時には、多少のリスクは承知の上でもっと力を誇示出来る方法を選ぶだろう。俺だったら、その花の鉢を目当ての家の窓めがけてぶん投げて逃げる」

　今津は笑った。

「犯人は、花の鉢を壊す程度の力しか持たない者だろう。そして花の鉢を壊すなんて卑屈な行為で、ある程度自分の心を満足させられる人間でもある、ということ、つまり、本質的な暴力傾向は意外と弱いんじゃないか、という気がするよ。少なくとも、日常的に拳(こぶし)を振り回しているようなタイプではない。どうだ、俺もこうやって無い頭を絞って、あんたの真似をして推理してるんだぜ。足の裏に移動した脳味噌を上の方に引き戻すだけでも大変なんだ、だからあんたももう少し意見をくれよ」

「これまでのところ、今津さんの推理に敬服してます」

「おべっかなんかつかうな、いじましい」

今津は龍太郎の足を軽く蹴って笑った。

「あんたの推理に期待してるってのは本心なんだ。この事件での手がかりってのは、極めて限られてる。目撃者が出ない限りは、この町内の噂話が唯一の頼りみたいな状況なんだ。足をいくらつかっても歩けるところはたかが知れてるからな。さて、最後の被害者のとこに行こう。俺はこの三件目を中心に考えてる」

「三輪車のサドルのことですね」

「うん……花の次は子供の持ち物。わずかではあるが、犯行ははっきりと変質した。人以外のものから人へと犯人の興味が移っているのかも知れない。あるいは……龍さん、続けて」

「あるいは」

「そう、あるいは?」

「あるいは……これまでの二件と、三件目の事件とは犯人が、違う、か」

2

自宅にいたのは、ここでも、加藤あき、という名前の主婦だった。加藤家は六人家族、夫婦に十歳と五歳の男の子、それに夫の両親。四十に少し手前、といったところだろうか、あきは化粧っけのない、ショートカットがよく似合う活動的な雰囲気の女性だった。それまでの二軒が玄関先での応対だったのに比べて、わざわざ二人の刑事を家の中にあげ、リビングとして使っているらしい広い和室に通したのは、あき自身が単にプランターが破壊されたことだけではなく、子供の三輪車が傷つけられたことに恐怖と危機感を抱いている証拠だろう。

和室はよく片づけられてはいたが、家族六人、それも小学生と幼稚園の兄弟が普段から使っているその気配は随所から滲み出ていた。壁にはところどころ、やんちゃな男の子が何かをぶつけたような窪みがあるし、柱にはシールを剝がした痕跡がいくつも残っている。幸せな市民生活の痕跡。部屋の隅に置かれたマガジンラックには、健康食品と漢方薬の雑誌が入っている。老夫婦が定期購読でもしているのかも知れない。ガーデニングのハウツー本が何冊も、壁に沿って置かれた本棚に収まっている。これは主婦の趣味なのだろうか。

「すみません、散らかっていて」

龍太郎が部屋の中を興味深げに見ている視線に気づいて、あきが恥ずかしそうな笑顔を見せた。

「あ、いいえ、自分はひとり者ですから、こういう、アットホームな雰囲気に憧れます」

まんざら嘘ばかりでもなく龍太郎は言った。憧れ、というよりは、決して手に入ることはないだろうものへの羨望（せんぼう）、切ない感情、と言ったところか。

自分の心の中ではとうに決着がついている問題ではあったが、こうして目の前に、当たり前の男と女がつくる家庭、ごく普通の人生が具体的に形を見せていると、それらのものが自分と自分の選択を拒絶しているような感覚をおぼえる。自分が普通に女性に恋慕を感じることができたら、それらの当たり前の幸せ、その断片が自分にも手の届くものになるのだ、と、後悔にいくらか似たもどかしさをふと、感じてしまう。

だが、やはり自分には普通に女を愛することができない。

青春と呼べた時代からずっと悩み続けて、やっとここ数年で、自分の心に決着をつけたばかりなのだ。

自分はたぶん、結婚することもなければ子供を持つこともないだろう。それを残念だとは思わないが、少し淋（さび）しさをおぼえているのは正直な気持ちだった。

茶が出されたが、今津は聞き込み先で出されたものに絶対に口をつけない。それが正しい姿勢なのだが、実際にはそこまで厳格な刑事は少ないだろう。龍太郎がこれまで、研修中からついて歩いた先輩たちも、茶ぐらいはみんなすすったし、菓子も出て来れば頬ばった。

「どうかおかまいなく。仕事ですから」

今津は言って、ゆっくりとした動作で手帳を取り出した。

「やはり、うちに恨みのある人の仕業なんでしょうか」

加藤あきは、今津が口を開くより早く自分から言葉を切り出した。胸には茶を載せて来た盆をしっかりと抱きしめたままで。

「そうお考えになった理由がありますか」

今津は少し膝を乗り出し、熱心さをあらわしながら訊いた。

「心あたりが？」

「いいえ、でも……」

「どんな些細なことでもいいんです」

龍太郎はたたみかけた。

「普通なら恨みなど買うわけがないようなことでも、トラブルの原因になることはよくあります。加藤さんの方ではまったく悪気もなく責任もないようなことでも、逆恨みに近い感情を抱かれてしまうということもあり得ると思うんですが」

「それはわかります……このご近所でも、洗濯物が庭に飛んで来た、なんてことで口論になったなんて話はあります。普通なら喧嘩になるわけがなくて、ごめんなさい、で済むことでも、間が悪いとそうなるものなんだな、と驚きました」

「そうです。自分の側の感覚でたいしたことではない、と思うようなことでも、相手にとっては重大だ、ということはある。もう何度も同じようなことを警察から訊かれてうんざりしているとは思いますが、もう一度よく考えて、思いついたことは何でもいいから教えてもらいたいんです」

今津の口調には熱意と哀願と脅しがないまぜになって、耳にした者がつい、考えていることをすべて打ち明けてしまいそうな迫力がある。この域に達するのに自分は何年かかるだろう、と、龍太郎は今更のように感服していた。今津は取調室でも大声で怒鳴ったり机を叩いたりすることはほとんどないが、この独特の口調はそうした物理的な脅しより遥かに効果的なのだ。

「あの」

加藤あきは、舌をちろりと出して唇を舐めた。よほど言い難いことなのか、それとも、言って相手にされなかった時のことを心配しているのか。

「なんですか」

今津はタイミングを逃さなかった。

「なんだっていいんですよ。我々にとって情報が唯一の頼りなんです。どんなことでもいい、話してください」

「本当に……くだらないことなんです」

「いいんです、それで！」

今津は語気を強めた。

「くだらないかそうでないかは、こちらで判断しますから」

加藤あきは、深呼吸でもするように大きく一度、呼吸した。

そして言った。

「確か、去年の春のことですから……もう十ヶ月くらい前の話です。四月だったか三月だったか、いずれにしても小学校や幼稚園が休みではなかったと思います。息子たちがそばにいた記憶がありませんから」

「すると、三月なら二十日頃まで、四月なら七日過ぎ、ですか」

「たぶん。すみません、曖昧で。いずれにしても春で、わたしは玄関先で土いじりをしていました。御存じのようにうちには庭なんてものがありませんから、車庫の前でプランターをいじっていたんです。チューリップだったと思うんですけど、それのプランターに生えてしまった雑草を引き抜いているところでした。その時、背中で小さな悲鳴のような声が聞こえました。びっくりして振り返ると、中学生くらいの女の子が立っていたんです。見たことのない子でした。その子がとても怖い顔でわたしを睨んでいました。わたしは気味が悪くて、何か用ですか？　と訊いたんです。その女の子は、わたしが引き抜いたばかりの雑草を指さして、怒ったように言ったんです。どうしてそんなことをするんですか、と」

「雑草を引き抜いたことを抗議した、と？」

あきは頷いた。

「わたしは呆気にとられてしまったんですけど、いきなりそんなことを言うなんて失礼な子だな、と腹もたったものですから、雑草が生えるとプランターの花が綺麗に咲かないのよ、そんなことも知らないの？　と……後でおとなげなかったなとは思ったんですけど、なんだかその子の雰囲気がその……異様な感じがして、なめられてはいけない、という気持ちが先に立ってしまったものですから、かなりきつい口調になっていたと思います」

「その子はどうしました？」

「わたしのことを睨んでいました。それから一言、なんにも知らないくせに！　と怒鳴って……とっても綺麗な花が咲くのに！　蝶も喜ぶのに！　とたて続けに言って、言葉駆け出して行ってしまったんです。あ、ごめんなさい、かなり前のことなんで、言葉は正確ではないかも知れません。でも意味はそんなようなものだったのは間違いありません」

「つまり、あなたが引き抜いた雑草は綺麗な花をつける、それなのに引き抜いてしまうなんて花が可哀想、というような感じだったんでしょうかね」

「そうだと……思います。雑草にも綺麗な花をつけるものがあることくらいは知っていますけれど、だからと言って雑草を抜かずにおくと、せっかく育てた花に悪い影響が出るんです。雑草というのはたいがいとても生命力が強くて、花壇のように地面に直接花を育てている場合ならまだしも、プランターのように限られた土で育てる場合には、雑草が生えると根を張られて、栽培植物の根が充分に張れなくなったりします。それに雑草によっては、根から毒素を出して、他の植物を枯らそうとするものもあるんです」

「しかしその少女の目から見れば、雑草だからと言って問答無用に引き抜かれてしまうのは可哀想だ、ということになったわけですね」

「そうなんでしょうね、きっと。でも、普通はそういうことを思ったとしても、わざわざあんなふうに反抗的にというか、挑戦的に口に出したりはしませんでしょう？　なんだか奇妙な子だな、と、しばらくの間は気にかかっていました。でもそれきりで、その子を見かけることもなかったものですから、そのうち忘れてしまって。今度のことでも、川北さんや菅原さんのお宅で植木が壊されたという話を耳にした時点では、その子のことなんてまるっきり思い出しませんでした。でもうちのプランターが被害に遭った時、そう言えば、とやっと思い出したんです。ただ……あまりにもつまらないことですし、かなり前のことですから……」

「いいえ、つまらないことなんかではないですよ」

今津はぽん、と膝を叩いて見せた。

「少なくとも、破壊行為の対象になったプランターに直接関わることで、僅かでも悪感情を持った可能性のある人間がいた、というのは大きな前進です。ところで、その時に引き抜いた雑草というのはどういうものだったんですか？　名前を御存じですか？」

「いいえ、正確には。ただ、葉っぱの形なんかから、菜の花の仲間だろうな、とは思いました。アブラナ科の雑草というのはとても多くて、春先に元気に成長するものはたくさんあります。花がついていれば何だかわかったかも知れないんですけど」

「花はついていなかったんですね？」

「はい。もう咲き終わったあとだったのか、それともこれから咲くところだったのか、そこまでは記憶していません。雑草のことですから、あまり深く考えずにさっさと引き抜いてしまっていましたので」

「蝶が喜ぶ、とその少女は言ってましたね」

「ええ、モンシロチョウのことです、きっと。モンシロチョウは菜の花の仲間を好みますから。幼虫が食べる葉っぱが、菜の花とかキャベツなんですって」

「その少女のことは、それから一度も見かけなかった？」

「見ませんでした。その時も知らない子だ、と思いましたから、たぶん、この近所の子ではないと思います。あ、でも、マンションの子だったら普段顔を見ることはありませんね。このあたりには賃貸や分譲のマンションがけっこうたくさんあるんです。そういうところに住んでいる人たちとは、あまり交流もありませんから……」

今津は何度も頷いた。それから、龍太郎に向かって、地図、と小声で言った。龍太郎は住宅地図を取り出して加藤あきの前に広げた。

「川北さんと菅原さんのお宅は、この、同じ路地にありますね。永代通りからこの路地に入って、そのまま突き抜けると、こちらのお宅のある、自動車の入れる一方通行です。もし永代通りからここまで出て、こちらのお宅の前を通ったとすると右に曲がったことになる。この先は富岡八幡宮（とみおかはちまんぐう）ですね」

「八幡様の参道は横に突っ切れます。このあたりの人たちは、車の入って来る道を歩くより八幡宮の境内を横切って歩くことが多いですよ。でも、永代通りからわざわざ路地に入った理由はわかりません。永代通りから八幡宮には直接入れますから」

「あの路地は、皆さん、花ものを育てていらっしゃいますね。川北さんと菅原さんのお宅以外にも、玄関前に植木や鉢を置いているお宅ばかりだ」

「このあたりの家は、みんな、庭がないんです。中には広いお庭のあるお宅もありますけど、少ないです。江戸（えど）時代から人がたくさん住んでいた下町ですから。それで鉢やプランターで植物を育てるんです。一軒がやると自然と広まるものですよ。うちも、下の子が幼稚園に入るまではとてもそんな時間がなくて何もやっていなかったんですけれど、やっとできるようになって、この二年ほど楽しんでいます」

「永代通りを歩いていた少女が、ふと路地に目を留めると、花の鉢が並んでいるのが見えた。それで路地を入ってみた。そんなところですか」

あきは頷いた。

「そうなんでしょうね、きっと。花が好きな子なのは間違いないと思います。雑草を引き抜くのすら嫌がるくらいですから。でもそれなら、今度のことはやっぱりあの子とは無関係ですよね……花が好きなのに、今度みたいなことができるはずはありませんから」

「確かにその点は解せませんね。だが、ともかく調べてみる価値はありそうです」

「そうなんですか？　でも、三輪車のサドルはどうなります？　まさかあの少女が、三輪車のサドルを刃物で切り裂くなんてことまでは……」

「問題の少女が犯人だというわけではないんです。今のお話だけでそう結論づけるのは、いくらなんでも突飛すぎる。しかし、少女が自覚していなくても、何か今度の事件と間接的に関係してしまっている可能性は考えられます。たとえば、これはほんとにただの思いつき、たとえに過ぎませんが、その少女にボーイフレンドでもいたと仮定します。十ヶ月前、少女はあなたに対して、あまりよくない感情を抱いた。そのこ

とを何気なくボーイフレンドに話していたとします。その少年が少し不良がかってい
たり、反抗的な時期にさしかかっているとすれば、何か面白くないことでもあって、
八つ当たりに、少女から話を聞いたことがあるこのお宅のプランターを壊し、ついで
に目についた三輪車のサドルを切り裂いた、ということも、まあまったく起こり得な
いというわけではないでしょう」

あきは、なるほど、という表情になった。龍太郎は今津の推測はかなり強引だな、
と思ったが、今津自身、それをそのまま信じているわけでは、もちろんないだろう。

「でも、わたし、その子のことはっきり憶えているわけではないんです。何しろずい
ぶん前のことで、それもじっくり顔を見ていたわけではありませんから」

「学校の制服か何か着ていませんでしたか?」

龍太郎が訊いた。

「いいえ、私服でした。ジーンズに、赤い、ぴったりしたセーターみたいなものを着
ていたのは憶えています」

「髪は?　茶髪でした?」

「どうだったかしら……強く印象に残ってませんから、染めていたとしてもそんなに
派手ではなかったと思います」

「からだつきは?　身長はどのくらいだったか思い出せませんか?」

あきは小首を傾げ、懸命に記憶をたどっている。

「瘦せても太ってもいなかった……そうです、ごく普通の子に見えましたから、瘦せてるとか太ってるとか感じるような外観ではなかったと思います。身長は……小柄ではなかったですね、少なくとも。わたしと同じくらいじゃなかったかしら。あ、わたしは百六十ちょうどぐらいです」

「何か持っていませんでしたか」

「え？　えっと……何か手に提げていたような気がします……何だったかしら。あ……あっ！」

あきは嬉しそうに手をぱちんと打ち鳴らした。

「そうでした！　御菓子屋さんの袋を提げていたんです。そこの、門前仲町の商店街にある、小さな手焼きのお煎餅屋さんの袋です」

「その店の名前は」

「伊勢屋煎餅、だったと思います。うちもよく買うんですよ、伊勢屋のお煎餅。とってもおいしいんです。鶯色の紙袋で、白い字で伊勢、と入ってるんです。でも自分の家でおやつに食べるだけなら、あんな袋に入れてもらったりはしないと思います。おつかいもので缶入りのを買うと、あの袋に入れてくれるんです」

「なるほど、大変参考になります。十ヶ月前に来た客のことですから伊勢屋さんでは憶えておられないかも知れないが、赤いセーターで若い女の子ということですと、店員さんが記憶しているかも知れない」

今津が力強く頷いたので、あきはほっとした表情になった。

「あの子が犯人だとは思えませんけど、何か関係しているのならばお役にたてて良かったです。プランターのことは諦めれば済むことなんですけど、三輪車のことがどうしても頭を離れなくて。悪い想像ばかりしてしまうんです」

「その少女とは、お子さんのことでは何も会話しなかったんですよね？」

「していません。会話らしい会話は出来なかったですから。いきなりつっかかって来られたんでわたしもカッとしてしまいましたし、何より、気味が悪くて。思い出してみれば、まあ可愛らしいと言ってもいい顔をしていた気がするんですけれど、雑草を抜いたくらいであんなに怖い顔で睨まれると、ねぇ」

＊

「進展、しましたね」

加藤宅から路地を戻る途中、龍太郎が言った言葉に今津は小さく首を横に振った。

「進展とまで言えるかな。雑草を引き抜いた、なんてことを恨みに思って、十ヶ月も経ってから仕返しするなんて馬鹿げているだろう」

「でも、ボーイフレンドって線は、あり得ますよ」

「どうもしっくり来ない。仮にそういうことだったとしたら、その不良少年ってのも随分中途半端じゃないか？　なんだかなあ……しかし、他にとっかかりが何もない以上、赤いセーターの女の子に賭けてみるしかないだろうな。だけど見つかるかな。煎餅屋がその子の身元を知っているなんて考えない方がいいだろう。加藤の奥さんが言っていた通り、その子がおつかいものの煎餅をぶら下げていたんだとしたら、その子はこの近所の子ではなくて、親に頼まれたおつかいか何かで、この近所のどこかの家に行く途中だった可能性が高くなる」

「町内を虱潰しにあたれば、出て来るかも知れないですよ、その子の身元」

「相手は未成年で、しかも犯罪とは言えないくらいの軽微な器物損壊だ、町内中にウォンテッドの貼り紙をするわけにはいかないんだぞ。仮にその子が事件に関わってると判明したら、俺たちは手をひいて少年係に任せた方がいい。三輪車のサドルを切り裂いたのがただの八つ当たりなら、幼い子供が犯罪の犠牲になるかも知れないって心配は、とりあえず薄くなるんだからな。俺たちが出しゃばる理由はなくなるよ」

さっきのコースを逆にたどって菅原宅に寄り、あらまたですか、と目を丸くした啓子に、雑草の話を持ち出した。

「雑草？　雑草って、あの、雑草ですか？　そのへんの草の？」

「ええ。山茶花と沈丁花の鉢にも雑草はよく生えました？」

「そりゃ……春先になると少しは生えてましたよ。タンポポとかスミレなんかは綺麗だからそのままにしておくこともあるけど、たいがいの雑草はやっかいなだけでしょ、見つけたらこまめに摘みますよ。だけど山茶花も沈丁花も、ああいう樹木の鉢にはあんまり雑草って生えないんですよ。樹木は鉢いっぱいに根を張るでしょ、土が固くなるんで草には向かなくなるのね」

「それじゃ、雑草を引っこ抜いていて誰かに文句言われた、なんて経験はありませんね？」

「雑草を引っこ抜いて、どうして文句言われないとならないんです？」

「雑草でも綺麗な花をつけるものは、引っこ抜いたら可哀想、と考える人もいるでしょう」

「そりゃあね、だから言ったでしょう、わたしだって、スミレなんかだと花が咲くのが楽しみで、わざわざスミレのために水をまいてやったりしますよ。ムラサキカタバミなんかもいいわよねえ、桃色の可愛い花で」

「雑草でも綺麗な花をつけるものは、名前がわかりますか」

龍太郎がせっかちに質問したので、啓子はひるんだように身じろぎした。

「いったい、なんなんです？　何かわかりましたの？」

「いえ、まだ」

「まだ五里霧中ですよ」

　今津がすかさず笑顔で言った。

「しかし今は、到底無関係だろうと思われるような小さなことから、ひとつずつ潰していかないとならないんです」

「それが雑草なんですか」

「ええ、三件目の被害者の、加藤さんの奥さんがずっと以前、雑草を引き抜いていて通りすがりの人からイチャモンをつけられたことがあったんだそうです。その草は綺麗な花をつけるのに引き抜くのか、ってね」

「あらまあ」

　啓子は口元に手をあてた。

「加藤さんが……そうですか。だけどまさかねぇ、そんなことで」

「ええ、たぶん事件とは無関係だと思っています。でも確認だけさせていただこうと思いまして」

「あいにくですけど、わたしはそんな経験はありませんよ。植物に詳しいってわけじゃないですけどね、まあ普通に見かける野草で、綺麗な花を咲かせるものならたいていは知ってると思います。このあたりは下町で、もともと緑の少ないとこでしょ。生える草の種類も限られてるんですよ。綺麗な花をつけるってわかってるものだったら、わたしは引き抜きませんから」

「菜の花に似ているもので、綺麗な花をつける草というと、どんなものがあるんでしょうか」

「菜の花、ですか」

　啓子は空を見上げるように顔を上げ、自分の頭の中の知識を整理して、なんとか情報を取り出そうと眉(まゆ)を寄せた。

「菜の花に似てる雑草っていうのはものすごく多いんですよ。アブラナ科、って言うんですか、あの仲間はなんとなくわかります。葉っぱの形とか花の付き方とかね、共通点が多いから。まあそうねぇ、あまり見かけないけど、ムラサキナズナなんかは、わざわざ園芸店で種を売ってるくらいで、とても綺麗ね」

「珍しいものなんですか」

「ナズナ、っていうのが春の七草のひとつだ、というのは御存じですわよね？」

　啓子は龍太郎の顔を見て、試験でもするように言った。

「春の七草ですか。セリ、ナズナ、のナズナですね」

「ええ。ぺんぺん草のことね。ムラサキナズナっていうのはあれの仲間なんでしょうけど、花はもっと大きくて、赤紫のかわいい花なの。花が綺麗なんで園芸品種として種が売られるようになったんでしょうね。だけどこのへんの植木鉢なんかに咲いてるのは見たことがないわねえ。ああ、そうだ、やっぱり紫の花をつけるのがあるわ！そうそう、あれは菜の花に似てるわね、葉っぱも」

「それはどんな草なんですか？　名前は？」

「正式な名前なんて知りませんよ。下町の人は大根の花、って言ってますよ。シベリア大根、って」

「シベリア大根？」

「たぶん俗称でしょうね。正式な名前は他にあるんでしょうけど、要するに、大根の仲間らしいですよ。大根って白いとっても綺麗な花をつけるんですけど、大根の種類によっては、白じゃなくて紫や、紫と白が混じったような花が咲くものも多いんです。亡くなった祖母の田舎が八王子の方でね、昔は大根をたくさん作ってたの。子供の頃に畑で見たことがあるんです。大根は根っこを食べるわけでしょ、だから普通は花を咲かせないんです。花が咲くまで置いておいたら、食べる部分が痩せちゃうから。でもたまに、種をとる目的で、大根を掘らないでそのまま花が咲くまで待つのもあるんですよ」

「それじゃその雑草は、大根なんですか」

「ううん、それは知らないわ。要するに、大根の花に似てる、って意味じゃないかしら？　いえわかりませんよ、もしかしたら大根なのかも知れないけど。でもさっきの話に出たムラサキナズナにも似てるんです。それでシベリア大根のこともムラサキナズナ、って呼ぶ人もいます。でもムラサキナズナの花は赤紫で、シベリア大根は、青みがかった菫色なの。シベリア、なんて名前で呼ばれるんだから、外来種なのかしらね。青紫ナズナ、っていうのがあるって聞いたことがあるから、それのことなのかしら。なんだかややこしくてわからないわ。あなた、七草を御存じのようですけど、あのホトケノザ、ってどんな草か御存じ？」

「ホトケノザっていうのは……面白い形の赤紫の花がつく……」

「ほら、勘違い」

啓子は相手が警察官なのをすっかり忘れているようにけらけらと笑った。

「春の七草のホトケノザ、は、普通ホトケノザ、と呼ばれてる、あの複雑な形の赤紫の花をつけるあれじゃないのよ。タビラコ、って言ってね、タンポポによく似た、黄色い花が咲いて、葉っぱがぺたっと地面に……」

「で、そのシベリア大根ですが」

今津が龍太郎を窮地から救い出した。

「花が咲いていなくてもわかりますか、あなたでしたら」

「ええまあ、たぶん。……あんまり若い内だと他のアブラナ科の草と区別できないかも知れませんけどね。蕾(つぼみ)でもついてたら、花が咲くまで待ちますよ、引っこ抜いたりしないで。だってとっても綺麗な花なんですもの、上品な色で」

「三月の二十日頃から四月の初めだと、どうですか、育っていないでしょうか、まだ」

「雑草って育つのが早いですからねぇ。そのくらいの時期だと花がついていてもおかしくないけど、種が飛んで芽が出ていたかも知れないわね。加藤さん、シベリア大根を引っこ抜いてしまったのかしら、もったいない。ああ、そうそう。シベリア大根のことでは、面白い話を耳にしたことがあります。本当のことなのかどうか知らないんですけどね、ラジオでやってたんだったかな？　あの花って、東京中の路地とか公園なんかに繁殖して増えてるらしいんですけど、それってね、大根おじさんのせいなんですって」

「大根おじさん？」

今津と龍太郎は、思わず声を揃えてしまった。

「なんですかいったい、その大根おじさん、って」

「なんでもね、シベリア大根の花がとても好きなおじさんが東京に住んでいて、その人が東京中、特に下町のあたりを歩きまわって種をせっせと播(ま)いたんですって。もともと雑草みたいなものだから、それがどんどん繁殖してあちこちで花が見られるようになった、ってそういう話なんですよ。生態系がどうのこうの、って学者さんからは怒られてしまいそうだけど、こんな時代でしょう、なんだかほのぼのしたいい話だと思いません？　でもその話には続きがあって、東京中にシベリア大根が増えたおかげで、シベリア大根の葉っぱを幼虫が食べて育つ、なんとかいう白い蝶も一緒に増えちゃったらしいの。それで、東京では、普通はいちばんたくさんいるはずのモンシロチョウよりそっちの蝶の方が多いんですって。ほんとかしらね」

「いずれにしても、なかなかすごい話ですね。ひとりの人間の情熱が、東京中で花をつけたわけだ」

「現代の花咲爺さん、よね」

啓子は、笑いながら言って、それから眉をひそめた。

「だけど花咲爺さんだとシロがここ掘れわんわんするのよね。あれは嫌だわね。犬はまっぴらだわ。あちこちオシッコはかけるし、ウンチだってそのへんに転がってるのよ、朝になると。夜の間に散歩させて、始末しないで平気な人がいるから」

今津が龍太郎の顔を見た。今津の片方の眉がひくりと持ち上がっている。

「犬が山茶花や沈丁花にオシッコをかけることがあったんですか」

龍太郎は慎重に言った。

「飼い主がそばにいるのに？」

「ええ、ありましたよ、そういうこと。大学生くらいの男がね、ドーベルマンって言うんですか、あの気味の悪い獰猛(どうもう)な黒い犬、あれを連れて散歩してて、わたしはたまたま二階の物干にいて何気なく上から見てたんです。そしたらまあ、山茶花の根元めがけて片足あげて、シャーッて。それで上から怒鳴ってやりました。ちょっとあなた、人の家の植木にオシッコさせるなんてどういうつもりなんですか、ってね」

「その男はどうしました？」

「上を見てわたしの方をギロッと睨(にら)んだけど、謝りもしないで行っちゃいました。ものすごく感じが悪かったわ」

「それはいつのことです？」

「いつって……いつだったかしら？　今年になってからだから、一月の半ばくらい？」

3

　啓子の話を聞いたその足で、二人は川北家に向かった。川北家の本来の被害者、盆栽の持ち主である川北有三(ゆうぞう)は、最初のうち、犬の話をしてもぴんと来ない、という顔で小首を傾げていた。

「ドーベルマンってのは、どんな犬でしたっけね」

龍太郎は手帳から一枚紙を破りとって、毛が短く頭が小さく、肢の長い痩せた犬の絵をさっと描いて見せた。

「色は黒と茶色、ですね。耳が小さくて尖っていて、とても精悍な顔つきの種類です。勇敢で飼い主には従順なんですが、気性が荒いので、番犬としてよく使われます」

「咬むのかね」

「飼い主の躾次第でしょう。頭はいい犬なので、飼い主がきちんと訓練して人を咬まないように躾けてあれば、そう無闇と咬むことはないはずです。ただ、飼い主がとんでもない勘違いをして、犬をつかって人を脅かそうなどと考えていた場合には、平気で人を咬む犬に育ってしまう可能性は高いでしょうね」

「この道は車が入って来ないんで、犬の散歩をする人は多いからねえ」

「盆栽にオシッコかけられたことはないですか」

「そりゃ、しょっちゅうだよ。夜中にやられるとどうしようもないけどね、毎朝、水をやる時に鉢を洗ってやったり、まったく腹が立つ。犬の躾もまともにできない人間が増えた」

「現場を目撃して注意されたご記憶はありませんか」

「それもしょっちゅうだね」

有三は笑った。

「わたしはほら、家にいる時は、その、窓が通りに面した和室にいることが多いんだ。だから窓が閉まってても、犬の散歩をしてる人間が近づいて来るのは気配でわかる。それでじーっと様子を窺ってってさ、シャー、なんて音が聞こえたらガラッと窓を開けて、コラァッ、と怒鳴ってやる」

「すると、相手は？」

「謝るよ。たいていは謝るけど、中には走って逃げるやつとか、うるせぇクソ爺イ、なんて捨てゼリフを吐くやつもいる。そうそう、一度なんかは、若い男にすごい顔で睨まれたよ。妙に反抗的でね、気味が悪かったんで、なんだその顔はっ、言いたいことがあるならはっきり言えっ、とさらに怒鳴りつけてやった。ああいうやつはこっちが弱いとみるとカサにかかってナイフなんか持ち出しかねないと思ったんだ」

「その男の連れていた犬は、この絵みたいじゃなかったですか？」

「うーん」

有三は苦笑いした。

「実を言えばさ、わたしは目が悪くってねえ。白内障なんだよ。手術すればよく見えるようになるらしいんだが……あの時はどうだったかな、飼い主の男が無気味だったんでそっちの顔は気をつけて見たけど、犬のことはあんまり見てなかったなあ。けど、黒っぽくて痩せた犬だったのは間違いないよ。そうだなあ、こんな犬、だったかな」

＊

「いました、いました！」

　龍太郎は、届いたFAXに思わず小躍りして今津の机に走った。

「ドーベルマンと若い男！　地域一帯の交番に届いた苦情の中に、三件ほど同じ相手に対するものがあったんです。いずれも、ドーベルマンを連れた男に対するもので、えっと、お読みになりますか？」

「読み上げてくれ」

　今津は笑顔で湯呑み茶碗を手にした。

「読み上げたいだろ、龍さん」

「ええっと、古いものから順番にいくとですね、昨年の十一月に、八幡宮裏の小学校の近隣住人から通報があり、ドーベルマンを連れた若い男が、学校から帰る途中の小学生を脅した、ということで交番から巡査が出ています。咬みつかれたとかそういうことではなく、ただ、ドーベルマンが子供たちに向かって激しく吠えた、というだけだったみたいなんですが、飼い主の男が笑って見ていたことで、目撃した近隣の住人が怒って飼い主に抗議したけれど無視された、という事件でした。警察が介入する事件とまでは言えないということで似顔絵は作成されていないので、男の顔はわかりませんが、年齢は二十歳かそのくらい、まだ頬にニキビが残っていて、身長は百七十から七十五程度、茶髪だった、と記録されていますね。この時念のため、巡査が管轄区域の犬の登録を調べて、ドーベルマンの飼い主を探しましたが見当たらなかったということです。二件目は同十二月、大晦日ですね、これはちょっと離れて平野町での事件ですが、分譲マンションの一室で、禁止されている大型犬を飼育しているということで管理組合とトラブルになった男が、抗議した組合長をこづいて怪我させた、というものでした。管理組合の者が一一〇番通報して捜査員が出向いています。しかし男は組合長の肩を強く押しただけで、組合長が足を挫いたのはバランスを崩して倒れたからということで、直接の暴行の結果なのかそれとも組合長がわざと倒れて怪我をしたと言い張っているのか判断できなかったみたいです。しかも、組合の連中は問題の男の部屋に無理に入ろうとしていた形跡があり、それが事実ならば家宅侵入未遂が成立する可能性もありますから、どっちもどっちと判断したんでしょう、民事事件ということで警察は介入しなかった」

「管理規約を破って大型犬を飼っているというだけでは、警察が介入することはできないわな、それは」

「そういうことです。しかしこの件で男の名前と年齢ははっきりしました。名倉高志、二十一歳、W大の文学部に在籍していますが病気を理由に休学中。実家は浜松で鰻の卸し業を営んでいるようで、かなりの資産家です。平野町の分譲マンションも父親の所有、息子が東京の大学で生活するのにわざわざ買ったんですかね」

「生活費には不自由してないいってことか」

「仕事もせず学校にも行かず、犬の散歩だけが楽しみで、あちらこちらとうろうろしているのかも知れません」

「大晦日にも帰省せず、か。休学の理由が知りたいな」

「どうですか、この男。臭いますよね」

「うん、臭う」

今津はゆっくり立ち上がった。

「川北家のご老人も、盆栽めがけて犬がションベンしたのを見て、飼い主を怒鳴りつけたことがある、と言ってたろ？　もっとも犬がドーベルマンだったかどうか、忘れたと言ってるが」

「川北さんとこの、あのお爺さん、かなり目が悪そうでしたよ。でも黒っぽくて痩せた犬、と言ってましたからまず間違いないですよ」

「結局、大根おじさんは無関係、ってことかな」

今津は複雑な笑顔を見せた。

「犯人は大人の男じゃないって俺の推理は、見事にはずれだな」

「いえ、違います。当たったんですよ」

龍太郎は言った。

「犯人が名倉だとしたら、この男は大人になりきっていないんです。自分が社会道徳に違反するような真似をして注意されたり糾弾されたからと言って、花や子供に八つ当たりするような人間は、大人とは言えない。しかもドーベルマンのような犬を常に連れ歩いて、怖がる人間を見て悦（よろこ）んでいるんだとしたら、自分の力に対してまったく自信がないことの裏返しです。つまり、非力なんですよ。しかも仕返しするのに、深夜にわざわざ出掛けて行って、音をたてないように鉢を壊した。捕まるのが怖い、捕まって非難されることを極端に怖れているんです。それならば犯行を諦（あきら）めればいいのに、それも出来ない。植木鉢を窓ガラス目掛けて投げ付けるだけの度胸も反抗心もなく、卑屈に他人を恨んで、常に上目遣いで生きている、そんな人間です」

今津はコートを手にし、龍太郎の肩をぽんと叩（たた）いた。

「事情聴取だ。早く行ってやらないとな。もし奴が本ボシなら、今ならまだ、刑事事件としては微罪だ。謝罪させてそれで被害者が納得すれば、送検しなくても済む。だが放っておけばきっとエスカレートする。未来を棒に振る前に、止めてやろう」

＊

平野町のマンションは、まだ建ったばかりの新しいものだった。最近になって増えて来ている、都会型の、一部屋のサイズが小さなマンションで、独身者や子供のいない夫婦などが多く入居しているのだろう。念のため最初から管理人に同行して貰った。各住人は非常用に、スペアキーをひとつずつ管理人に預けている。

三〇六号室。呼び鈴を押しても応答はなかった。外出しているのか、と諦めかけ、今津も、出直して来るか、と帰りかけたところで、後になってみれば幸運な偶然としか思えないことが起こった。龍太郎が、靴の紐がほどけているのに気づいたのだ。

龍太郎は膝を折ってしゃがみ、紐を結び直した。その時、異変に気づいた。

新聞受けの差し込み口のあたりから、ほんの微かな異臭が漂っていた。

「ガスだ！」

龍太郎は管理人の腕を摑んだ。

「早く開けてくれ、早くっ！」

管理人が動転しながら鍵を開けた。だがドアは少しだけ開いてがつんと止まった。チェーンがかけられていた。

玉葱(たまねぎ)を腐らせたような臭いが開いたドアの隙間から一気に流れ出し、管理人は悲鳴をあげて飛び退いた。

「龍さん、ベランダだ！　隣からだっ！」

今津の声より一歩早く、龍太郎は隣室のドアに飛びついて呼び鈴が壊れるほど鳴らした。しかし応答はない。

「留守か！　管理人さん、こっちを開けて、早くっ！」

「そ、そちらの、ス、スペアキーは管理人室で……」

「持って来てくれっ！」

龍太郎は怒鳴った。

「急ぐんだ！　いや、俺も行く！」

龍太郎は管理人の腕を摑んで引っ張った。今津が無線機に何か怒鳴る声が聞こえた。

まごつく管理人をせきたてて隣室の鍵を摑み、龍太郎は非常階段を駆け上がった。

隣室に飛び込み、土足のままでベランダを目指す。ついでに、リビングの片隅に置かれた机の上から、目についた金属製の文鎮も失敬した。名倉の三〇六号室との境は非常時には簡単に蹴破(けやぶ)れるパネル一枚。一蹴りで穴が開く。だがベランダのサッシは手強(てごわ)かった。小さな金属の文鎮ではなかなかヒビが入らない。金槌(かなづち)でも探すしかないか、と思った時、やっとヒビが入った。龍太郎は拳に巻き付けた背広ごと、文鎮を思いっきり叩き込んだ。割れた！　クレセント錠を回してサッシを全開にする。室内の生暖かい空気が、むせかえるようなガス臭と共に流れ出して来た。そのままリビングに飛び込む。

「名倉！」

龍太郎は怒鳴り続けた。

「大丈夫か、名倉！　返事しろ！」

ガスのシューシューする音はキッチンから聞こえていた。息をとめて小さなキッチンに飛び込み、コックをひねってガスを止め、玄関に突進してチェーンをはずす。今津が龍太郎を押し倒す勢いで室内に飛び込んで来る。

「名倉は！」

「リビングには見当たりません！」

もつれるようにして寝室のドアを開けたが、六畳ほどの洋室に置かれたベッドは空だった。

「どっかにいるんだ！　探せ！」

リビングにとって返してクローゼットを開け、テーブルの下を覗き込む。いない！

今津が奇声に近い怒声を発しながらソファをひっくり返した。

前倒しになったソファの裏側、壁との隙間に人が横たわっていた。

「しっかりしろぉぉおっ！」

今津の声は泣き声に聞こえるほど震えていた。

「馬鹿野郎！　こんな若いのに死ぬやつがあるかぁっ！　目を醒ませ、醒ませよおおおぉっ！」

今津は名倉のからだをひきずり、開け放したサッシの外へと転がした。

名倉高志は、何かをしっかりと抱いていた。腕の間から黒くて細長い、犬の頭が見えた。

救急車のサイレンの音が聞こえて来た。

龍太郎は名倉の頬を掌で叩いた。叩き続けた。名倉の頬には温かさがあった。

犬は、冷たかった。

4

「まあ」

加藤あきは絶句して、それから眉を寄せ、小さな溜め息をついた。

「病気で……それは可哀想に」

「ジステンパーだそうです」

今津は珍しく、あきが出した紅茶に口をつけた。

「登録するとマンションの部屋で飼ってるのがばれるって、買ってから一度も獣医に連れて行ってなかったんですよ。犬に関しての基本的な知識もなかったんでしょうね。昨年の秋までは子犬だったので外には出していなかった。それが散歩させるようになって、たちまち感染してしまったわけです。強い犬をみんなに見せびらかして肩で風を切って歩く快感がたまらず、毎日せっせとかなりの距離を散歩して、他の犬を見かけるとけしかけて喧嘩させたりしていたようです。予防接種をしてなかったんですから、ひとたまりもありません」

「野良犬からうつったんでしょうね……でも死ぬ前に具合が悪くなったはずですけど、それでも獣医さんに行かなかったんですか？」

「どうして獣医に診せなかったのか、名倉高志が回復したら詳しく訊くことになると思いますが、名倉は一年以上前に大学病院の精神科を受診し、軽度の鬱病という診断を受けています。それで学校も休学していたわけです。そんなことから類推して、他人とまともに話をしたり社会に対峙したりすることができない精神状態にあったんじゃないか、と思います。獣医に連れて行くとあれこれ質問される。規約に違反して大型犬を飼っていることで、またトラブルになるかも知れない。そうすると犬を取り上げられてしまうかも。まあそんな不安から、溺愛している犬がなすすべもなく衰えて死んでいくのを見ているしかなかったんでしょう。川北さんや菅原さんにオシッコのことで怒鳴られたり、管理組合の人たちから糾弾されたりしたことは、名倉にとって大変な恐怖だったんだと思いますね。爺臭い言い方なんですが、これから彼のようなタイプの若者は増えてしまうような気がします。まともに社会と向き合うことは怖くてできないのに、そうした社会に仕返ししたい、一泡吹かせてやりたいという復讐心だけは持っている。自分の方に非があっても怒られるとプライドを傷つけられ、仕返しすることを考える。しかし、自分、という存在が相手の目に留まるのは嫌なんです。こっそり、匿名で復讐したい。実に卑劣で、非力で、哀しい人間ですが、同時に非常に脆く、偏った愛を常に追い求める。認めるつもりはありませんが、否定するのも気の毒だし、我々、図々しく戦って生きることに慣れた大人には、やっかいな存在です」

「でも」

あきは頬に手をあてて考え込む仕草をした。

「お電話をいただいた時も申し上げたんですけれど、わたしは記憶にないんですよ、そのドーベルマンも、名倉という若い人のことも。うちのプランターにオシッコをかけたことで、家の者に何か言われたなんてことが、あったのかしら？」

「ご家族ではなく、近所の人とか通行人にたしなめられたのかも知れませんよ。いずれにしても、詳細は名倉が退院しないと調べられないんですが。今はまだ、一日に十分程度しか話が聞けません。川北さんの盆栽と菅原さんの植木については、はっきりとではありませんが、認めるような反応を示しています。実は他にも、警察には届けなかったけれど夜間に植木が壊されていた、という家は何軒かあるようなんです。いずれも、名倉のマンションから犬の散歩に歩ける範囲でのことです。どうも名倉は、わざと花や植木にオシッコをさせて歩いていたようです。糾弾されるのが怖いくせに、トラブルになるようなことをわざわざする。どうにも掴み切れません」

今津は両手を広げて苦笑いした。

「問題は三輪車のことなんですが、名倉が元気になったら少しずつ聞き出しますよ」

「よろしくお願いします」

あきは頭を下げた。

「うちは告訴なんてまったく考えていませんから。賠償なんかもけっこうです。プランターも三輪車も古いもので、値段なんてあってないようなものでしたし。ただ、子供たちが安全になったと保証していただければそれで。謝罪も無理にしていただかなくても……それより、今度動物を飼う時には、こんな可哀想な飼い方はしないでください、と、それだけお伝えいただけますか？」

「わかりました。謝罪についてはけじめとして必要だと思いますが、できるだけ、彼の将来に傷がつかないように対処するつもりです。プランターも三輪車もたぶん、彼の親が賠償すると言いますよ。まあその場合は、受け取ってやってください。親の気持ちとしては、受け取ってもらった方が楽になるでしょうから」

　あきは目を細め、慈愛を感じさせる笑顔になった。人の子の親である者同士にしかわからない、ある種の共感がそこにはあるのだろうな、と龍太郎は思った。

*

「それで、大根おじさんってのは実在してるのか」

　及川(おいかわ)がビールのコップを目の高さに上げ、泡を見つめた。及川が、仕事に関して考え事をする時の癖だった。及川にはいろいろな癖がある。学生時代から六年余り、自分はその癖をいくつ把握したのだろう、と、龍太郎は考える。

「わからないよ。今津さんは、都市伝説みたいなもんじゃないか、って言ってた」

「なんだかすっきりせんな」

「なにが？」

「三輪車のサドルだ。刃物で切り裂いてあったんだろう？　そのひねくれたボーヤは、植木鉢を割るのに何を使ってたんだ？」

「部屋の中から金槌が見つかってる。それと、汚れたバスタオルも。タオルに鉢の部分をくるんで、音が出ないように叩き壊してから、足で踏んづけてたんだ」

「瀬戸物や素焼きの鉢は金槌で割れる」

　及川は、やっとビールに口をつけた。

「だけど、プラスチックのプランターを割るのに金槌は必要ないぜ」

「持ってれば壊し易いじゃないか」

「俺が金槌を持って歩いてて、何かを壊したいと思ったら、気持ちよく壊れる物を壊すね」

　及川は皮肉な笑いを口元に浮かべた。

「プラスチックは気持ちよく割れない。一方、瀬戸物や素焼きの鉢を壊すのに刃物は必要ない」

「臆病な男だから、常にナイフを携帯していたのかも知れない。腕力に自信のない不良と同じで」

「それでたまたま、目についたサドルを切り裂いた、か」

「おかしいか？」

「おかしくはない。一応、筋は通る。だが、龍、俺はすっきりせんぞ」

「先輩の事件じゃないですよ。先輩がすっきりする必要はありませんね」

龍太郎がわざと敬語をつかうと、及川はスツールの下で龍太郎の向こう脛を蹴った。

「先輩だ何だと、くだらないことを言うんだったら、その先輩の意見はちゃんと聞け。俺はマル暴畑を歩いてる人間だが、捜査って意味では何だって同じだ。捜査の鉄則は、出て来た材料はとりあえずみんな鍋に放り込むことだ。煮てみて、口に入れてみてから、はじめて食えないもんを捨てろ。他に旨い材料が煮えてるからって、横着は危険だ」

龍太郎は、及川の言葉を心の中で反芻した。及川の言う通りだった。自分もまだ、本当の意味ではすっきりしていないのだ。大根おじさんと赤いセーターの娘。煎餅屋はその少女のことを憶えていなかった。だが、少女は実在しているのだ。そして加藤あきは、名倉とドーベルマンを見ていない。

「俺、ちょっと先に」

龍太郎はスツールから下りた。及川はニヤッと笑った。

「ま、がんばんな。どんな小さな事件でも事件は事件、コロシやタタキばかりが犯罪じゃないからな」

自分の飲み分を財布から出した龍太郎に、及川は、前を向いたままで言った。

「そろそろ、寮を出ないか？　俺も今の部屋は飽きたとこなんだ。……一緒に生活するのも、いいと思うけどな」

　龍太郎は言葉を探し、そして言った。

「考えとく」

　同性愛者だ、ということに引け目や恥は感じていない。及川との関係が恋愛である、と言い切ることも出来る。自分は及川が好きだ。一緒にいることは楽しい。母親には申し訳ないが、俺は生涯結婚しないだろうし、孫も抱かせてやれないだろう。そのことはもう、心の中で片づけた問題だった。それなのに、この違和感はいったい、何なのだろう？

　酔ってもいないのに息が苦しかった。犯罪者の気持ちが想像できるほど、強い後ろめたさがある。口の中が苦い。

　おまえは無理してる。

　及川は最初からそう言った。恋愛が始まったと龍太郎が思ったその最初の時から。学生時代、まだ二人共、刑事でも何でもなく、ただお互いに、お互いが運命の相手だと感じたあの、はじめての夜に。

　泣きそうだった。

　泣いてもいいか、と、思った。泣いたらいいじゃないか。

　なぜ、泣けない。

男だからか？　男が恋愛に悩んで泣くのは、恥か？

泣けないままに地下鉄に乗り、泣けないままで加藤宅の前に着いていた。

泣けないまま、龍太郎は刑事に戻った。

あてなどはない。ただ、現場百回、の言葉だけが頭の中でぐるぐる回っている。こんなものは捜査ではない。ただの当てずっぽうだ。今津に誉められたような推理なんて、俺には出来やしない。今までのことはただの偶然。

だがたぶん、これでいいんだろう、と漠然と感じた。この執念が、刑事という仕事の本質なのだろう。この先、どれだけ続くかはわからない刑事人生は、執念でしか支えていかれない。執念が保てなくなった時が、自分の刑事人生の終焉の時なのだ。

午前零時を過ぎた。加藤家の窓の灯りも消えた。下町の住宅街の真ん中で、街灯はつるんとしたアスファルトをむなしく照らしている。

龍太郎は待った。あてもなく、ただ、待った。

「今晩は」

暗がりの中から現れた、濃い色のダウンジャケットを着た少女に、龍太郎はそっと声をかけた。街灯の光の中に少女が立った時、ジャケットの色は、赤だ、と判った。

「噂を聞いたんだね。プランターを壊して三輪車のサドルを引き裂いた犯人が捕まった、って噂を」

少女は黙っていた。挑戦的な目で龍太郎を睨みつけているが、その唇が細かく震えているのは離れたところからでも見てとれた。

「どうしてなのかな、犯罪を犯してしまった人っていうのは、いつかはその現場に戻って来るんだよね」

「……何の話ですか？」

少女は言葉を発したが、語尾は聞き取れないほど乱れていた。

「わたし、ただ通りかかっただけですけど。あなた、誰ですか？」

「誰なのかは何となく、想像ついているんじゃないかな。もう安心だ、と思って来てみたのに、まだいたのか、ってがっかりしたんじゃない？　もっとも、警察が乗り出して来るほど大事になるなんて、もちろん君は思っていなかった。ただ、川北さんと菅原さんの事件を耳にして、便乗してやろうと思っただけだった。プランターを壊したくらいのことで警察沙汰になるなんて、まあ普通は思わないものね」

龍太郎は肩の力を抜いた。足には自信がある。逃げられはしないだろう。

「ラジオで大根の花の種を播き続けた男の話を聞いて、君は感動したのかな。君自身もきっと、その青紫の花が好きだったんだろう。それなのに、この家の主婦はその花を、雑草だと言って引っこ抜いた。君の目には、引き抜かれたその草の種は、大根おじさんによって播かれたものに思えたのかも知れない。君は思わずカッとなって主婦に言葉をかけた。ところがこの家の奥さんは、そんな君の態度を生意気だと感じて反論した。君はものすごく腹をたてた。だけど、去年の春のことだ。いつまでも根にもっていたわけじゃないよね。たまたまこの近所で植木鉢が壊される事件が続いたと耳にして、あの時の腹立ちを思い出した。そのことを、誰かに喋（しゃべ）っちゃったんだね。誰に喋ったの？　恋人かな？」

　龍太郎は返事を待ったが、少女はすすり泣きを始めただけだった。

「びっくりしただろうね。そのすぐ後で、この家のプランターがひどいことされて、水仙や桜草が被害に遭った。その上、三輪車のサドルまで。君はそれが誰の仕業か知っている。でも言えない。君は犯人のことが好きなんだ。そうだよね？　花を潰（つぶ）したり子供のオモチャを壊したり、ひどく残虐で乱暴で、憎むべき人間だけれど、それでも君はその人間が好きだ。そういう気持ちは、誰にも否定できない。誰かを好きになるのは理屈じゃないものね。でも君自身は違う。残虐でも乱暴でもないし、花が大好きで、子供だって憎くはない。君は悩んだ。打ち明けようかどうしようか。ところが、犯人が捕まったと今日、聞いた。間違いだ。本当の犯人はその人じゃない。君は知っている。どうしたらいい？　君は悩みに悩んで……」

「ごめんなさいっ！」

　少女がしゃがみこんだ。両手をぐっと伸ばし、何かを龍太郎の方に突き出している。

街灯の白い光の中で、それは不思議な色合いに輝いていた。小さなビニールのカップに植えられた、一株の水仙。もうじきほころぶ蕾をつけていた、春の使者。

「どうしたらいいかわからなくて、せめてこれだけでもそっと置いて帰ろうと思って……カレのこと、責めないでください。悪いヒトじゃないの。ほんとは優しいの。みんなわかってあげないけど、あたしにはわかるの。でもみんながカレを責めるから、カレ、わざと暴れるの。水仙のこと聞いてあたし、泣いて怒ったの。お花だって生きてるのに、どうしてそんなひどいことしたのよ、って。カレも泣いてた。後悔してるんです。ほんとなんです。でもみんなが、みんなが怒るから、カレに反省してないって怒るから、カレは、後悔してない振りばっかりする。三輪車のことだって、子供が嫌いだからしたんじゃないんです。プランターを壊してる時に三輪車に躓いちゃって、カレ、そういう時、物にあたる癖があって……」

「刃物は？　護身用に持ち歩いていた？」

少女は、地面に顔をふせるようにして小さく頷いた。

少女が愛した雑草は、まだ、美しい花をつけるまでには時間がかかるだろう。傷ついてねじ曲がった心と、抑え切れない暴力衝動、武器を携帯してしまう猜疑心。それでも、この子がついていれば、いつかは花になる日も来るのかも知れない。警察には決してできないだろうこと、それができたとすれば、この子の優しさの勝利なのだ。

龍太郎は少女の手をとり、そっと立ち上がらせた。

「明日、君のカレシと一緒に、ここに謝りに来よう。これから少しだけ、署の方で話を聞かせてくれる？」

龍太郎は少女の背中を包み込むように抱いた。


小さな事件。

こんな小さな事件だって、かかわった人間はみんな、泣くんだ。

要するに、今津さん、あなたの推理がすべて正解でしたよ。

見上げてみても、東京の夜空に星はまばらだった。

赤い鉛筆

1

「自殺だな」

検視官は、ほんの数秒、遺体の首のあたりを白い手袋をはめた指でいじって、顔を上げた。

「まず間違いないね。吉川線もないし索状痕に不自然なずれがない。頸骨が折れた状態も納得できると思う。他の要素が何か出て来れば別だが、殺されてから吊るされたとか、そんな小細工は見当たらないよ。ま、一応は解剖所見が出るまで断定はしない方がいいと思うが」

「しかし、紐は切れてましたよ」

「紐の方は俺の専門じゃない、鑑識で答えが出るだろう。切り口を調べたら、自然に切れたものかどうかはすぐわかる」

「誰かが、首をくっている遺体を見つけて、紐を切って遺体をおろした、だが警察には通報しなかった、ってことですかね」

「さあな。自殺と断定されれば、警察に通報しなかった、ってだけで犯罪だと追いかけるわけにはいかんだろう」

「いや、それだけじゃないんです」

園部が目配せしてくれたので、龍太郎は言った。

「紐が見当たらないんですよ」

「なに？　何の紐だ」

「だから、首をくくった紐です」

「紐ならここに」

検視官の井上は、また指先で遺体の首をつついた。

「巻き付いてるじゃないか」

「いえ、上の部分です。その切り口より上の部分、どこかに結びつけられて、その人をぶら下げたはずの上の部分が、どこにもないんです」

井上は、一瞬、きょとんとした顔になった。そして遺体の首に巻き付いたピンク色の紐の切り口を見つめた。

「……ないのか」

「ありません。こんなに狭い部屋ですからね、見落とすはずないです」

「つまり、これを切ったやつが持ち去ったってことか」

「まあ、そう考えるのが妥当かと」

井上は、首をぐるっと回した。

「なんだろな、それは。どこからぶら下がったか、わからないようにしたかったんだろうか」

「あり得ますね」

園部は頷いた。

「しかし、鑑識が丹念に調べれば、それは判るでしょう。見た目、この女は五十キロはあります。これだけの重さに耐えた以上、どこからぶら下がったにしても、痕跡は残るはずです」

「ドアのノブにひっかけても自殺はできるんだぞ。高いところからぶら下がらないと首吊りができない、と思うのは間違いだ」

「それはわかってます。しかし、縊死痕の角度である程度は判断できるんじゃないですか」

「まあな。俺が見たところでは、低いところに紐をかけて、自分から前かがみに倒れて首をくくった、ってやり方じゃないと思うが、正確なところは監察医務院の判断待ちだな。しかしこの部屋には首吊りの紐をかけられる鴨居なんてないな」

「電灯はひっかけシーリングですから、五十キロはぶら下げられないでしょうね」

「窓枠か」

「かも知れません。写真は念を入れて撮ってもらいました」

「そうか」

井上は立ち上がった。

「ま、そこから先はあんたらの仕事だからな」

「龍、おまえと田川で室内をやってくれ。俺は服部と、第一発見者の大家に話を聞いて来る」

「いいんですか、先輩」

「おまえの方が細かいことに気がつくからな。紐がないのにすぐ気づいたのもおまえだ。じゃ、任せた。解剖で自殺と断定されたら、捜査は打ち切りになるが、警察に通報しなかったやつの顔だけは拝みたいよな。いったいどんな理由で、首吊りに使った紐なんか失敬したもんなのか」

園部と服部が出て行くと、龍太郎は同期の田川と共に、部屋の捜索を続けた。鑑識の邪魔にならないよう気をつかいながら、書き物机やビニール製のファンシーケースなどを開け、中の品物をひとつひとつ確かめる。部屋の中にはないだろうとわかってはいても、消えたピンク色の紐を探す。

　遺体の首に巻き付いていた紐は、少し細く、ナイロン繊維をよりあわせてあるロープだった。何に使うものなのか龍太郎には想像できないが、その鮮やかなピンク色は、ロープの素材としては違和感がある。龍太郎が知っているロープの色といえば、白とか茶色、せいぜい黄色、といったものばかりだ。しかし、珍しい色だということはそれだけ、手がかりとしては有力だということになる。

　手がかり。

　自分で考えて、龍太郎は思わず苦笑いした。これはまだ殺人事件の捜査ではない。解剖所見が出ればおそらく自殺と断定され、捜査は終了。このロープを切って、半分持ち去った人間を捕まえてその理由を訊ねてみたいのはやまやまだが、事件そのものが存在していなければ、警察には何の権限もない。

「手帳が見当たらねぇな」

　田川が、女物のバッグをいくつも前に並べて座り込んでいた。

「OLなんだろ、被害者。あ、被害者じゃないのか」

「そうらしいな。アドレス帳とかもないのか」

「ない。定期券と財布はある」

　田川は財布を開けた。

「けっこう入ってる。二万七千円と小銭だ。クレジットカードは一枚だけ。首くくった紐を持ち去ったやつは、金には興味なかったみたいだな。定期券の名前は、狩野美香。郵便受けの名前も狩野だったな。歳は二十八か。もったいねぇよなあ、いい年頃なのに。定期はJRで、両国から飯田橋」

「アドレス帳も手帳もなし、か」

「電話はちゃんとひいてるし、会社に勤めてるんだから、交友関係が皆無ってことはないよな。驚異的な記憶力の持ち主ならともかく、アドレス帳くらいは作るだろう、普通」

「本棚は？」

「ひと通り調べたよ。アドレス帳はない。アルバムはある。会社の同僚らしい連中と写ってるもんばっかだ。ツーショットは一枚もない」

「剝がした痕跡は」

「ないと思う。フリーアルバムだから、ものすごく慎重に写真を剝がしてレイアウトし直せば、こっそりと何枚か抜くことはできるだろうが」

　田川が手渡してくれたアルバムをめくってみた。なるほど、これは会社の社員旅行か何かか、浴衣姿の男女がはしゃいでいる集合写真とか、土産物屋で串に刺した団子を頰張る写真とか、そんなものばかりが貼られている。男の影がない、という状態のアルバムだった。今さっき、部屋から運び出された遺体の生前の笑顔が、龍太郎の胸を圧迫し、呼吸が苦しくなる。

　美人ではない。十人並み、という言葉があてはまる容姿だ。背も高くはなく、その身長の割には小太りに近い。けれど、感じのいい笑顔だった。社内での人間関係は良好だったのではないだろうか。どの写真でも、彼女の横にいる人々の笑顔は自然だ。が、もちろん、こんな写真一枚で、人の人生について語るのは無理なのだ。笑顔の裏でそれを支える様々な感情が、人間にはある。アルバムに惨めな写真を貼りたいと思う者はいないだろう。つまり、その瞬間が最高の時で、アルバムに貼り付ける写真には、精いっぱいに選んだ瞬間がある。アルバムを眺めているだけではわからない。選ばずに破り捨てた写真が何枚あったのか、アルバムを眺めているだけではわからない。

　丹念に一枚ずつページを見たが、貼られた写真が剝がされたような痕跡は見つけられなかった。

「紐（ひも）を持ち去ったやつがアドレス帳も持ち去ったとすると、よっぽど自分の名前が自殺と結びつけられるのを怖れた、ってことだよな」

　田川の言葉に、龍太郎は頷（うなず）く。

「やっぱあれかな、不倫。相手は妻子持ちで、このアパートに通ってた。それで別れ話が出たか何かで、女は自殺。その遺体を見つけちまった男は、泡くってアドレス帳を持ち逃げ、しらばっくれた」

「本気でしらばっくれるつもりなら、ロープを切って遺体を下ろすかな」

「抱いた女だぜ。それなりに好きだったんだろうし、それが失禁して鼻から血ぃ出して、ぶらーんとなってたら、あんまり可哀想だって下ろしてやりたくもなったろう」

「ロープの半分は、記念品か」

「おまえもきついこと言うな」

田川は苦笑いした。

「シリアルキラーの殺人記念じゃあるまいし、自殺者が首くくりに使ったロープをコレクションしたいと思う変態なんかいるかよ」

「それはわからんさ。どっちみち、自殺と断定されれば、俺たちが詮索するような問題じゃなくなるしな」

「そういうことだ。俺らとしては、ま、状況を確認して、後腐れがないようにしておくまでだ」

ドアが開いて、服部が顔を出した。

「園部さんは先に引きあげた。大家の言ってることに矛盾はなかったよ。このアパート、再来月取り壊しになるんで、来月中に全員に転居するよう言ってあったんだそうだ。なのにここんちの、狩野美香だけが、いつ引っ越しするか予定を言ってくれてないんで、引っ越し先が見つからないなら知り合いの不動産屋に口をきいてやろうかと思って、部屋を訪ねた。日曜日の午前中は滅多に外出しないって知ってたんだとさ。狩野美香は几帳面(きちょうめん)な女で、休日の午前中はずっと洗濯してたらしい」

「この部屋には洗濯機がないですよ」

「下にあるよ。下の外廊下のつき当たりだ。大家が洗濯機を二台提供して置いてある。洗剤は自分持ちだが、電気代も水道代も大家の負担だって」

「随分気前がいいんだな」

「そのくらいしないと、今どき、こんなアパートに若い女は住まないだろう。大家が男の居住人を嫌って、入居を女だけに限定してるんだ。以前は男にも貸してたらしいんだが、酒飲んで喧嘩(けんか)したり、夜中まで騒いだり、平気で家賃を滞納したりと、ろくなことがなかったらしい」

服部は龍太郎の手からアルバムを取り上げると、ぱらぱらとめくった。

「いい子だったみたいだなあ。嫁さんにするなら、こんなのがいちばんいいんだろうけどな。安産型だし」

「いくら安産型でも、産む前に自殺しちゃあね」

田川が書き物机の引き出しを開け、束になった紙をごっそりと取り出した。

「後はこれだけだ。手分けしましょうか」

紙の束は、Ａ４、Ｂ４の大きさにきちんと揃えられていた。変型のものや大きなサイズの紙は、丁寧に端を合わせて折りたたまれている。狩野美香は、とても几帳面な性格だったらしい。ほとんどは、割引券のついた新聞の折り込みチラシのたぐいだった。近所の店のものばかりで、割引券を切り取って使った形跡のあるものもある。また、出前をしてくれる店のメニュー一覧のようなものもあった。それらが、めくって使えるように、四隅の一ヶ所だけステープルで留められている。

「なんだかおばさんっぽいな」

田川が言った。

「二十八のひとり暮らしの女が、こんなにせっせと割引券をため込んで使ってるなんてさ。生活、きつかったのかな」

「勤務先は飯田橋の印刷会社だったな。そんなに大手じゃないが、業界では堅い評判をとってる会社らしいから、むやみに給料が安かったわけじゃないと思うが」

服部は、手にしていた書類を龍太郎に向けて突き出した。

「龍さん、これ、どう思う？」

それは、カルチャーセンターの申し込み用紙の控えだった。複写式になっていたのだろう、青いカーボンインクで、名前や住所の書き込みがあり、用紙のいちばん上には、お申し込み控え、と印刷されている。

「校正者養成講座、ですか。校正者になりたかったのかな」

「趣味で校正の勉強しようってやつは少ないだろう。やっぱり、今の会社で何かあったのかも知れんな。それで技術を身につけて転職するつもりでいたんだ」

「そんな前向きな人間が、簡単に自殺しますかね」

「簡単に自殺したなんて、どうしてわかる？　これまでもずっと苦しんで、何度かやり損ねたあげくのことだったのかも知れないぞ。いずれにしたって、自殺する人間の心境なんか、第三者には絶対に理解できないもんだ。わかったようなことを言うのは死者に対して失礼だ」

「すみません」

「龍さん、まさか、コロシの線があると思ってんのか？」

「いや、井上さんの見立ては確かでしょう。自殺で間違いないと思います。ただ、本当の第一発見者が誰で、どうしてロープの上半分を持ち去り、警察にも連絡しなかったのか、それははっきりさせておく方がいいと思うんですよ、たとえ自殺と断定された場合でも。そうでないと、遺族は納得しないでしょう」

「自殺じゃ、俺たちは動けんよ。民事不介入の原則がある」

「変死体を発見して通報しなかったんです。厳密に言えば、市民の義務には反している」

「市民の義務がどうこうだけで逮捕はできん」

「事情を聴く理由にはなります。別に、その人物を何らかの罪に問いたいわけじゃないですから。ただ、この狩野美香にも親だの親戚だのはいるわけでしょう、不審な事柄がいくつもあるのに、それでも自殺は自殺ですから、と片づけられてしまったんじゃ」

「わかった、龍さん、しまいまで言うな。おまえに説教されたいとは思わねぇよ。ま、本当の第一発見者から話が聞きたいのは俺も同じだ。そいつが誰なのか特定するところまではやろう。ここが終わったら一度署に報告に戻って、俺は誰かつれて職場の人間にあたってみる。龍さんとクロは、そのカルチャーセンターに行ってくれるか。そういうとこは日曜の方が講座が多いだろうから、事務員はいるだろう」

2

課内ではクロ、で通っている同期の田川九郎は、本当に九人きょうだいの末っ子らしい。姉が五人に兄が三人、内、姉二人と兄二人は双子だというから、驚くべき多産系の母親から生まれた男である。さすがに九人目ともなると、名前を付けるのも面倒になった親の気持ちはわかる気がする。しかも、母親は田川を産んだ時すでに四十六歳だったというから、大正生れの女性は頑丈である。田川は幼い頃、自分の母親を、おばあちゃんだと思っていたと言う。幼稚園から小学校にかけて、同級生の母親はみな二十代から三十代前半。比べて田川の場合、いちばん上の姉が当時すでに嫁いでいて、二歳になる甥っ子までいたらしいから、並べて見れば、自分の母親が他の子供の母親よりも、断然歳をとっていることは子供の目にも明らかだ。しかも、たまに実家に遊びに来る姉が、自分の子供に向かって、ほら、おばあちゃんに抱っこしてもらいなさい、とか、おばあちゃんに遊んで貰おうねぇ、とか話しかけるものだから、田川もつい、自分の母親をおばあちゃんと呼んでしまったのだそうだ。今にして思えば、けっこう残酷なこと言っちゃったよなあ、と、公用車のハンドルを握りながら田川がぼやいた。

「龍さんのおふくろさんは、まだ健在？　なんか、署の地元だとか聞いたけど」

「深川の方だけどな。すっごく元気でぴんぴんしてる」

「早く結婚しろってうるさいんじゃないか」

「いや……刑事になってから言わなくなった。なんか知らないが、刑事ってのは危険な仕事だと思い込んでるんだ」

「危険かどうかって点だけなら、交番勤務の方がよほど危険だけどなあ。ま、四課にでも異動になれば別か。俺たちは事件が起こっちゃって、犯人が逃げてから駆けつけるんだから、危険度は低いよな」

「クロは結婚しろって言われてんの？」

「どうでもいいと思われてるよ、俺なんか」田川は笑った。「二番目と三番目の双子の姉ちゃんが、まだ結婚してないんだ。四、五番目の双子の兄ちゃんと、六番目と七番目の姉ちゃんは結婚してるんだけどな。八番目と俺の二人は、男だし、兄貴も会社の寮にいるから、親にとっては好きなようにしろ、って感じ。二番目と三番目はもう四十だぜ、どうする気なんだか」

「別にいいじゃないか、ちゃんと仕事持って生活できてるなら。それにしても、そうやって聞いてるとほんとすごいな、九人きょうだい、って」

「いい加減にしろよ、って感じだよ。家ん中ガキだらけなのに、コンドームもつけないでヤリまくったんか、あんたら、ってさ」

「そのおかげでおまえがいるんだろ。普通なら、打ち止めになってるはずなんだから」

「それはそうなんだけどなあ、でも子供ん時から、飯のたんびにおかずの争奪戦を繰り広げて来た俺としては、やっぱコンドームは大事だ、と声を大にして言いたいね。あ、あの建物か。パーキング、あるのかな」

　東京学院アカデミー、と大きく書かれた縦看板の下に、青地に白く抜かれたPのマークが見えた。地下駐車場に車を入れてホッとする。日本橋（にほんばし）、という場所柄、タイミングが悪いと車を停めるのに苦労するのだ。日曜日だが、学院の中は活気に溢れていた。カルチャーセンターというものが世の中にあるというのは知っていたが、こんなにブームになりつつあるとは知らなかったのだ。週に五日から六日みっちり働いて、なおその上に、何かを学ぼうというその気概には感心するが、それだけ、自分の今の仕事や生活に満足していない人間が多い、ということなのかも知れない。

受付で用向きを話すと、事務室の生徒課課長が応対すると言われ、応接間に案内された。五分も待たない内に、生徒課課長・高柴という男が現れて、せわしなく名刺を二人に配った。まだ三十代前半ぐらい、龍太郎より少し年上、という感じで、撫でつけた髪の毛が少し気障な男だった。

「ええっと」高柴は抱えて来た青いファイルをめくった。「狩野美香さん、でしたよね、お訊ねの生徒さんは。ああ、これだこれだ。はい、狩野美香さん、確かに私どもの、プロ校正者養成コースに在籍していらっしゃいますね。狩野さんがどうかされたんですか、警察の方がこうやってお見えになったというのは」

「まず、これは事件の捜査、というようなものではない、と申し上げておきます。従いまして、プライバシーの問題があります」

「わかってます、わかってます。うちとしても、どんなことであれ、生徒さんの個人的な事柄を簡単に外部に漏らして得をすることなど、何ひとつありません。警察の方ところしてお話ししたこと自体、絶対に、他の生徒や外部に知られないようにいたします」高柴はせっかちに言って、神経質そうに顔をしかめた。「しかし、逆もまた真なり、ということがあります。犯罪捜査でないとすれば、こちらとしても、警察に質問されたからと言って、簡単に個人のプライバシーについてお答えしていいものかどうか、ケースバイケースで考えさせていただくことになると思いますが、それはご理解いただけますね？　もちろん、できる限りの協力はさせていただくつもりですが」

「それで結構です」田川は高柴のよくまわる口を塞ぐように、強く言った。「前置きはこのくらいにして本題に入りましょう。本日の午前十一時頃ですが、狩野美香さんの遺体が、狩野さんのアパートの自室で発見されました」

高柴が驚愕して口を開けたが、その口から言葉が出る前に田川が続けた。

「解剖結果がまだ出ておりませんので断定はできないのですが、遺体の状況から、自殺ではないかと推測されます」

「……じ、自殺」高柴は言って、ほー、と長く息を吐き、その拍子に顔が緩んでにやけた笑いを一瞬、浮かべた。「そうですか。まあそれは……お気の毒なことで」

それはよかった、と続けそうで、龍太郎は失笑しそうになった。高柴のそれまでは強ばっていた顔が、弛緩している。殺人事件に巻き込まれて学院の名前がマスコミに出ることを考えれば、自殺というのは、ありがたい話なのだろう。

「えっと、狩野さんは、今年の四月からプロ校正者養成コースに進級されていますね。このクラスまで進級したということは、本気で校正者を目指していたんでしょう。何があったのかはわかりませんが……もったいないですねぇ」

「ということは、昨年もこちらに？」

「はあ、記録から見ると、一昨年から通われています。一昨年は、校正技術習得コース初級、昨年はその中級と進まれていますね。中級を修了すれば、印刷会社などからの求人をご紹介できるんです。つまり、プロとして仕事は可能だということです」

「しかし狩野さんは、さらに上のコースに入られたわけですね？」

田川のたたみかけるような質問に、高柴は丁寧に頷いた。

「校正という仕事は、その内容が多岐にわたっています。中級まで学ばれれば、世の中に溢れている印刷物の大多数を校正する力はつきます。つまり、広告のチラシ、宣伝パンフレット、電車の中吊りやポスター、それにカレンダー、役所や学校のお知らせなんかですね。しかしその他に、もう少し広範囲な知識や技術が必要な校正、校閲、という仕事があるわけです。プロ校正者養成コースでは、単に誤植や誤字、印字指定間違いなどを見つける校正の仕事だけではなく、文法的な間違い、語句の誤用、さらに、常識や時事の事実との矛盾などを指摘したり、専門用語のチェックをしたりする、校閲、という仕事についても学びます。プロ養成コースを修了された方で、転職を希望されている方には、出版社の契約社員や中途採用等に専門職として推薦させていただくシステムになっています」

「狩野さんは、そうした転職を希望していたということですね」

「ご本人から具体的な就職相談は受けていなかったと思いますよ、まだ。相談を受けた場合には、そのむね、この生徒記録に担当講師が記入することになってますから。ですが……出席率は非常に良かったみたいですし、校正者として転職することを本気で考えていたのは、間違いないでしょうね。プロ養成コースは課題も多いですから、趣味として受講するにはハードなんです。狩野さんはフルタイムで会社勤めしていらしたようですから、このコースに一年間通い続けて、きちんと修了するとなると、生半可な気持ちでは無理でしたでしょう」

「課題ですか」龍太郎が訊いた。「それはつまり、宿題みたいなもんですね?」

「そうです。例文が与えられ、それを校正、校閲して提出する、そういうものです。わたしは事務方ですから、内容の具体的なことまではわかりませんが、なんでしたら、この講座の担当講師とお話しになりますか」

「そうさせていただければ」

「わかりました。ただ、本日は授業がないのでこちらには来ていません。横浜校の方だと思いますが、あちらのスケジュールは問い合わせてみませんと。刑事さんたちがこれから横浜に行かれるようでしたら、講師本人に、時間の都合をつけるよう連絡しますが」

「参ります」

「ご熱心ですね」高柴は、少し不安げな笑顔になった。「……自殺でも、警察はやはり、こうした捜査をするものなんですね」

「いいえ、自殺と断定されれば、捜査は終了します。自殺ですと、刑事事件にはなりませんから。それが日本の警察の原則なものでして。ただ、まだ断定されていないということと、二、三、確認したい事柄があるものですから」

「確認したい事柄、とおっしゃいますと？」

「所持品が一部、行方不明なんです」田川が言って、龍太郎に目配せした。「狩野さんがここに通ってたのではないか、ということも、講座の申し込み用紙の控えがあったので判ったんです。しかし、こうしたところに登録すれば、会員証のようなものが発行されるんじゃないですか？」

「もちろん、発行いたします。ただ、うちの場合、専門学校ではないので、学割が適用されるような学生証は発行していませんが」

「紛失した場合は？」

「再交付しますが、手数料を五百円いただいています。再交付されたという記録もこの生徒記録に記載されます。狩野美香さんにはそうした記録はないようです」

「つまり、会員証はお持ちになっていたはずですね」

「はあ。部屋にはなかったんですか」

「ありませんでした。それと、電話番号などが書かれた住所録のようなものも、それから、ＯＬさんですと普通持っている、スケジュール帳のようなものも出て来ていません。ですから、そうしたものをまとめて、こちらに忘れておられる可能性があるのではないか、と」

田川はこうした咄嗟（とっさ）のつくり話が巧（うま）い。龍太郎は感心しつつ、同意するように頷いた。龍太郎自身は、咄嗟に話をでっちあげる、ということがなかなかできない。

「忘れ物ですか。それでしたら、事務課に問い合わせてみましょうか」

「よろしくお願いします。ついでにその、同じコースを受講していた方で、どなたか、お話を伺えそうな方をご紹介いただけないでしょうか」

「うーん、しかしそれは……自殺ということですと……狩野さんのご家族のお考えもあるでしょうし、わたしどもの方から事実を広めるような真似は……」

「明日の朝刊には載ります」龍太郎は言った。「それから我々が学院の中をうろうろしたのでは、余計におかしな噂が流れるもとになります。今日の内に、まだ狩野さんが亡くなられたことが広まらない内に、済ませてしまった方が、と思うんですが」

「それはもちろん、その方がいいでしょうね」

高柴はまた、にやけたような笑顔になった。これがこの男の苦笑い、というやつなのだ、と龍太郎にもやっと理解できた。

「ではその……初級コースから二年半、同じように進級して講座を受講していた方が三名ほどいらっしゃるようですから、その方たちの連絡先だけお教えします。こちらでお待ちいただけますか。事務課の方に忘れ物を問い合わせて、横浜校にも連絡を入れて参りますので」

高柴はそそくさと立ち上がった。その拍子に、青いファイルの中から何かが転がり落ちて龍太郎の足下で止まった。龍太郎はそれを拾い上げて高柴に手渡した。

「赤鉛筆ですね。今どき、鉛筆というのは面白いですね」

「ああ、これですか」高柴は、赤い鉛筆を指先につまんで振った。「これね、うちではみんな使ってるんですよ。ボールペンやサインペンだと、間違えてしまった時、消すのに修正液を使わないとなりませんでしょう。赤鉛筆でも普通のものは、消しゴムで消しても赤い色素が残ってしまいやすい。消し痕が汚くなるじゃないですか。でもこの赤鉛筆は、普通の消しゴムで綺麗に消せるんです。それで、我々事務の者も、各講座で試験などした時の採点や、講師が課題に注釈をつける時なども、もっぱらこれが使われているんですよ」

「こちらのオリジナルなんですか。学院の名前が入ってますが」

「製品自体は市販のものです。うちで使う文房具、鉛筆だけでなくて、ボールペンでもレポート用紙でもなんでもそうなんですが、納入している業者に頼んで、すべてに学院の名前を入れて貰っています。講座に登録すると、学院の名前の入った文房具一式をセットにしたものを、全員に差し上げています。そうですね、校正のコースでもこれが使われているんじゃないかな」

「そのセットには、赤鉛筆の他に、何が？」

「ええっと、ボールペン、シャープペン、小さな定規、レポート用紙、メモ用紙、それに付箋のセットかな。あ、ついでなので、現物をこちらにお持ちしますよ。では、ちょっと失礼して」

　高柴が出て行ってドアが閉まると、田川は、龍太郎に向かって小さなガッツポーズをして見せた。

「なかったぜ、何も。ここのロゴ入りの文房具なんか、一個もなかった」

「課題とかいうのもな。教科書の類いも、講座でとったノートなんかも、まるっきりない。……バッグだろうな。子供が持ってるあの、お稽古バッグってやつ。つまり、狩野美香は、校正の講座に関連したものはすべて、普段の通勤用とは別のバッグに入れていた。あれだけ几帳面な女性だから、そうした仕分けはむしろ自然な発想だ」

「そして、誰かがそれを、丸ごと持って行ったわけだ」

「うん。……ピンクの紐の上半分を持ち去ったのと、同じやつの仕業だな」

3

狩野美香とこの二年半、校正者になる為に机を並べていた、という受講生の名前と連絡先は三人分あったが、内、二人は不在らしく電話は留守電だった。一人は自宅にいたが、その自宅が川崎だったので、横浜の帰りに寄ることにして約束をとりつけた。相変わらず高速道路はあちらこちら渋滞していて、首都高から横羽線に入るのに手間取った。

「来年には、都営が新宿まで延びるんだよな」

前の車の赤いブレーキランプに溜め息をついて田川が言った。

「もっと地下鉄が密になったら、車で出かけるやつは減るんだろうなぁ。都営や営団の、私鉄との相互乗り入れ計画がかなりあるらしいが」

「いや、車は減らないだろ」

龍太郎は大きくのびをして背中をシートに預けた。

「今だってほら、商用車はみんな荷物積んでる。地下鉄じゃ、商品見本を持ち歩くのも大変だ」

「とにかく車が多過ぎるんだよ。自家用車は日曜以外運転するな、って法律で規制すりゃいいんだ」

「でもおまえ、車、買ったんだろ。非番が日曜に当たるとは限らないぞ」

「警察手帳持ってる人間は別枠」

田川は身勝手なことを言うが、顔は半分まじめだ。半クラッチを踏み続けていることに、嫌気がさしているのだろう。


龍太郎は車が好きだった。マニア、というほどではないが、車を運転していると気分がスッとする。免許をとったのは大学四年の夏休みで、それまでは、剣道部の規則で免許は取得できなかった。四年の夏休み前に部活動からは引退となり、OBとなる。龍太郎は、前期試験が終わると同時に自動車教習所に通い、最短時間で免許を取得した。

警察官採用試験に合格した時も、刑事になりたいとは思っていなかった。本当になりたかったのは白バイ隊員だ。が、白バイ隊員になるチャンスには恵まれないまま、刑事になってしまった。制服組から私服組へと異動になるのは、多くの警察官にとって憧れらしい。刑事研修に入る前、同期や同僚たちから随分、おめでとう、と言われた。実際、龍太郎も、刑事、という仕事にいくばくかの憧れがなかったわけではなく、やはり、嬉しかったのは事実だ。が、同時に、たぶんもう、自分は白バイ隊員にはなれないんだな、と、残念な気持ちも持っていた。白バイ隊には若い内に異動して、そのままずっと隊員でいるケースがほとんどらしい。一方、刑事に一度なってしまうと、何か大きなミスをするとか身体を壊すとか、あるいは、希有な出世コースに乗ってしまうとか、そうした事態がなければ、ずっと刑事のままでいることが多いと聞いている。もっとも、警察の人事というのは下の者には皆目見当がつかない理由によって決まるので、何事にも、絶対、ということはなさそうだが。

田川があまり不機嫌なので、どこかで運転を代わってやろうかとも思ったが、首都高速にはそうした停車ポイントがない。のろのろとした緩慢な動きではあったけれど、それでも車の流れはいつの間にか動いていて、やがて標示に横浜、の文字が現れた。

東京学院アカデミー横浜校は、横浜駅の近くにあった。貰ったパンフレットに簡単な地図が出ていたので迷うこともなく、二人は車をきちんと有料パーキングに停めて建物に向かった。神奈川県警と警視庁とは、必ずしも仲良しこよしというわけではなかったので、こんなところで駐車違反などして、高橋署長に恥をかかせたらろくなことにならない。

高柴が話を通しておいてくれたので、狩野美香が受講していたクラスの講師、井筒智也とは、五分待たされただけで会うことができた。井筒は四十代半ばに見える、独特の雰囲気を持った男だった。少し白髪の混じった豊かな髪を長めに伸ばし、長袖のポロシャツにコーデュロイのズボンという気負いのない服装で、端整だが印象の強い顔立ちをしている。俳優の誰かに似ているな、と龍太郎は思ったが、誰なのか名前が出て来なかった。

「田川さんに、麻生さん、ですね」

井筒は交換した名刺を律義に読み上げた。今にも赤鉛筆をとり出して、名刺の誤植をチェックしそうだ。活字に対してこだわりのある性質なのだろう。

「本校の高柴さんから電話を貰いました。狩野美香さん、お亡くなりになったとか」

「狩野さんを御存じですか」

「もちろん、知っていますよ。わたしの講座の生徒さんですから。だからこうやって、わざわざ横浜までわたしの話を聞きにいらしたんでしょう？」

「いや、そうなんですが」田川がへつらうような笑みを見せる。「カルチャーセンターの先生と受講生というのが、どの程度その、親密なものなのか我々にはわからないものですから。中学や高校ならホームルームがありますし、大学ならゼミがあるでしょう。ですから授業以外でも接点がありますが」

「確かに、カルチャーセンターにはホームルームはありませんね」井筒は表情も変えずに言った。「しかし、講師である以上、受講生の名前と顔くらいはちゃんと記憶します。狩野さんは特に、初級からずっと通っていた方でしたから」

「では、初級の時から井筒先生が講座を？」

「いえ、初級の時はわたしではなかったです。わたしは主にプロ養成コースを担当しますが、その年によってはわたしでは中級も担当しています。昨年はたまたま、本校の方だけ中級もわたしが担当したんです。ですから、二年続けて顔を見ているわけで、当然ながら、彼女のことはよく憶（おぼ）えています。というか、よく知っていますよ。とても熱心な人で、講義のあともあれこれと質問に来ていましたし」

「ということは、狩野さんはいずれ、校正の仕事に就きたいと希望されていた、ということでしょうか」

「プロ養成コースを受講される方は皆さん、そうです。実際、印刷所などで校正の仕事をしている人もいます。やはり皆さん、出版社か新聞社に入社して、校閲の仕事をしたいと考えておられるようですね。まあ実際には、大手ほど正社員の雇用は新卒者に集中させているという現実はありまして、なかなか難しいんですが」

「しかし、高柴さんに調べていただいたところでは、具体的な就職相談はまだされていなかったとか」

「狩野さんは確か、会社員でしたよね。プロ養成コースになると、具体的に校正者、校閲者として就職した場合の給与水準や労働条件などについても説明する機会が増えます。今も言いましたが、大手の出版社や新聞社などには、この講座を修了したからと言って、それだけで正社員として雇用されるのはとても難しいんです。そうした採用が皆無というわけではないですが、期待を大きく持ち過ぎると、現実とのギャップに失望しますからね。やはり最初は、契約社員という形でしか就職口はないと思いますし、正社員として雇用されるとしても、中規模以下の印刷会社、小さな出版社や編集プロダクションなどに限られて来ます。そうなると、はっきり言って、高収入を期待しても無理なんです。一般的に出版社や新聞社の給与は高いと思われていますが、それらはみな労働組合のある大手の場合でして、組合がないような小さな規模のところは、平均的な会社員の給与水準より低いくらいかも知れません。それでもこの仕事がしたい、と強く希望されていれば話は別ですが、現在得ている収入が確保できるかどうかわからないという現実に直面すると、転職には躊躇されるのが普通です。まあしかし、校正・校閲の技術は活字文化が続く限り仕事として評価されますから、たとえば女性で、お子さんが大きくなるまでは専業主婦をしていて、それから社会復帰したいと考える場合とか、アルバイトで比較的高収入を得たいと思われる場合などには、とてもいい技術だと思いますが。狩野さんは独身のＯＬさんでしたよね、やはり将来結婚してからも無理なく続けられる仕事、ということで、技術を身につけたいと考えておられたんじゃないでしょうかね」

「つまり、今すぐの転職は考えていなかった、と」

「うーん、わかりませんけれどね、具体的に彼女から相談を受けたというわけではありませんから。高柴さんからちらっと聞いたんですが、自殺された、というのは本当のことなんですか?」

「まだ断定はされていないんです。今、遺体は解剖の方にまわされていますので。しかし、自殺、と聞いて、何かお感じになったことはありませんか。思い当たることがあるとか、意外だとか、井筒さんの持たれた感想で結構なんですが、お聞かせいただければ」

田川の言葉に、井筒は困惑した表情のまま首のあたりを手でぽんぽんと叩いた。何かを思い出そうとしている仕草に見えた。

「そうですね……実のところ、若い女性の心理を想像することができるほど、わたしはこなれた人間じゃないんですよ。わたし自身、昔から偏屈な人間だと周囲に言われ続けていまして。十五年勤めた出版社を辞めることになったのも、同僚と感情的にそりが合わなくて、それが苦痛で鬱病にかかってしまったことが原因です。幸い、昔からの知人がこの学校の関係者でして、それで誘われて講師になったわけですが。そんなわたしに、狩野さんが自殺したことに対して意見を求められても答えることは難しいです。ただその……自分の経験と照らしてみると……あ、しかし、根拠などないんですよ。無責任な噂話と受け取られてしまうかも」

「なんでも結構なんです。狩野さんのご家族に井筒先生から伺った話を漏らすようなことはしません。ただの印象でも、想像でも、なんでもいいんです。狩野さんに関して気づかれたことがあるようでしたら」

「そうですか」

井筒は頷いて、ふう、とひとつ溜め息をついた。

「さっきも言いましたが、狩野さんはとても熱心でしてね、講義の後もよく質問に来られていました。ただその……時々、少し……几帳面過ぎるというか。いや、校正者というのは几帳面なら几帳面に越したことはありません。ですから、性格としてはこの仕事に向いている人だったと思います。ただ、たとえばプロ養成コースでは、小説やエッセイなどの校閲の仕事も勉強するんですが、中級までの商業印刷物と違って、文学作品やエッセイというのは、必ずしも日本語として正しいことだけが優先されるわけではないんです。おわかりいただけますか。つまりですね、多少は文法的に誤っていても、その文章を生み出した作者の感情や、意図がそこに読み取れれば、それらの文章は尊重されるべきだ、ということです。もちろん、気になるのでしたらチェックすることは構いません。というか、校正者としては当然です。しかし作者が、そのチェックに対してどういう反応を示すかは、作者の自由なんですよ。商業印刷物のように、間違いだから直す、という単純な図式は通用しないわけです。言葉というのは生き物のようなもので、文法的に正しいことがベストではないんです。何がベストなのか判断するのは、最終的には作者です。文学作品などにおける校正、校閲の仕事というのは、誤りを直すのではなく、ひとつのラインを示す仕事なんです。が、狩野さんはそのあたりのところが、今一つ納得できていないようで。自分が買った小説雑誌など持ち込んでは、校正の練習をしていたようなんですが、それをいちいち、出版社の編集部に送っていたみたいなんですね。で、単行本で訂正されていないとひどく憤って、わたしに報告するわけです。彼女のしていることが間違っているとは思いませんが、ああも杓子定規(しゃくしじょうぎ)な考え方では、実際に仕事として校正者になった時、はたして長く続けていくことができるんだろうか、むしろわたしは、危惧(きぐ)を感じていました。それで彼女には、どちらかと言えば誤植探しが主な仕事となる、商業印刷物専門の校正者の方が向いていると思うから、転職するつもりなら印刷会社を探すといい、というようなことを言った覚えがあります。しかしその時はまだ、狩野さん自身、転職したいのかどうか自分でもよくわからない、という答えでしたね」

「それでは……先生が出された課題などにも、彼女は熱心に取り組んでいたわけですね」

龍太郎の問いに、井筒は大きく頷いた。

「熱心でしたよ。それはもう、クラスでも一番だったと思います。課題を出すと、びっしりと赤鉛筆で文字が書き込まれ、ひとつひとつの事柄についても、実にきちんと調べていました。時には、課題を出したわたし自身が知らないことまで調べあげてあったりして、何度か、彼女の提出したものを見本として講座で配ったくらいです」

「あの、本校での講座は週に何回でしたっけ」

「二回です。火曜日と木曜日の夜、七時から二時間です」

「すると……三日前は」

「授業がありました。彼女はちゃんと出席していましたね」

「課題は？」

「出しています。えっと」井筒は、抱えていた茶封筒から紙の束を取り出した。「横浜校では今日、同じ授業をするんです。五時からです。で、これを課題として渡す予定です。三日前、本校で配ったのと同じものです」

Ａ４サイズの紙が全部で十枚、びっしりと印刷された文章は読みごたえがありそうだった。一読して、何か紀行文のようなものの抜粋だとわかった。

「エッセイストの下柳ゆき子さんが、伊勢神宮に参拝した時の感動を綴った文章の一部です」

「……伊勢神宮の歴史に関する記述が多いですね」

「はい。課題用に、わざと何ヶ所か、言葉遣いを誤ったものにしてあります。歴史や神道（しんとう）に対しての知識がいくらかないと、わからないようなものが多いですね。難易度はかなり高い課題だと思います。何かの参考になるようでしたらどうぞお持ちください」

　龍太郎は頷いて、課題を綴（と）じた紙の束を受け取った。

「何か思いついたんだろ、龍さん」駐車場まで戻った時、田川が龍太郎の脇腹をつっいた。「顔に書いてあるよ。なによ、あの井筒ってやつが狩野美香を殺した証拠でも見つけた？」

「馬鹿言うなよ。そんなんじゃない。ただ」

「ただ、なんだ？　龍さん、俺たちはいちおうコンビで動いてんだから、抜け駆けはダメよ、抜け駆けは」

「だからそんなんじゃないって。ただな……狩野美香の部屋には、歴史書だとか辞書だとか、そんなものはなかったなあ、と思っただけさ」

「え？」

「だからさ、こんな難しい課題が毎週出るとしたら、狩野美香はどうやって、そんなにきちんと課題をこなしていたんだろう、調べものが出来たんだろう、……ってね」

龍太郎は言って、自分から運転席のドアを開け、ハンドルを握った。

「川崎に話を聞きに寄ってから、もう一ヶ所、寄りたいとこがあるんだけど……時間、ぎりぎりだな」

「もう一ヶ所？　どこだ、それ」

4

「それは狩野美香さん、この写真の女性に間違いないですね」

龍太郎が念押しすると、丸眼鏡の図書館職員は、何度も首を縦に振った。

「ええ、間違いっこありません。だって閉館時刻の九時まで、数日おきにいらしては、ずっと調べものをされていましたから。僕は遅番のことが多いので、この女性には何度となく挨拶(あいさつ)もしています。医学書から歴史書、音楽や絵画の本から、落語や現代風俗まで、実にいろいろなことを調べておられたので、執筆関係の仕事の方なんだろうと思っていたんです。いつも、そう、あの席ですね」

職員は、閲覧室の窓際の一角を指さした。

「あそこに座ってらして、赤鉛筆を手にして、付箋(ふせん)をこう、いっぱい貼り付けた印刷物を広げて。ただ、いらっしゃるのが決まって七時前だったので、お仕事の後で寄っているのだろうと思いましたが。昨夜も来てましたよ。ここを出られたのは閉館案内が流れた時ですから、九時五分前くらいです」

「わかりました、大変助かりました。それと、もうひとつ、最近、この女性の持ち物と考えてもいいようなバッグか袋か、そういったものの忘れ物はなかったでしょうか。たぶん、中には付箋の付いた印刷物とか筆記用具、そうしたものが入っていると思うんですが」

「いや、どうかな。忘れ物はちょくちょくありますが……ちょっとお待ちください」

職員は一度カウンターの奥に消え、それから、台帳のようなものを持って出て来た。

「バッグとか袋とか、そういったものはここ二週間ほど、忘れ物としては届いていませんね。どうぞご覧になってください」

龍太郎と田川は開いた台帳を同時に覗きこんだ。確かに、男物のディパックの忘れ物があったのが二週間前、それから後は、袋物の忘れ物は届いていない。

「あとひとつだけ、いいですかね。この狩野美香さんなんですが、いつもおひとりでしたか？　友人か知り合いと話をしていたようなことは、ありませんでしたか」

「僕の記憶にある範囲では、いつもひとりでしたよ。でも、僕も早番の時は五時に帰ってしまうんで、この人とは入れ違いになりますからね。他の職員にも訊いておきましょうか」

図書館を出ると、もう日はとっぷりと暮れていた。図書館から、狩野美香が暮らしていたあのアパートまでは徒歩で十五分ほど。昨夜の九時五分前に、狩野美香はこの道を家路についた。いつもと同じに。そしてその後、部屋に戻って首を吊った。解剖結果は出ていた。死亡推定時刻は昨夜の九時から十二時の間。自殺である可能性大。薬物の摂取の痕跡もなし。頭部その他に外傷もなし。薬を飲まされたり殴られたりして意識を失っている間に首吊りの工作をされた、という可能性はない、ということになる。

「とりあえず、歩いてみるか」

龍太郎が言うと、田川も頷いた。龍太郎も田川も、刑事という仕事柄、どうしても早足で歩く習慣がついている。意識してゆっくりと、左右の景色にも目を配って歩いた。

図書館がある一画は、小さな児童公園や公立中学などが並んでいて、下町のこの地域でも文化的な香りのする一画になっている。公園の周囲はセンターラインのない住宅地の狭い道路が取り囲んでいて、いたるところに子供飛び出し注意の案内板が立っている。龍太郎は少し迷ったが、その道路を歩かずに、児童公園を横切るルートを選んだ。その方が距離的にも近いし、車が通らないので歩きやすい。ただ、若い女が夜の九時過ぎに、暗がりの多い公園に踏み込むかどうか、という点では自信がなかった。公園にも街灯はあるが、民家の窓灯りがない分、暗い。

「微妙だな……ここに何もなかったら、道路の方を歩き直してみよう」

「何かあると考えてるのか、龍さん。だったら先に、何があると思ってるのか教えてくれよな。あんたの場合、魔法みたいに突拍子もない答えをひねり出すんだから、先に目星をつけさせてくれないと、あんたの考えについて行けん」

「そんな大袈裟に言うなって。ただな」龍太郎は、ゆっくりと歩を進めた。「紐が持ち去られた、と考えるから、わけがわからんのじゃないか、と思ったんだ」

「どういう意味だ？」

「うん……首吊りの紐を切るってのは、つまり、遺体をおろす、ってことだろう。で、遺体をおろして、下の方、首に巻き付いてる紐を解いてやるのは理解できる。死者が気の毒だと思えばな。でも、もう遺体はおろしてあるのに、紐の上の方だけ持ち去る理由なんて、いくら考えても想像できないんだ。それで、持ち去られたのは下の方、つまり、遺体の方だったんじゃないか、と思ったのさ」

「何言ってんだ、だって狩野美香の遺体はあの部屋に……あ、そうか！」

田川が大声をあげた。龍太郎は周囲に他人がいないことをさっと確認して頷いた。

「そうだ。つまり、紐を切って遺体をおろした奴は、遺体の方を抱えて行ったんだ……本当の自殺現場から狩野美香のアパートへと」

「しかし、なんでわざわざ自殺した遺体をアパートの部屋に戻したんだ……つまり、狩野美香は、誰かにとって、ものすごく都合の悪いところで自殺していた、ってことか？」

「それも考えられる。たとえば……男の部屋とか、な。別れ話がもつれて発作的に自殺され、途方に暮れて、遺体だけ狩野美香のアパートまで抱えて行った。リスクは大きいが、不倫関係か何かで、自殺であっても遺体がそこにあるだけで破滅する立場の男だったら、そのくらいはするだろう。あるいは」

「あるいは？」

田川の問いに答えず、龍太郎は足を速めた。

道のりから言えば、確かに公園を横切るのは近道になる。だが、女性が一人で夜の公園に踏み込もうとまで考えるほどには、時間の節約になるとは思えない。それでも、龍太郎にはその公園がポイントに思えた。図書館を出てから誰かの車にでも乗ったのなら話は別だが、狩野美香のような女性が、夜の九時を過ぎてからそうした行動をとるとは思えない。図書館からアパートまでの間に何か起こったとしたら、それはこの公園の中でのことだったと、龍太郎は半ば確信していた。だが、なぜ彼女は、疲れてくたくたになっていたはずなのに、わざわざ公園に寄ったのか。一人であれば、彼女は決して、暗い公園の中に足を向けたりはしない。そう、彼女は一人ではなかったはずだ。そしてもし二人でいたとしたら……二人なら、どうする？　公園でまずすることは……どこかに並んで座る、それだ。座るための物が、公園にはある。

公園の中ほど、小さな砂場の横にあるベンチの下に、それは半ば埋もれるようにして落ちていた。龍太郎は指先でそれをつまみ上げ、田川に見せた。

赤い鉛筆。消しゴムで簡単に消せる、新製品。東京学院アカデミーのロゴが印刷されている。

「……ゆうべ、ここに座ったんだな、狩野美香は」

田川が呟いた。龍太郎は首を縦に振った。

「もっと前に落としていれば、几帳面な被害者のことだから、きっと探し出していただろう。ベンチに座った記憶があれば、すぐに見つけられる」

龍太郎はベンチの後ろに回り込んだ。慎重にベンチの背面を調べ、それから、ベンチの真後ろに立っている、『公園では、ルールを守って楽しく遊びましょう』と書かれた注意書に視線を移した。キャッチボール禁止、スケートボード禁止、自転車の通り抜け禁止。禁止事項ばかりが並べられ、窮屈な都会の子供たちの現実が箇条書きで表現された案内板。その案内板の下部に、垂れ下がった紐があった。ピンク色のとても派手な紐。龍太郎はようやく、その紐の本当の正体を知った。それは、自転車の荷台に取り付けて荷物が落ちないようにする、あの紐だった。案内板にしっかりと結びつけられた紐の先端には、荷物を留める金具が付いていた。龍太郎は手袋を取り出してはめ、結び目に指をかけた。きつく、きつく締まっている。これでは、刃物の先でこじ開けたとしても、簡単にほどくことはできないだろう。

「こんな自殺が、あるかよ」

田川が呟く。その通り。こんな自殺はあり得ない。

「鑑識を呼ぼう」

龍太郎の言葉に、田川は走り出した。

5

「たいした知識をお持ちのようですね。法医学だとか警察の捜査に関して。我々も顔負けです」

龍太郎の言葉に、井筒智也は不愉快そうに横を向いた。

「黙秘される、というあなたの意思はわかりました。黙秘は被疑者の権利ですから、それを責めるつもりはありません。しかし我々としては、やはり、あなたに自供していただきたいんです。その方が、お互いに時間も節約できるし、不愉快な思いも少なくて済みます。あの現場には、たくさんの証拠が残されていました。被害者の毛髪、男物の靴痕、赤い鉛筆、その他にもいろいろ。そして何より、ピンク色の紐。あなたとしては、今日にでもあの公園に行き、あのピンク色の紐を回収したいところだったでしょう。が、あそこは狩野さんの部屋に近過ぎるし、狩野さんがあの図書館の常連だったことを考えると、迂闊にあなたがあそこに近づくことは出来ない。ましてや、授業があるのに職場を休んだりすれば目立ち過ぎる。しかし、どうして狩野さんの遺体を部屋に運んでから、こっそりと公園に引き返さなかったんです？　昨夜の内に紐を回収していれば、我々があれを見つけることはなかったのに」

　井筒智也は黙ったまま、下を向いて自分の握り拳を見つめている。

「いや、実は、その点についても、少しは手がかりを得てはいるんですがね。昨夜午前二時過ぎ、あの公園に、原付オートバイで暴走行為をしている不良グループがいたことが判っています。バイクの音がうるさいと近隣の住民から署に通報があり、パトカーが一台出ているんです。あなたは狩野美香さんの遺体をアパートの部屋に横たえたあと、公園に戻った。が、そこには暴走族がいて、近づくことが出来なかった。まあそんなところでしょうか」

龍太郎は、ゆっくりと空咳をした。井筒の蒼白な顔には、微かにゆるみが見てとれる。黙秘も長くは続かないだろう。

「自殺に見せかける工作は完璧でした。意識のある人間の首に紐をかけて殺そうとした場合、被害者は必死に首の紐をはずそうとします。それで、首に細かい縦の傷が残る。それがあれば、殺人の証拠のひとつになります。従って、首吊り自殺を偽装するなら、被害者の意識が失われていることが望ましい。しかし頭を殴ったり薬を飲ませたりすれば、それまた殺人の証拠になってしまう。あなたは、そうした無理な工作はしなかった。いや、無理な工作をしなくてもよい状況になったので、殺害を実行したんです。まさに、咄嗟に思いついたとすれば天才的なひらめきです。ここからはすべてわたしの想像なので、間違っているかも知れない。でも当たらずといえども遠からず、ではないかと思うんですが、とりあえず聞いて貰えますか。あなたは狩野美香さんと、個人的な交際をしていた。このことについては、狩野さんと校正講座で初級から同級生だった方が、狩野さんが恋愛に悩んでいたのではないか、と教えてくれ、しかもどうやら不倫関係だったようだというので、薄々、見当がつきました。狩野さんの日常は仕事と校正の勉強でびっしりとうまっていて、会社か東京学院アカデミー関係ではない男性と恋愛をする時間的余裕があったとは思えません。しかし会社の方では、まったくそうした噂もなかった。そして彼女は非常に熱心な生徒であり、あなたを尊敬していただろうということは想像がつきます。月並みだが、彼女の相手はあなただと考えると、他のいろいろなこととも符合するが、あなたは結婚しておられる。そして狩野さんは、非常に生真面目な性格の女性だった。当然、狩野さんとしては、あなたが現在の奥さんと離婚されて、自分と結婚してくれることを期待していたはずです。だからこそ狩野さんは、中級を修了してもすぐに転職はせず、勉強を続けていた。あなたと結婚するのならば、転職した直後では何かと慌ただしいですからね。しかしあなたの方にその気はなかった。狩野さんは遂にしびれを切らし、あなたの奥さんに事情を話したいと希望した。よくあるトラブルですが、狩野さんの余りにも几帳面で一途な性格を知っていたあなたにとっては、狩野さんの決心は脅威となった。昨夜、図書館帰りの彼女を待ち伏せたあなたは、公園で話し合いをした。話し合いは長時間に及んだ。狩野さんはここ数日、残業と勉強とで睡眠不足でした。つい睡魔に襲われた彼女は、あなたと話し合っている最中に、うつらうつらしてしまった。その様子を見ていたあなたは、手近にあった紐、あれは自転車用の荷物紐なんですが、たぶん、昼間公園の中を自転車で通って、あのベンチでひと休みした人が忘れたものでしょう、その紐で、狩野さんを殺害することを思いついた。紐の端をベンチの真後ろにあった案内板の、横板と縦棒とが接着されている部分に結びつけた。しっかりとね。それから、残った端を輪にして絞首刑の準備をし、その輪を狩野さんの首にかけた。

そして、狩野さんの前に立て膝になり、彼女の頭を摑み、その頭と髪を引っ張った。思いっきり、前方下へ」

井筒がゆっくりと息を吐いた。泣いているような呼吸の音が聞こえた。

「昨日の深夜、気温はかなり下がっていました。あなたも狩野さんも手袋をしていたでしょう。そして狩野さんの手袋が毛糸で編まれたものだったとしたら、首が苦しくて指を紐にあててひっかいても、明瞭な傷は出来なかったかも知れない。しかし、あなたは彼女の髪の毛を引っ張ることで、より確実に偽装工作したんです。狩野さんの遺体はあらためて司法解剖されることになりましたが、たぶん、頭皮には鬱血痕や毛髪が引き抜かれた痕跡があるはずです。うたた寝していた彼女は、突然の痛みで目覚めます。が、彼女は咄嗟に、髪を引っ張っているあなたの手から逃れようと、両手を頭に持って行ってしまった。首の苦しさを認識できた頃にはもう手遅れです。一気に頭を前方下に引っ張られて、首の骨は簡単に折れてしまった。あなたの唯一の誤算は、紐を固く結び過ぎていたことです。仕方なくあなたは、狩野さんのバッグの中から文房具入れを取り出し、その中に入っていた刃物で紐を切った。その時、バッグの中に、手帳などが入っているのを見て、万が一その中に自分との関係が書かれていたら、と思い、バッグごと持ち去ることにしたんでしょうかね。あなたは狩野さんを背負い、公園を抜け、できるだけ人目につかないようゆっくりと隠れながら、狩野さんのアパートにたどり着いた。自殺をするのに夜の公園では不自然です。どうしても自室で死んだことにしなくてはならなかった。ただ、それは危険な賭けでした。屋内と屋外では死亡推定時刻がどの程度ずれるものか、正確に割り出すことは難しい。あなたのアリバイが成立するのかしないのか、あなたにもわからなかったはずです。しかしあなたはあえて、室内に余計な偽装工作はほどこさなかった。そんなことをしてそれがばれれば、殺人事件として捜査が行われてしまいますからね。あなたは、紐とバッグが持ち去られていることに警察が気づくのは覚悟していました。しかし自殺であるという判断さえ下されれば、その時点で、警察の捜査が終了する、紐とバッグを持ち去った人間の追及も、そこまでで終わるはず、そう考えた。一見雑な考え方のようですが、自殺と断定された時点で警察には何もできなくなる、それを熟知していればそう考えても不自然ではないんです。現実には、遺体が公園から狩野さんの自宅に移されたことが判明した時点で、自殺ではなく殺人の疑いが濃厚となり、遺体は司法解剖に回されて徹底的に調べられました。それにより、吉川線、あ、あなたはもちろん御存じかと思いますが、首を絞められた被害者が抵抗して首から紐などを外そうともがいた時に首の皮膚に出来る擦過傷のことです。その吉川線がなくても、首の折れた角度がいわゆる首吊り自殺の場合と異なることなどがすでに判明しています。狩野さんが自殺ではなく何者かによって殺害されたことは明白になっています。ですがもし、我々が発見するより早くピンクの紐の上部をあなたが回収し、それを狩野さんの部屋に戻すなり破棄するなりしていたとしたら、狩野さんが殺害されたのか自死したのか、その判定は微妙だった。いったん警察が自死と判断すれば、もうそれ以上の捜査はしない。仮にあなたが、狩野さんの遺体を運ぶ時にピンクの紐の上部を首尾よくほどいて、狩野さんの部屋の窓枠でもドアノブでも適当なところに結んでいたとしたら、おそらく警察は自殺と判断し、捜査は打ち切られていた。あの紐がほどけなくなっていたのは、狩野さんの無念のなせるわざだったのかもしれませんね」

井筒は一度だけ、麻生を見た。だがすぐに口を結ぶと下を向いた。自白を得るのに相当手こずるかもしれないな、と麻生は思った。この男は、警察の捜査や取り調べに対しても、かなりの知識を持っている。

「あなたは、警察が自殺が濃く疑われる変死に対してはあまり積極的に捜査をしないことも御存じだった。変死は警察案件ですが、それが自死と判明すれば、刑事事件ではなくなります。紐の問題など不自然な状況があっても、警察が自殺と判断する可能性は高いとあなたは思い、それに賭けた。結果としてあなたは賭けに負けてしまいましたが、わたしが何より感心しているのは、あなたのその、警察という機構の最大の弱点を知った上での、大胆な判断なんですよ」

龍太郎は、膝の上に置いてあった一冊の書物を、ゆっくりと机の上に出した。

「あなたがまだ出版社に勤務されていた頃に、校正された本ですね。著者は我々の先輩の元刑事、警察捜査に関するドキュメントのようですが」

龍太郎は、本の表紙を井筒の方へと向けた。そこには、黒い表紙に白い文字で、『民事不介入』、と印字されていた。

割れる爪

1

昔、大好きで毎週楽しみにしていた刑事ドラマに出て来る取調室は、小さな牢獄のように暗くて強固に見えた。だから警察官になっても、取調室とはそういうところなのだと思い込んでいたのだ。刑事研修を終えて私服で勤務するようになって、まず驚いたのは、取調室のちゃちさだった。もちろん、重罪犯用にはそれなりの部屋が用意されている。ちゃんと金網の張られた窓には警報装置も付いている。が、そうした部屋で重罪犯の取り調べをするのは、ほとんどの場合、本庁から来た刑事たちで、所轄の刑事は取り調べに同席させて貰えないことの方が多い。

麻生龍太郎は今現在、刑事になってまだ一年にもならない、所轄の刑事課、強行犯係と呼ばれる部署にいる新米刑事で、まだ管轄内で発生した重大事件の取り調べにほど同席させて貰える立場ではなかった。

が、毎日のように、取調室は使っている。刑事課のフロアの端に、簡単にパーティションで区切って設けられた、小さな箱部屋を。少し大きな声を出せば、隣りの仕切りは言うに及ばず、刑事課のフロア中にその声が聞こえるような取調室だ。本来は被疑者の取り調べに使うための部屋ではなく、事件の関係者からの事情聴取や、告訴に関する相談、その他、もっと穏便な作業のために設けられている部屋だったが、所轄の刑事課が主に扱う細かい事件では、被疑者がよほど凶暴だったり、逃亡の怖れがある場合以外、その部屋で間に合わせてしまうことが多いのだ。

今、龍太郎は、狭苦しいその箱部屋の中で、女と向かい合って座っていた。女は口を開かない。黙秘権を行使するつもりなのだろうか、それとも、何を喋れば自分にとって少しでも有利に事が運ぶのか、必死で考えている最中なのだろうか。いずれにしても、現行犯逮捕なので、黙秘しようがどうしようが、さっさと送検してしまえば刑事の仕事はそれで終わりだ。現行犯では証拠不十分で公判が維持できない、などという面倒なことはあり得ない。もっとも、と、龍太郎はひとつ、溜め息をついた。この女が少し利口なら、弁護士を通じて示談交渉をするだろう。刑事事件だから示談というのは法的にはあり得ないが、実際には、この程度の傷害事件は、被害者に対してそれ相応の金を支払って謝罪すれば、実刑になどならない。しかし、と、もうひとつ、龍太郎は溜め息を漏らした。この女は、どうも、さほど利口ではないようだ。

「とにかく、名前を教えてくれませんか」

龍太郎の声に、女は顔だけ上げた。薄汚れた顔だ。もう何日も風呂に入っていないのだろう。だが造作は整って、美人だ。年齢は、こんなに汚れていると見当がつけにくいが、首や目尻に皺がないので、まだ二十代かも知れない。

「名前、ですよ、あなたの名前。名前がないと、なんて呼んでいいかわからないし」

「はなこ」

女は、ぽつり、と放り出すような口調で答えた。本名ではないだろう。太郎と花子、程度の発想か。それとも本名なのだろうか。中華の華で華子ならば、知り合いにもいるが。

どちらにしても、口を開いたというのはひとつ進展だ。

「はなこ、さん。字はどんなのを書くんですか。お花畑の花か、中華の華か、それとも、平仮名のはなに子供の子かな？」

はなこは、まともに龍太郎の顔を見た。龍太郎が何と言ったのか意味がわからない、という表情だった。龍太郎は、あ、と気づいた。もしかしたら、この女、日本人じゃないのか？

「漢字、わかりますよね。それとも、わからない？」

はなこは、ゆっくりと横に首を振る。

「あなたは、日本の人では、ないんですか？」

今度は、首を傾げた。おい、どっちなんだ。おまえは日本人なのか、そうじゃないのか？

「あ、えっと……Are you Chinese?」

今度は激しく首を横に振る。中国人ではない、と言いたいのか、それとも、英語がわからない、と言いたいのか。

「うーん、えっとね、だったら名字は？　はなこ、の上の部分を教えてください」

女は今度も首を横に振る。やっぱり黙秘なのか？　龍太郎は、投げ出したくなる気持ちをこらえて、自分の姿勢を正した。何はともあれ、まずは忍耐だ。刑事になって先輩連中からまず言われること、それが、一に忍耐、二に忍耐、三、四がなくて五に忍耐。

「そうですか……わかりました。じゃ、言いたくなったら教えてください。忘れちゃったんなら思い出してね。名字がないといろいろと困るからね。で、事件のこと、話しましょうか。あなたは、現行犯で逮捕されています。わかりますか、現行犯。犯罪を犯しているその場で逮捕された、ということです。現行犯の場合だけは、警察官ではない一般の人にも逮捕権があるんです。令状ももちろん、必要ありません。あなたは、通りがかりの、見ず知らずの女子高校生に突然襲いかかり、爪で被害者の顔をひっかきました。そして、通りかかった男性たちに取り押さえられたわけです。暴行傷害の現行犯です。その場に警察官はいませんでしたが、事実上、この男性たちが現行犯であなたを逮捕したということになります。もちろん、それから駆けつけた交番の巡査が、状況を確認し、正式にあなたを逮捕しました。被害者にも状況を確認していますす。ですから、あなたがしたことについては、すでに、起訴に足りるだけの証拠が揃っているということになりますね。あ、言葉、難しいかな？　簡単に言えばですね、あなたが女子高校生の顔をいきなり爪でひっかいたことについては、言い逃れはできませんよ、ということです。あなたがこのまま黙っていても、送検、つまり検察に身柄が送られ、起訴され、裁判になります。ですが、あんなことをしたからには、その理由があると思うわけです。理由があればしてもいい、という意味ではありませんよ。あなたのしたことは、犯罪で、ゆるされないことです。ただ、あなたがそれをした理由、つまり、動機、というやつですね、それによっては、罪を少し軽くしてあげよう、と裁判官が考える可能性もあるわけです。また、その動機によっては、あなたがまた同じようなことをしないように、対策を考えたり、あなたを助けたりすることもできるかも知れない。この国の法律は、犯罪を犯してしまった人にも、そうしてチャンスを与えましょう、ということになっています。だから、あなたがやったことは明白でも、その理由をあなたから聞く必要があるわけです。こういう言い方はあまりよくないんだけど、話した方があなたにとっても得ですよ。もしかすると、黙秘権をつかおうとしているのかも知れないけどね、現行犯ですから、黙秘したって有罪は有罪です。わかるかな、黙っていても得なことは何もありませんよ、という意味です」

言いながら、俺はいったい、なんでこんなまどろっこしいものの言い方をしているんだろう、と、龍太郎は自分で呆れた。だいたい、女は俺の言葉なんてろくに聞いていない。その目はどんよりとして、焦点すら定まっていない。

精神鑑定が必要だろうな。龍太郎は、諦め半分にそう思った。少なくとも、送検した時点で、検事が精神鑑定を決めるだろう。そもそもの事件からして、異常行動としか思えないのだ。目撃者や被害者の話を総合すれば、この女は、歩いていてすれ違った女子高校生の髪の毛をいきなり摑んでひきずり倒し、その顔を爪でひっかいたのだから。

留置して真っ先に行われたのは、当然ながら、覚醒剤反応の検査だった。尿の成分を検査するだけなので、すぐに結果が出た。シロ。しかし、それで覚醒剤に関して一切の疑いがなくなった、というわけではない。使用したのがかなり以前だった場合、尿には反応が出ないだろうし、覚醒剤中毒患者が起こすフラッシュバックは、使用を中止して何年も経ってから突然出ることだってある。他にも薬物を使用していた可能性があったので、血液検査も依頼した。が、今のところ、何かの薬物に陽性反応を示したという回答はない。

女は、ホームレスなのだろうか。ショッピングバッグ・レディってやつ。確かに、この薄汚れた顔と髪は、最低一週間は風呂に入らずに戸外をうろついていたことを想像させる。だが、年季の入ったホームレス、というようにも見えなかった。髪はさほど長くなく、ごわごわに固まってもいない。顔にしても、汚れてはいるが、皮膚が垢でひび割れているというほどではない。しかし、同じホームレスでも女の場合には、毎日洗髪している者がいるのもまた、事実だ。下着を二枚持っていて、ちゃんと毎日洗って取り替えている、という女も取り調べたことがある。そうした女たちは、夜も、簡易ホテルに寝泊まりしていたりする。もちろん代償は払っているわけだが。たいていは、数人の男のホームレスの共同所有物のようになっていて、彼らが必死の思いで集めて来るなけなしの金でもって、簡易ホテルに泊まるのだ。その見返りとして、順番に、男たちの相手をする。考えてみれば、不特定多数を相手に売春するよりはましなのかも知れない。いつも決まった相手としかしていなければ、性病などに感染する心配も少ないし、それなりに気心が知れて友情めいた感情も湧いているだろうから、殺伐とした、男の性欲処理の道具にされている、という感じとは、また違ったメンタリティを持てるのかも知れない。少なくともその女を所有している男たちは、女に逃げられたり嫌われたりしないよう、ご機嫌をとるくらいのことはするはずだ。

　この女も、そうした生活をしているのかも知れない。薄汚れてはいるが、少なくともそんなに臭いとも感じない。痩せているけれど、何日も食べていなくて死にそうだ、という顔でもない。

「もう一度、訊きますよ。名字は何ですか。山田さんとか、鈴木さんとか、田中さんとか、あるでしょう？　それとも、日本の方ではないんですか？　あるいは、はなこ、というのはあだ名とか、仕事をする時の名前とか、そういうものですか？　どうしても言いたくないですか？」

　女は無反応だった。龍太郎は、仕方なく、調書に書いた。姓・黙秘。名・はなこ、と供述。表記不明。


「事件のことなんですが、その時のこと、あなたは憶えていますか」

　はなこは、上目遣いに龍太郎を見た。少しであれ、反応はしている。自分が何をしたのかの記憶はあるな、と思う。

「あなたは、新大橋通りを歩いていた。森下の方角から、新大橋の方に向かって歩いていました。北側の歩道です。それは憶えていますか。あなたはどこに行こうとしていたんですか」

　はなこは首を横に振った。憶えていない、という意味なのだろうか、それとも、どこに行くつもりもなかった、ということか。なんだかとても無駄な時間を過ごしているような気がして、龍太郎は内心で溜め息をつき、それを気取られないように咳払いした。

「目撃者の話では、あなたの足取りは少しふらふらとしていた。酔っているのかと思った、ということなんですが、あなたの血中アルコール濃度は、低かった。お酒は飲んでいるとしても、昨夜以前でしょう。もしかしたら、体調でも悪かったんですか？　どこか痛かったとか、気分が悪かったとか。もし今でも調子が悪いのでしたら、そう言ってくださいよ。ちゃんと医師に診察して貰いますから。大丈夫ですか？　体調は悪くありませんか？」

　はなこはまた、首を横に振る。大丈夫ではない、ということなのか、体調は悪くない、という意味なのか。言葉の選び方がまずかったな、と、龍太郎は反省した。

「体調が悪いですか」

　質問はひとつずつにする。はなこは、首を横に振った。これでひと安心だ。

「では続けますよ。あなたは、歩きながら、ちょうどあなたの横を通り過ぎようとしていた、被害者の女子高校生とその友人を振り返った。そして、奇声を発しながら被害者に掴みかかり、被害者の髪の毛を掴んで、被害者を歩道に倒した。さらにそのからだの上に馬乗りになり、爪で被害者の顔をひっかいた。驚いた被害者の友人が、助けて、と叫び、そばを歩いていた男性二人があなたを取り押さえ、さらに、別の通行人が公衆電話から一一〇番に通報した。あなたは暴れ続け、男性二人と、通行人がもう二人加勢して、四人がかりで地面に押さえつけられた。警官が到着した時も、あなたは手足をばたつかせて、奇声を発し続けていた。これが、目撃者の話をまとめたものです。被害者は病院で手当てを受けましたが、幸いなことに、軽傷のようですよ。あなたに倒された時に足と肩に打撲を負っていて、また、両頰にあなたの爪がひっかいた傷を負っていますが、傷は浅く、痕は残らないだろうという報告が来ています。被害者にとってはもちろんのこと、あなたにも非常に幸運なことでした。もし傷痕がひどく残るようなことになれば、まだ年若い女性のことですから、あとあとまで、民事的責任があなたにかかってきたでしょうし、刑事的にも、処罰は重くなっていたでしょうからね。ですが、あなたがしたこと自体がそれで免責されるわけではありませんよ。被害者は、あなたとはまったく面識がない、どうして自分がそんな目に遭ったのか、まるで見当がつかない、と言っていますよ」

狭い部屋の中にもうひとり、記録をとっている同僚がいる。龍太郎よりも二ヶ月後に刑事になり、ほぼ同じ時期にこの所轄に配属された、昭島だ。昭島は、龍太郎の方を見て、盛んにしかめ面をして見せる。もっと厳しくやれ、いちいち敬語なんかつかうな、そういう意味だろう。だが龍太郎は、同僚や先輩のように、被疑者に対して高圧的な態度に出るということが苦手だった。どうにも芝居がかって感じてしまい、自分で笑い出しそうになるのだ。それこそ刑事ドラマで、若くて血の気の多い刑事が人権無視の暴言を容疑者に吐き、それを、まあまあとなだめて、世間話か何かしながらじっくりと落としてしまう老獪な名刑事、という図式を見過ぎたせいかも知れない。もちろん、相手が本当にむかつくような反抗的な男であれば、自然と言葉も荒くなるし机を叩くぐらいのことは演技でなくてもできる。が、今目の前にいるのは、協力的ではないにしても反抗しているつもりなのか何なのかわからない、若い女なのだ。黙りこくって自分の名前もちゃんと言わず、こちらの問いに首だけ振っているのだから、これが反抗的でなくて何なんだ、と昭島は思っているのだろう。が、昭島は女の背中を見ている。そして龍太郎は、女の目を見ている。女の頑なさには、何か切実な理由がある、そんな気がどうしてもしてしまう。

「あなたは、被害者の、遠藤美由樹さんを知っていたんですか」

質問がひとつずつならば、女の答えを誤解することもない。龍太郎は、はなこの首が動くのを辛抱強く待った。

はなこは、縦に、首を動かした。

昭島が姿勢を正す。驚いているのだ。龍太郎も驚いていた。今の今まで、これは行きずりの事件だ、と思い込んでいた。薬物かアルコールのせいでたちの悪いフラッシュバックか被害妄想に襲われたはなこが、すれ違った女の子を無差別に襲った、その手の事件だとたかをくくっていたのだ。

「知っているんですね？　あなたは、遠藤美由樹さんを知っているんですね？」

はなこははっきりと、イエス、と首を振った。

「なるほど」

龍太郎は、自分を落ち着かせるために小さく深呼吸した。

「では、遠藤さんとどういう関係なのか、説明してくれませんか。いつ頃、どんなきっかけで彼女のことを知ったのか。遠藤さんの方はあなたを知らないと言っているんです。ですから、このことは、とても大事なことなんですよ」

はなこが唇を閉じたままなので、龍太郎は、思わず舌打ちした。イエスかノー以外の意思表示は絶対にしない、と決めているのだろうか。

龍太郎は、頭を整理するために煙草を取り出し、そのまま掌で玩んだ。

「喫いますか？　もっとも、あなた、未成年ではないですよね」

龍太郎が笑いながら箱を差し出すと、はなこは、一本つまんだ。

「ハイライトなんで、きついかな。いつもは何を喫ってるの？　セブンスター？」

はなこはその問いには答えずに煙草をくわえる。百円ライターで火を点けてやると、意外なほど上品に煙を細く吐き出した。

「遠藤美由樹さんのことは、昔から知ってるのかな？」

今度は、はなこはゆっくりと首を縦に動かした。

「ほう。何年ぐらい前からです？　彼女は今年十七歳だそうです。彼女が幼い頃から知っているんですか」

首は、横。

「じゃ、小学生くらいの時かな？」

首が、縦。段々要領が摑(つか)めて来た。昭島も、まあいいか、これで行くか、という顔で頷(うなず)いた。

「美由樹さんが小学生の時から知っていた、と。小学校の、低学年ぐらいから？」

横。

「じゃあ、三年生とか四年生とか」

横。

「高学年か。五、六年生だね」

縦。

「遠藤美由樹さんが小学校の五、六年生の頃から知っていた。彼女を知ったはっきりした年とか日付とか、言えますか」

はなこは、煙を吐きながら否定する。

「高学年だった、というのは、そう見えたということですか」

肯定。

「そうすると、今から五、六年前のことですよね。どこで彼女のことを知ったんですか。たとえば、彼女の家で見たとか？」

否定。

「では、外で見かけた。公園とか町中で」

肯定。なんとなく、見えて来た気がした。はなこは、遠藤美由樹がまだ小学生の頃、今度の事件と同じように、たぶん、どこかですれ違ったのだ。遠藤美由樹は生まれてからずっと森下に住んでいる。つまり、今回の事件現場周辺が被害者の昔からの生活範囲だ。

はなこが突然キレたのは、妄想ではなく、現実を伴ったフラッシュバックが起こったせいではないだろうか。つまり、はなこは、今回の事件現場で、前にも遠藤美由樹と遭遇しているということだ。

「五、六年前に、昨日事件があったあの場所で、あなたは遠藤美由樹さんを見た。違うかな？」

はなこは、あっさりと、頷いた。

遠藤美由樹は、はなこに見覚えがないと言っている。以前に遭遇した時、美由樹の側は特に印象に残るようなことはなかった、そういうことだろう。だが、はなこの側は、美由樹の顔を脳裏に刻みつけたのだ。いったい何があったのだろう。

はなこは煙草を喫い終えて、喫い殻を灰皿に丁寧に潰した。その仕草を見ているうちに、龍太郎は気づいた。指が、きれいだ。

はなこは、指の形がとてもいい。細く、節が控えめで、指先がすぼまり、そして長い。美人指、というやつだ。汚れをすっかり洗い落として爪を整え、マニキュアでも塗れば、手タレと呼ばれる手指のモデルのようになれそうだ。爪の間の汚れは、証拠として掻き出されて鑑識にまわされている。被害者の体組織が削りとられているからだ。もっとも、皮膚の表面だけで済んだようだが。

「爪が割れてますね」

龍太郎は、はなこの右手の中指をそっとつまんだ。

「このままにしておくと、割れてるところから爪が折れて、深爪みたいな状態になってしまう。爪切り持ってるんですけど、切りますか」

龍太郎は、上着のポケットから財布を取り出し、札入れの中に入れてある小さなビニールの袋を引っ張り出した。中に、折畳みできるとても小さな鋏型の爪切りが入っている。

「わたしも爪がよく割れるんです。カルシウム不足なのかな。割れた爪に何かひっかかると痛いし、怪我のもとになるからね」

　刃物を被疑者に渡すわけにはいかないので、はなこの指をつまんだまま訊いた。

「切ってもいいですか？」

　はなこは黙っていたが、拒否もしなかった。慎重に、そっと、割れた部分だけを切り取るようにして処置した。鋭角になった部分も丸く整える。

「これでよし、と。ところで、指はそんなに荒れていませんね」

　そう言ってからはなこの顔をじっと見た。

「顔も……肌もまだきれいだ。五年も六年も隅田川の川端で暮らしていたら、もっと指も顔も荒れてしまいますよね。つまりあなたは、前に遠藤美由樹さんと遭遇した時には、今みたいな様子ではなかった。もっと普通の、ちゃんと屋根のある家で暮らす女性だった。違うかな」

　はなこはじっと龍太郎の顔を見つめた。それから、小さく息を吐き、首を縦に動かした。

＊

「首を振ってるだけだもんな、あれで調書、検察が納得するようなのがとれるか？」

「ビデオでも録っとくしかねえよなあ」

昭島が笑った。

「いちおう、龍さんの質問に答えてはいるんだからさ」

「なんで喋らないんだ？　事件現場では声を出してたんだろう？　声帯をやられてるとか、そういうんじゃないよな」

「失語症とか？」

「失語症？」

「俺の親父、五十の時に脳出血ってのやっちゃって、後遺症で失語症になったんだ。親父のは軽い方だったんで、筆談が少しはできたけど、喋る方はずっとダメだったなあ。リハビリセンターに通って、今はかなり喋れるようになったけどな」

「声が出ないのか」

「いや、言葉が作れないんだ。文章が作れないし、言葉が思い出せないらしい。言葉が通じない国にいるみたいな感じらしいよ。言いたいことはあるのに、言葉にしようとすると、つっかかって出て来ないんだな。脳の損傷さ」

「こっちの言ってることはわかるのか」

「うん、理解はできる。逆の失語症もあるらしい。喋れるんだけど、耳で聞いたことが理解できない。自分が喋ったことも耳で理解できないから、結局、わけのわかんないことばっかりしか言えない。そういうのもあるって医者に説明された。難しいことはわからんが、あの女は、龍さんの言ってることはちゃんと理解できてたから、失語症だとしても俺の親父と同じタイプだろうな」

「しかし……なんとなく違う気がする」

龍太郎は、丼の中身を割箸でつついた。

「そういう場合なら、言いたいことがあれば、言葉にしようとする意志が見えるだろう？　つっかかっても、なんとか喋ろうと努力してるのが、見ててわかるんじゃないのか」

「まあ、そうだな。喋りたがってる、ってのはよくわかる」

「あの女は、喋ろうとしていない。喋る気がないんだ。でもなんでだ？　イエスとノーだけでも質問には答えてるんだから、黙秘とは言えないだろう」

「なんだ、あの変な女に手間取ってんのか」

三年先輩の、園部が龍太郎の肩を叩いた。

「あれ、薬物中毒だろ？　いいよ、調書なんか適当で。フラッシュバックで暴れただけなんだから、よく憶えていません、でいいんだよ」

「薬物反応は何も出てないんですよ。覚醒剤もコカインも、全部シロです。アルコールも、少なくともアルコール中毒の徴候はみられない、って報告、来てます」

「ふぅん……だったら……あっちか」

園部は、頭の上で指先をまわした。

「精神鑑定か。やっかいだなあ。いずれにしても、検事が決めるだろう。被害者が納得するんなら、書類送検で終わりにしたいところだなぁ」

「娘の顔を傷つけられたんです、父親は激昂してましたよ。刑務所か病院に入れろ、って」

「まあ、そりゃそうだろうな。しかし怪我は軽かったんだろ。被害者の親には説明しておいた方がいいだろうな。精神鑑定の結果次第では、不起訴もあり得るって。今、昼飯？」

「ホームレスにあんまり重いもの食べさせると体調崩すかも知れないんで、玉丼にしました。男が見てたんじゃ食いにくいだろうし、佐伯さんに頼んでます」

「だからって、おまえらまでカツなしか」

「同じもの頼まないと、間違えるんですよ、菊そばのオヤジ」

「午後からも調べるのか」

「なかなか進まないんです。何しろ、首を縦に振るか横に振るかしかしないんで」

昭島がひょこひょこと首を振ってみせた。

「しかし龍さんは、うまいもんですよ。首だけ振らせて、女が被害者に、昔会ってるってことまで聞き出しましたからね」

「なんだって」

園部は椅子をひいて座った。

「適当に暴れたんじゃないのか」

「違います」

龍太郎は、丼に残った飯粒をかき集めて口に押し込み、呑み込んだ。

「はなこ、と名乗るあの女は、五、六年前に、被害者の女の子に会ったと言ってます。あ、イエス、ノーだけで答えたんですが」

「勘違いじゃないのか。あるいは、記憶が混乱してるとか、妄想だとか」

「妄想ならば、小学校高学年の頃の被害者と会った、とは言わないと思うんですよ。これも、首を振っただけなんで、言葉でそう供述したわけじゃないですけどね。でも何らかの被害妄想で、遠藤美由樹が自分の敵だと認識したのならば、今の遠藤美由樹がその対象になるでしょう」

「頭の中で、物語を作り上げたのかも知れないぞ。筋道立った妄想というのも、妄想の形態としては珍しくない。小学生の頃の被害者と昔、会って、それで何かされた、という物語を勝手に頭の中でこしらえて、その時の復讐をしたつもりでいるんじゃないか。あるいは、実際に昔、小学生に何かされたとして、でもそれは今回の被害者とは別人だが、同じ人間だと思い込んだのかも知れない」

「その可能性は確かにあると思います。ですが、五、六年前は、あの女はホームレスではなかったと思います」

「本人がそう言ったのか」

「はっきりとは認めていませんが、否定もしなかった。いや、首を縦に振りました。躊躇ってはいたみたいですが。指先や唇がきれい過ぎるんです。ホームレスを五年もやれば、指先や唇などのやわらかい皮膚は、がさがさになるはずです」

「若い女の場合、ホテルに泊まれるし、食い物も男が探して来てくれる。パンツも洗濯するし、頭だってシャンプーで洗うぞ。栄養クリームくらいは顔に塗るかも知れん。口紅をつけてる女のホームレスは珍しくない。男と違って、そんなにひどい有り様にはならないもんだ」

　龍太郎は頷いた。園部の言うとおり、少ない材料で物事を決めつけるのは危険だ。はなこが嘘をつかない、という保証などはどこにもないのだ。

　それでも、龍太郎は決心した。

「被疑者が疲れているみたいなんで、午後は休ませます」

「おい、時間があまりないんだぞ。現行犯逮捕だから、もう十九時間、つかっちゃってんだぞ」

「わかってます。しかし、はなこの身元をはっきりさせないと、先に進まないと思うんです」

「自分で聞き込みに行くつもりか」

「龍さん、まじかい」

昭島が呆(あき)れたように首を振った。

「身元ったって、どうせわかんないぜ、隅田川を歩いたって、はなこ、って名前と、あの女を抱いてる連中が誰かぐらいしか」

「いつからホームレスやってるのかが知りたいんだ。どっかから流れて来たにしても、その時の様子が知りたい」

龍太郎は、丼の蓋(ふた)をしめて立ち上がった。

2

隅田川の川沿い、高速道路の真下にあたる一帯にホームレスの姿がちらほら見えるようになったのは、ここ一年くらいの間のことだろうか。八〇年代に入って、景気は上向いて来ていると新聞などは盛んに騒いでいる。実際、消費は右肩上がりで、株価なども若干、上昇のきざしを見せているらしい。東京の土地はもともと余裕がなく、安いものではなかったが、それもここのところ、一段と高くなりつつある。龍太郎の実家は、現在勤務している高橋署からさほど遠くはない、猿江（さるえ）というところにある。二歳年下の弟も、一浪して入った国立大学を無事に卒業し、名の知れた生保会社に就職したが、この春、ニューヨークに転勤になって、婚約者と共に海を渡ってしまった。父親はとうの昔に他界していたので、猿江の小さなアパートに住んでいるのは母親ひとりだ。まだ五十代なので生活に不安はないが、これから先のことを考えると、一緒に暮らすことも視野に入れるべきなのだろう。だが、気ままな下町生活に慣れた母親を、家族用の警察官官舎に押し込めるのは気がすすまなかったし、母親自身も拒絶するだろうと思う。かと言って、独身寮暮らしの現在、他に思いつけるアイデアなどない。

本当に東京の土地がそれほど高くなってしまうのならば、今の内に無理をしてでも、マンションのひとつも買っておいた方がいいのかも知れない。が、先立つ頭金のあてはない。いっそ、あの懐かしいぼろぼろのアパートに戻ろうか、とも考える。どんなに狭くても、父親が生きていた頃には親子四人で暮らしていた場所だ。たった二間しかなくても、和室の日本型アパートならばそれが充分、可能だった。四畳半の小さい方の部屋が龍太郎と弟にあてがわれ、勉強机だってちゃんと二つ並べて置かれ、夜には、その机に座って椅子を動かすと足があたるほどぎりぎりのところに置かれた二段ベッドの上下に分かれて眠った。オモチャも漫画もすべてベッドに持ち込んで、そのからだひとつ分のスペースが、兄弟のそれぞれの城だった。そして隣室の六畳は、昼間はちゃぶ台ひとつで居間兼ダイニング兼、家計簿をせっせとつけたり、内職の造花作りをしたりと、母の城にもなった。夜になれば、布団が二つ並べられ、夫婦が隣り合って眠った。

あまりにもささやかで質素だが、何ひとつ過不足のない幸せな日々だった、と思う。父親が急死して、幸いにしていくらかの生命保険に入っていたため、極貧生活に落ちるということはなかったが、龍太郎の高校進学に関しては、公立、もしくは特待生となって入学金や授業料が減免される私立高校、という限定が生まれた。近所の仕出屋で一日十時間以上働くことになった母親のためにも、自分の責務は果たさなければならない。迷ったあげく、当時打ち込んでいた剣道で全国的にも有名な私立高校を選択し、猛勉強して特待生資格を勝ち取った。その高校からは、剣道で有名な私立大学への推薦枠がある、というのが選択の決め手だった。

結局、あの時の選択が、自分の人生を決めたのだ。その後の日々は、剣道ひと筋に明け暮れ、気がついてみれば、剣道が続けられるというだけの理由で、警察官採用試験を受けていた。

いや……理由はそれだけではなかった。が、龍太郎は、そのことを思うと説明のつかない嫌悪感で軽い吐き気をもよおしてしまう。自分が、就職、という重い選択をする際に、あまりにも主体性のない行動をとったそのことに対して、嫌気がさしてしまう。

警察官になった、という事実を嫌悪しているわけではない。義務感は人一倍持っているつもりだし、この仕事に就いていることは、自分にとって、数少ない誇りでもある。だが、心の中には常に、ある種の後ろめたさがある。自分にはこの仕事が向いていないのではないか、という迷いがあるのだ。

いずれにしても、今さら一緒に暮らそうなどと誘ったところで、母親は笑って相手にしないだろう。昔のかわいげのある男の子ならともかく、こんな、図体ばかりでかくなったむさくるしい男が狭い家の中にいれば、鬱陶しいに違いない。


ホームレスが建てたダンボールの小屋は、新大橋を渡って反対側、中央区の方に集まっている。高速道路が上を通っているので、雨がしのげるのだ。老朽化した建物が壊され川沿いに公園が作られる途中で、建材などが無造作に積み上げてある。管轄から言えば、川の西側は管轄外だ。正式に何か捜査するとなれば、箱崎署に許可を得なければならない。が、今日はそんな大それたことをする気はなかった。一緒にいる同僚の昭島は、あくびを連発しながらやる気もなさそうに歩いている。ホームレスの女が錯乱して通行人の女子高校生につかみかかった、ただそれだけの事件だった。はなこ、と答えた女の血中からアルコールは微量しか検出されていないが、飲んではいなくても中毒患者である可能性はある。精神鑑定はすることになったが、いずれにしても、被害者が大怪我をしたわけではないし、被害者の父親があれほど激昂していなければ、厳重に注意しましたから、ということで終わりになる程度の事件なのだ。

しかし、先輩であり上司でもある園部は、龍太郎がホームレスに話を聞きに行きたいと言うと、ただ黙って頷いてくれた。昭島も、少しうんざりしたような表情は見せたが、ま、しゃあねえな、と笑いながらついて来た。龍太郎は、自分が同僚たちから面白がられている、ということに気づいている。自分としては、特におかしな行動をとっているつもりはないのだが、納得がいくように動こうとすると、他の刑事とは少し違った方向に歩き出してしまう癖がある。もしこれが他の所轄署だったら、チームの和を乱す存在として目をつけられ、いびりの対象にされていたかも知れない。その意味では、刑事生活をスタートさせたのが高橋署でよかった、と思う。

「龍さんはよ、もしかすると天才なのかもな」

昭島は、新大橋の上で川風に顔をしかめながら言った。

「前にもあったろ、あの、大根の花がどうだかこうだかで、植木鉢壊したカップルの事件。あれだって、別に犯人はちゃんと逮捕されてたのに、一件だけ犯人が別にいるなんてさ、あんたじゃないと思わなかったろうって、園部さんも言ってたよ」

「ただの偶然だって。なんの気なしに行ってみたら犯人がいた、それだけだ」

「その、なんの気なし、ってのが他のやつじゃできないんだよ。あんたにはさ、なんかこう、無意識に真相に近づいて行く才能があるんだと思うね、俺は。そういうやつっているんだぜ。機動隊で一緒んなったやつが、親父が刑事だったとかでさ、その親父ってのが、もう何度も表彰されてる伝説の刑事ってやつだったんだよ。けど、そいつの話だと、家ではいつもボーッとしてて、子供の頃から、うちの親父は頭が足りねぇんだと本気で思ってた、なんて言ってたよ」

「自分の家にいる時くらいリラックスしたかっただけだろう」

「天才ってのは、その才能が発揮できる時以外は死んだふりするもんなんだよ。ほら、〝必殺〟の中村主水(なかむらもんど)とかさ」

「つまり、俺は昼行灯(ひるあんどん)だって言いたいわけか？」

「その素質があるってことだな」

昭島は龍太郎の背中を、どん、と叩(たた)いた。

「あんたってさ、なんか妙な説得力持ってんだよな。園部さんでさえ、あんたの言葉にはいつも、耳を傾けてる。事件がこれで片づいたな、と思っても、あんたが納得してないと安心して手締めできない、あの人はそう思ってるみたいだぜ。この事件だって、龍さん、あんた何か、考えてることがあるんだろ？　あのアタマのおかしな女が爪で女子高校生をひっかいた理由、もう見当がついてんじゃないの？」

「ついてないよ、そんなもん」

　中央区側にたどり着くと、公園の工事をしている一角から少し離れた場所に、ダンボールを組み立てた小さな小屋が三つ、並んでいる。

「なんだありゃ。最近のホームレスってのは、あんなもんに住んでんのか」

「増えてるよ、あちこちに。ダンボールってのはけっこう丈夫だし、あったかいらしい」

「たまんねえな。あんなお手軽にマイホームを建てられたんじゃゃ」

「しかも引っ越しも簡単だ」

「けど、あんなもんが隅田川の川岸にぎっしり、なんて光景は、ちょっと見たくないな。近未来SF映画かなんかのシーンみたいだ」

　龍太郎は、ダンボール小屋のひとつに近づいた。地域課のベテラン巡査に教えて貰った通り、赤い二重丸がマジックで大きく小屋の横っ腹に描かれている。その小屋の前で、ベージュ色の作業服の上から紺色の防寒着を羽織った初老の男が、短くなった煙草を口にくわえていた。

「ちょっと、すみません。徳次郎さん、っていうのは、おたくかな」

初老の男はうさん臭そうに龍太郎を見上げた。その目は片方が白い膜に覆われ、もう片方はこびりついた目やにで、まぶたを持ち上げるのも大変そうに見えた。

「誰だ、あんたら」

「高橋署のもんです」

昭島が無造作に手帳を取り出して振り、そのまましまった。初老の男は動じなかった。ふん、と言ったきり、川の方に顔を向けてシケモクを喫い続ける。龍太郎は、男の隣りにしゃがみこんだ。

「新大橋交番のね、鈴木さんに聞いて来たんですよ。このあたりでは、徳次郎さんがいちばんの事情通だってね。それにしても、この家、なかなかいいですね。こういうのが流行ってるんですか」

「新宿から流れて来たやつらが作ってたの見て、真似してこさえたんだ」

「新宿って言うと、西口かな。あそこにも増えてるんですかね、こういうの」

「さあな。新宿なんか、もう長いこと行ってねえよ」

「地下鉄も新宿まで延びたことだし、近くなりますね」

「地下鉄に乗る金があったら、ワンカップでも買うね。鈴木の旦那がなんて言ったのか知らないが、俺は事情通でもなんでもないね」

「徳次郎さんはインテリだって、言ってましたよ。読書好きなんだそうですね。最近では何を読みました？」

「うるせえやつだなぁ、あんた。前置きなんかいいから、訊きたいことがあるんだったらさっさと訊いたらいいだろうが」

「いや、そうなんだけどね」

龍太郎は頭をかいて見せた。

「鈴木さんが、徳次郎さんは機嫌の悪い時はひと言も喋ってくれないって言うからさ、ちょっと身構えちゃったんですよ」

「おかしな男だね、あんた。見ない顔だけど、高橋には長いの」

「いえ、まだ新米です」

「だろうな。俺らなんかに敬語つかって喋るなんて、高橋にはそんな刑事、いないよ。ま、せっかく敬語までつかってくれたんだから、今日は機嫌がいい日、ってことにしといてやる。何が知りたいんだ？　俺の知ってることとって言っても、ここに座ってて耳に入る程度のことだけどさ」

「はなこ、って名乗ってる、女性を知らないかと思いましてね。昨日、ちょっとした事件を起こして、今、署の方に泊まってもらってるんですが」

「見たらわかるだろうが。俺たち、女にはとんと縁がないね。ここに女が寄りつくと思うか、あんた」

「女性の路上生活者も増えているという話を耳にしたんですが」

「そりゃ、女にだってホームレスはいるだろうさ。けどな、女の場合は、全部なくしてもひとつだけ金に替えられるもんがある。よっぽどのババアでない限り、夜は屋根のあるとこで寝られるんだよ、本人が割り切りさえすりゃな」

「しかし、昼間はこうしたところで過ごすこともあるでしょう」

「さあねぇ、少なくとも、ここには女は来ない。昼だろうと夜だろうと。もっと南の方、佃島あたりに行けば、空き地にテント張ってる連中もいるから、そこには女もいるかもわからんがね。このあたりは場所がねえんだよ。テントなんか張ったら、おまわりがチャリンコでとんで来て、撤去しなさい、って言うからなあ」

「それじゃ、南の方から川沿いに歩いて来たのかな。まだ若い女性なんですよ、そうだなあ……三十過ぎくらいかな。しかし、自分のことを、はなこ、という名だという以外は何も話してくれないんです。事件そのものはたいしたことじゃないんで、本人がきちんと身元を明らかにしてくれるなら、大事にはならないんですけどね」

徳次郎はしばらく黙ってシケモクを喫っていたが、もう喫う部分がなくなって、名残惜しそうにフィルターを捨てた。龍太郎は自分の煙草を取り出した。

「ハイライトで良かったら、どうぞ」

「ハイライトか。刑事さんが労働者の煙草を喫ってるのに、なんか意味があんのかい」

「ありませんよ」

龍太郎は笑った。

「味が好きなだけです。しかし、最近は流行らないみたいですね。煙草もどんどんライト志向になるんだな」

「こいつはな、命を縮めるんだ」

徳次郎は、龍太郎が火を点けてやるなり、深く一服した。

「自分の命に火ぃつけて、こうやって煙に変えてるんだよ。健康のために軽いのに替えるなんてのはナンセンスだね。いちばんいいのは喫わないことなんだ。喫ってるやつは、自分で自分を処刑してんのさ。ゆっくりとな。あんたも、命が惜しいと思ったら禁煙しな」

「心します」

徳次郎は頷いた。

「でよ、身元さえはっきりすりゃ、その女が罪に問われないってのはほんとのことなのか？」

「いいえ、罪に問われないというわけではないですよ。罪は罪です」

「何をやらかしたってんだ、いったい」

「森下の交差点の手前で、通行人に理由もなく飛びかかったんです。爪で相手の顔をひっかきました」

「なんだそりゃ」

徳次郎は笑った。

「猿だな、まるで」

「目撃者もびっくりしたそうですよ。何しろ、真っ昼間、というか、夕方の五時前、人通りも多い時間帯でしたから。襲われた被害者が女子高校生で、恐怖のあまり悲鳴をあげ、それを見て、通りかかった男性数人で、襲った女性を取り押さえ、駆けつけた交番の巡査に引き渡したんです」

「その取り押さえられた女ってのが、ホームレスなのか」

「それもはっきりとはしていません。ただ、衣類の様子や本人の衛生状態からして、路上生活をしているのではないかと想像できます。それと、所持品が、ビニールコーティングされた紙袋二つでした。中には下着、生理用品などが入っていましたが、下着類は水洗いしてあるものの、その……」

「いいよ、わかった。でも生理用品ってのはまさか、新品だったんだろ。あんなもん使い回しはできねぇだろうからな」

「証拠もないのに断言することは出来ないのですが……万引きしたものではないか、と思っています。数日前に高橋商店街の薬屋で、その女性と思われる女性が目撃されているんですが、挙動がおかしかったので店主が声をかけたところ、一目散に走って逃げたということでした。それで万引きされたのではと思った店主が店頭の在庫を調べて、歯磨き粉のチューブと洗顔用石鹸、生理用のタンポン一箱がなくなっていることに気づいたそうです」

「ケチくせえ薬局だな。そんなんで被害届出したのかい」

「我々が出すように促したんですよ、すみません。店主は、どうせ万引きは現行犯でないと立証ができないからいい、と言っているんですがね。このまくだんの女性が自分の身元に関して黙秘を続けた場合、もう少し署にいて貰うには、そちらの容疑での取り調べをする、という名目が必要になりますから」

「いいのかよ、そんな、別件逮捕するなんて話、俺にしてよ。違法なんだろ、別件ってのは」

「やっぱり徳次郎さんはインテリだ」

龍太郎は、自分の分の煙草にも火を点けた。

「その通り、違法です。しかし、今回の場合には、我々としても困っているんですよ。被害者が女子高校生で、怪我をしたのが顔だったため、被害者の保護者が非常に立腹して、厳罰を求めているんです。確かに暴行罪は適用できるんですが、爪でひっかいただけですからね。両頰に薄く傷があるだけで、医者の話では、一週間も経たない内に消えてしまうだろうということなんです。犯人の女性が自分の身元を明らかにし、どうしてあんなことをしたのか説明して、きちんと反省し、謝罪すれば、厳重注意で釈放、程度で済むでしょう。だが今のままでは被害者の親は納得しませんし、身元不明のままでは釈放などできない。第一、突然猿のように人をひっかいた理由がわからなければ、簡単に釈放というわけにはいかないんです。薬物検査やアルコールの検査もいちおうはしましたがね、このままだと、精神鑑定が必要になります」

「……最悪の場合、精神科に入れられちまうってことか」

「本当に精神的に何かトラブルを抱えているのなら、病院に入院することが最悪とは言えないですよ。しかしそうでないなら……彼女が正常で、あんな馬鹿なことをしたのにはそれなりに理由があるのならば、その理由如何(いかん)では、まったく対応が違って来るわけですよ」

「はなこ、か」

「はい。自分の名前が、はなこ、だとは言いました。言葉にしたのはそれだけです。しかし、質問すれば、イエスかノーかだけは、首を縦か横に振ってくれます。その形で質問したところ、被害者の女子高校生とは面識がある、と言っているんです。それもずっと昔、被害者が小学生だった頃に」

「ってことは、その女は、この辺りに土地勘があった、ってことなんだな」

「被害者の女性は地元の人です。生まれたのも育ったのも森下で、現在も親元から高校に通っています。つまり小学生の時も、森下近辺で遊んだり学校に通ったりしていた。必然的に、はなこさんも当時、森下にいた、あるいは、何かの理由で森下に用事があった、ということになりますね」

「その女、洗顔石鹸も万引きしたって？」

「正確にはチューブに入った、洗顔用クリームですね。泡立てて使うんだそうです。僕は女性の化粧品には詳しくないんですが」

徳次郎は、長く煙を吐き出した。

「少なくとも……一年、いや、二年も路上生活してる女なら、そんな洒落たもんは選ばねぇだろうなあ。石鹸で充分だもんな。どうせ薬屋で万引きするなら、石鹸にするな。ま、石鹸はよ、くすねて来られるとこがいくらでもあるから、わざわざ万引きしなくても済むけどな。俺が薬屋に万引きに入るとしたら、頭痛薬を狙いたいとこだが、さすがに薬はなあ、簡単に盗めるとこには並べてねえだろうな。頭痛薬は貴重なんだよ。熱が出た時でも歯が痛んだ時でも使える」

「徳次郎さんも万引きなんかするんですか」

「昔は、したよ。今はこの風体だ、店に入ることもできないよ。店の前をうろついただけで、追い払われる。けどな、まあ一年目くらいだと、顔洗って髪をなんとかすりゃ、店に入っただけで追い出されなくても済むんだよ。物事はなんでも慣れってのがある。こういう生活してても、一年くらいはみんな、なんとかして元の生活に戻りたいと思ってるから、できる限りからだも髪も洗うし、服だって、いざって時に使えるような綺麗なのを一組はとっておくんだ。髭剃りと歯ブラシもちゃんと持ってる。けどな、次第にむなしくなるんだよ。そうやってここから這い上がろうと努力したって、よほど運が良くなくちゃ、一度堕ちたとこから上に戻るなんてことはできない。住所不定の人間を雇ってくれる会社なんてないだろ？　ま、若くて健康なら、最近は建設の方も景気が上向きらしいから、現場に雇って貰えるけどな。けどそういう連中は、ここには来ない。下谷あたりの簡易宿泊所に住んでるよ。ここにこうやって座ってる連中は、もう何もかも諦めたやつらだ。ま、いずれにしたって女じゃなあ、現場に雇って貰うこともできないしな。女なら、二、三年は路上で暮らしてたって、毎日からだを洗ってるってことはあるかも知れないな。夜は屋根のあるとこに寝たいと思えば、少しは身ぎれいにして、宿代を出してくれる男を捕まえないとならんし」

「それでも、せっかく薬屋に入ったのなら、他に盗むものはあったでしょうね」

「たまたま目の前に並んでたんだろう。タンポンを盗むのが目的だったんだろうから。

まあしかし、俺は女のからだには詳しくないが、以前にちょっとだけ知ってた女の話だと、二年もこういう生活してると、生理は来なくなっちまうらしいな。栄養状態が悪いのと、冷えるせいだろうってさ。ま、個人差はあるだろうから、一概には言えんだろうが」

　龍太郎は、煙草を足下で揉み消し、吸い殻をつまんでポケットに入れた。

「僕の想像と、徳次郎さんの想像とは合致したように思うんですよ。僕も、はなこさんは、路上生活を始めてまだ間もない……せいぜい二、三ヶ月ではないか、と考えています。実際、はなこさんの顔や手は、皮膚がそんなに荒れていないんです。昨年の冬を路上で越したとすれば、もう少し、肌荒れしているんじゃないかと。しかし徳次郎さん、あなたは、はなこさんをここでは見ていないと言う」

「見てないね。俺がそんな、猿みたいな女を庇う理由があるか？」

「すると彼女は……南の方、あるいは、上野、新宿、どこでもいいですが、どこか他からここにやって来た。たぶん、戻って来た、ということになりますね」

「どうかね。自分がひっかいた女の子供の頃を知ってるだなんて、嘘かも知れないだろうが。小学生と高校生じゃ顔が随分変わってるはずだ。一目で同じ人間だと判るなんて、嘘っぽい話だな。顔以外に、その子供を識別する手がかりがあったんなら、話は別だけどな」

「顔以外に……識別する方法、ですか。なるほど」

龍太郎は昭島の方をちらっと見た。昭島は、徳次郎に対する質問はすべて龍太郎に任せて、立ったまま手帳にメモを取っている。手帳から顔を上げ、龍太郎に目配せした。それから黙ったままで新大橋の方へと向かう。橋の袂にある公衆電話から署に連絡するつもりだろう。被害者である遠藤美由樹に、小学生の頃から変わらない身体的特徴があるかどうか、確認するためだ。服から露出していた部分、手だとか足だとかに痣や傷痕があったかどうか、等々。

龍太郎は、大きくひとつ伸びをした。座ったままでいると川面が見えず、ただ堤防のコンクリートが目の前にあるだけ、ひどく閉塞感のある視界だった。それまで、川辺のホームレスが、こんなに味気のない視界の中で生活しているなどとは想像していなかった。金も財産も社会的地位も、生きる保証すら何もない日々でも、この人たちには自由がある、好きにつかえる時間がある、そう、ひそかな羨望すら感じていた。きっと毎日、川面が日に輝くさまを見つめながら、季節の移り変わりを肌に感じて生きている、そう漠然と思っていた。だが現実には、ホームレスたちは一日の大半を横になって眠って過ごしているのだ。できるだけ体力を消耗しないように、腹が空かないように。彼らの目の前にはコンクリートの堤防があり、川面を眺めたいと思えば、その上に座らなくてはならない。だが彼らは、滅多にそうしない。目立ってしまうからだ。彼らがここにいられるのは、普通の生活をおくる人々から無視され、見て見ぬふりをされているからだった。いないもの、として放っておかれているからだった。彼らの存在が人目につくようになれば、苦情を申し立てる人々が必ず現れる。ダンボールと、工事現場からくすねて来た青いビニールシートで作られた彼らのささやかな城は、しかし、まともな社会生活を営む人々から見れば、目障りな大型ゴミなのだ。


「俺は昔、猫を飼ってたんだ」

徳次郎は、膝を抱えるような姿勢に座り直して、言った。

「まだこんなとこで寝泊まりしてないで、いちおう、ちゃんと勤め人だった頃の話だよ。ひとり暮らしのアパートで、夏に窓開けて寝てたらさ、茶色と白の縞模様の猫が勝手に入って来て、俺の枕元で丸くなっちゃったんだ。追い出すのもめんどくさくてそのまま朝になって、冷蔵庫に残ってたちくわを一本、朝飯にご馳走してやったらさ、そのまま居着いちまった。おとなしいやつでね、咬んだりひっかいたり、絶対にしないやつだったよ。元はどっかの飼い猫だったのが、発情期で遠出して、戻れなくなっちゃったんだろうな。雄猫だったから、そのうちまたいなくなるだろうと思ってたんだが、そうだなあ、一年くらいは出たり入ったりしていたな。朝、俺が勤めに出る時に窓から外に出すんだが、俺がアパートに戻ると、アパートの階段の下で待ってんだ。

それで一緒に部屋に帰って、チーズとかちくわとか、たまには刺身なんかもくれてやった。で、そのまま寝ていくんだよ。猫なんだから夜中に散歩ぐらいしたらどうだ、って言ってやったんだが、不思議とな、夜中は出たがらない。それで朝まで、俺の布団で寝てるんだ。動物なんて興味なかったし、ペットを飼うなんてがらじゃないと思っていたけど、ああやってなつかれると可愛いもんだな。でもよ、やっぱ雄猫はだめだ。発情期になると、飯だけ食ったら夜中も出歩くようになって、日に日に薄汚れて痩せてな、動物の雄ってのはまったく、哀れな生き物だよ。自分のガキ産んでくれる雌を探して、あっちこっちほっつき歩いて、発情してる最中はもう、まともにものを考えられなくなっちゃうんだろうなあ。飯も食いに来ない日が何日もあって、久しぶりに現れるとボロ雑巾みたいになってた。縄張り争いで喧嘩するんだろうな、あちこち傷だらけでさ。お湯で濡らしたタオルで汚れを拭きとってやって、傷口には消毒薬を垂らしてやったけど、毎晩の喧嘩じゃ傷が治る暇もない。ある晩、会社から帰って来るとあいつがアパートの階段の下に蹲って、俺の顔見ると哀れっぽい声で鳴くんだ。部屋に抱いて入って見たら、横っ腹が割けてたんだよ。それで慌てて、電話帳めくって獣医探してさ、タクシーで連れてった。俺はてっきり、猫同士の喧嘩でやられたんだと思ったんだ。だけど違ってたよ。獣医は、傘じゃないか、って」

「……傘、ですか」

「そう、傘だ。傘の先っぽの、金属のとこあんだろ、あれだよ。俺は知らなかったんだが、その頃、俺の住んでいた町では、傘の先を尖(とが)らせて、それで猫を殺して歩く変態が問題になってたんだ。結局、傷が内臓に達してて、あいつは助からなかった」

徳次郎は、大きくひとつ、溜(た)め息をついた。

「少しして、猫殺しの変態は捕まったよ。ジジイだった。半分耄碌(もうろく)したジジイが、発情した猫の鳴き声がうるさくて眠れねえってアタマに来たんだろうな、傘の先を尖らせて夜中に歩き回っては、目についた猫を突き刺してたんだ。殺されたのが飼い猫だったらまだ、ジジイに賠償させることはできたらしいな。だがそのジジイは、首輪をつけてない猫ばかり狙って殺してた。姑息(こそく)な野郎だ」

徳次郎は、龍太郎の方に顔を向けた。濁った白い目にいったい何が見えているのか、龍太郎には見当もつかなかった。

「後にも先にも、俺が誰かを本気で殺したいと思ったのは、そん時だけだ。俺は先が金属で出来てる傘を買った。やすりで毎日、その先を尖らせた。毎日、毎日、尖らせたんだ。そして……俺の決心がかたまる前に、ジジイは卒中で逝(い)っちまった」

「あなたが」

龍太郎は、ゆっくりと言った。

「人殺しにならなくて、よかったです」

「そう思うか」

徳次郎は笑った。

「俺は今でも、あのジジイを殺(や)っちまわなかったことを後悔してる。その頃、俺はまだ二十代の終わりだったんだ。捕まって懲役くらってたとしても、どうだ、せいぜい、懲役十年か十二、三年、ってとこだろ？　ジジイが残忍な猫殺しだったことを考えたら、もっと短い判決が出てたとしてもおかしくない。模範囚で勤めあげれば、三十半ばには刑期を終えていた。どのみち最後はこうやって、ダンボールの小屋で終わるんだ。だったら、十年かそこら刑務所で暮らしてたって、俺の人生の結末にはたいした違いはなかったわけだ。だったら俺は、あの猫の仇(かたき)をとってやりたかったよ。五十になった時、こうやってホームレスになってるってあの頃わかってればなあ、迷わずに殺したのになあ」

徳次郎は、また、笑った。

「天国に逝けばあの猫に逢(あ)えるだろうし、地獄に堕(お)ちればあのジジイに逢えるだろう。どっちにしたって、楽しみだ」

3

「あんまり役に立たなかったな」

昭島が欠伸をひとつして、水面に向かってぺっと唾を吐いた。つんと鼻に来る悪臭が、風向きの変わった川の上から漂って来る。覗きこむと、隅田川の水は灰色で、数十センチ下くらいまでがようやく見える程度だ。だがこれでも、龍太郎の子供の頃に比べたら格段に綺麗になった。龍太郎が下町で少年時代をおくった昭和四十年代、まだ下町の運河には材木がずらっと並んで浮かんでいた。あの頃は、木場から猿江に貯木場が移っていたのだったか、それとも猿江にもう貯木場はなくなっていたのだったか。だが木場周辺から猿江にかけての運河沿いには、材木屋が何軒も並んでいて、遠い江戸時代まで思いをはせることが出来た。そしてその材木の皮が水で腐って酸っぱいような独特の悪臭となり、下町中に漂っていた。隅田川には、船上生活者の舟がぎっしりと浮かび、垂れ流しの工場廃水や生活排水のため、水は真っ黒で、とろんと濃度がついていた。運河の悪臭とはまた少し違う悪臭が、風向きによっては森下あたりまで漂って来て、だがそうした汚れた川の臭いは、すでに下町の子供たちにとっては馴染みのある生活の匂いだったのだ。

相次いだ深刻な公害事件のあと、地下水の汲み上げが禁止され、地価も上昇して、下町にひしめいていた企業の工場は千葉や埼玉の郊外へと移転して行き、代わって人が住むマンションが増え始めると、川の浄化が行政の重要な問題として進められ、いつのまにか、濃度のあった水はさらりとなり、黒かった色も灰色から、時にはもっと薄い色に見えることもあるようになった。そして、水の汚染度をはかるバロメーターとして隅田川に放流されたグッピーが、逞しく生き延びて数を増やしているというニュースが新聞紙面に載る頃には、東京湾の江戸前で獲れたアナゴやカレイなどが、船上生活者の舟に代わって隅田川に増えている、遊覧船の名物料理になっていた。

魚は隅田川に戻って来た。滝廉太郎の歌にあるような、一刻千金の光景まではまだ遠いとしても、下町の環境は確実に変化している。

だが、と、龍太郎は、徳次郎と別れた中央区側の川岸に目をやった。コンクリートの防波堤の陰になって、徳次郎たちのダンボールの家は屋根のビニールシートしか見えない。

彼らはどうなっていくのだろう。景気が少しずつ上向いているとはいえ、はたして、この国は不景気から本当に抜け出すことができるのだろうか。夢のような好景気がやって来れば、徳次郎のような人々にも仕事や住む家が恵まれるようになるのだろうか。

あと二十年先に、はたして、この隅田川の川岸には、どんな風景が広がっているのだろう。

「いや、ヒントは貰ったよ」龍太郎は言って、昭島の肩を軽く叩いた。「あの徳次郎っておっさんは、自分ではもう少し年上の振りしてるが、俺の見たとこ、あれでまだ四十代半ばってとこだろう。それに言葉の端々からインテリ臭がする。年齢からして、全学連崩れだな」

「そうかもわからんが、はなこのことについては何も知らないって言ってたじゃないか。実際、具体的なことは何も言わなかった」

「唐突に、猫の思い出話をしたろ」

「ああ、しかしあんな話が何か関係あるのか？　俺たち警察に対して、ちょっと気の利いた虚勢を張ってみたくなっただけじゃないのか」

「目には目を、歯には歯を」

龍太郎は向かい風に逆らって、江東区方向に歩き出した。

「徳次郎は、猫を傘で殺されて、自分も傘を尖らせた、と言ったんだ。人は復讐を考える時、相手がしたことと同じことを相手にしたい、と思うもんだ、と言いたかったんだろう」

「じゃ、何か？　あのはなこって女は、小学生だった被害者に、昔、飛びかかられてひっかかれたことがある、ってのか？」

「そこまで具体的にはわからないよ。第一、そんな簡単な話でもなさそうだ。ま、問題は被害者が、小学生の時にあったことをどこまで正確に憶(おぼ)えているか、だな」

「おい、ちょっと待て龍さん」昭島が慌てて、龍太郎の腕を摑(つか)んだ。「それはまずいぞ、まずいって。被害者は未成年なんだ、しかも親が今度のことでは相当カリカリ来てる。なのに、警察が、暴行を加えた犯人じゃなくて、ひっかかれた被害者の方を問い詰めたなんて知られたら」

「問い詰めるつもりなんかないよ。ただ、思い出話をしに行くだけだ」

「だから、待てってば。そういうことなら、署に戻って、少年係の婦警を借りよう。な。俺たちむさくるしい男が二人も押しかけてあだこうだ質問したら、こっちにはそのつもりがなくても、女の子の方は問い詰められてると思うに決まってんだから。それでなくても、刑事ってのは、カタギの皆さんにプレッシャー与える職業なんだしさ」

「大丈夫だってば。ほんとに、思い出話をするだけなんだから」

「なんの思い出話だよ。龍さん、俺はあんたのこと嫌いじゃねえけど、そのさ、説明不足なとこだけは、むかつくこともあるよ、まじで。自分だけわかってねえで、チーム組んでんだから俺にもわかるようにちゃんと説明しろよ、何やるにしてもよ」

「だから、俺にもまだ何もわかってないんだよ。ほんとだって。ただ、あの被害者なら知ってるんじゃないか、と思ったんだ」

「何を」

「はなこ、って誰だか、さ」

「……やっぱり被害者はあの女のことを……」

「いや、違う。容疑者の話じゃない。はなこ、の話だ」

龍太郎は、きょとんとした顔の昭島に向かって頷いた。

「はなこ、だよ。犬だか猫だか、まあ、猿って可能性もないことはないけどな。鍵は、はなこ、が握ってる。はなこは、容疑者か被害者か、どちらかのペットなんだ、たぶん」

＊

「はい」遠藤美由樹は、はっきりと表情を変え、大きく頷いた。「知ってます！　はなこ、って名前の」

「猫ですか？」

「犬です。子犬でした。雑種で、捨てられてたんです」

「それをあなたが、小学生の頃に拾って育てていた？」

美由樹はもう一度、大きく頷いた。

「そうです。わたしが拾ったんです。清澄庭園に遊びに行ったとき、池のふちに、ダンボールの箱に入れて置いてありました。あそこは毎日、管理する人たちが見回りしているはずなんで、捨てられて間もなかったと思います。白くて、両耳だけちょっと茶色っぽい色が混じってて。まだ目もあいてなくて、家に連れて帰った時はぐったりしちゃってて。両親とも、ペットを飼うのは反対だったんですけど、はなこはもう死にかけていたんで、どうせ育たないだろうから好きにさせてやれ、って父が言ってくれて。でも獣医さんに連れて行って、ミルクのあげ方を教わって、ずっと抱っこしていたら、少しずつ持ち直して、元気になっちゃったんです」

「それじゃ、とても可愛がっていたんですね」

「はい」美由樹は、懐かしそうな表情で頷いた。「わたしにとっては、学校の友達より大切なくらいでした。とても人懐こい子で、散歩に連れて行くと、誰かれ構わず尻尾を振って、遊んで遊んで、って大騒ぎでした」

美由樹は、右頬に小さな絆創膏を貼っている。その絆創膏を気にして無意識なのか何度か指先で触れながら、少し不安げに首を傾げた。

「でも……どうして刑事さんが、はなこのことを御存じなんですか？　父がそんな話までしたんでしょうか」

「いいえ、犬のはなこちゃんのことは、今初めてお聞きしました。ただ、お父様には、その、あなたに乱暴なことをした女の人が、自分の名前を、はなこ、と名乗っているという話は、電話でしたんですけどね。もしかして、心当たりがおありになるかな、と思って。えっと、その犬の名前を、どなたかあなたかご両親のお知り合いの方で、はなこさん、とおっしゃる方から借りた、というような話は聞いていませんよね？」

「そんなの、知りません。でも、父か母の知り合いにはなこって人がいるかどうかわかりませんけど、犬のはなことは無関係です。だって、はなこ、って名前は、わたしがつけたんですもの。特に理由なんてなかったけど、なんとなく、好きな名前だったんです、はなこ、って」

龍太郎は大きくひとつ頷いた。隣りに座っている昭島は、眉を寄せたまま無表情になっている。話がまるで見えていないのに苛立っているのだろうが、それを遠藤美由樹にさとられまいと必死なのだろう。龍太郎は、昭島に申し訳ない、と思った。が、自分でも、自分の考えていることをわかり易く他人に説明することなどできないのだ。龍太郎自身、この先の展開の予想はまるでついていない。ただ確信していたのは、過去に、あの女とこの子と、犬のはなことの間で、何かがあった、それだけだった。

「でも、なんでその人は、はなこ、って名乗っているんですか？　わたしが飼っていた犬と、何か関係でもあるんですか？」

「それを知りたいんですよ、我々も」

　龍太郎は言って、美由樹を安心させるように微笑んでみせた。幸い、昭島が心配したほどには美由樹は刑事を怖がっていない。

「ただの偶然ではないと思ったわけです。あなたに乱暴なことをした女性は、あなたが小学生の頃、あなたのことを知っていた、と供述しました。もっとも、調書をとられないように用心しているのか、声に出しては喋ってくれないんですけどね」

「声に……出さないで、どうやって？」

「わたしの質問に頷くんです。それだけです。だからひとつのことを聞き出すのに、ものすごく手間がかかりました。それでもまあ、なんとか、小学生の頃のあなたを知っていた、というのはわかったわけです」

　美由樹は困惑した顔で考え込んだ。根が素直な少女なのだろう、こちらの期待に応えようと懸命に記憶をたどっているのだ。

　いい子じゃないか、と龍太郎はあらためて思った。父親が多少ヒステリックなので、娘もそういうタイプかと思ったが、今どきの高校生には珍しいくらい素直な子に見える。本来ならば、あたまのおかしいホームレスの女にいきなり殴りかかられた、というだけで、もっと興奮したり、泣いたり騒いだりしてもいいくらいなのだ。が、父親が先に大騒ぎしてしまったので、この子はこの子なりに、警察に対して気を遣っているのだろう。目には目を、歯には歯を。どうやら、徳次郎の示唆したことは、自分が最初に想像したようなこととは違うらしい、と龍太郎は考えていた。はなこ、というのがあの女の飼い猫か飼い犬で、それを小学生だったこの子がいじめた、その復讐で、というのは、やはり、あまりにも単純で馬鹿げた想像だったようだ。そもそも、はなこはこの子の飼い犬だったのだ。それなのに、なぜ、あの女はその犬の名前を名乗っているのか。

「あの」

五分あまり沈黙していたあとで、美由樹がやっと顔を上げた。

「もしかしたら……でも、全然間違っているかも知れないんですけど」

「構いませんよ。我々の仕事は、何百、何千という可能性の中から、ひとつずつ違うものを除いていって、最後に残った真実を探す、そんな仕事なんです。それが真実かどうかは我々の方で、ちゃんと調べます。ですから、少しでも可能性があることをすべて教えていただきたいんです」

美由樹は頷き、小さく深呼吸した。

「……はなこがうちに来て、一年は経っていなかった頃だったと思うんです。……はっきりしないんですけど、たぶん、わたしが小学校五年生の時です」

「そうすると、今から六年前ですね？」

「たぶん。……はなこの散歩はわたしの役目でした。はなこの世話はわたしがすることになっていて。それで、その時もいつものように、はなこと散歩していました。あれは……ちょうど、昨日の事件があったあの交差点のあたりでした。うち、犬を飼うのははなこが初めてで、きちんと躾（しつけ）をしないといけない、というのを知らなかったんです。はなこは、とても人懐こくて、人間が大好きでしたから、誰かを咬（か）むなんてことは思ってなかったし。それに散歩させていたのがわたしなので、はなこがちょっとはしゃぐと、もう、綱を引っ張って押さえることができないんです。でも、いつもの散歩コースではなこがはしゃぐ時は、はなこのことをよく知っている近所の人と出会った時なので、はなこが喜んでその人に飛びついても、みんな笑って撫（な）でてくれていたんで、それでいいものだと思ってました。犬は群れを作る動物なので、家族の中で自分の序列を決めてしまい、自分より下だと思った人間の言うことはきかなくなる、なんてことや、むやみに人間に飛びつくようなことは絶対にさせてはいけないことなんかも、その頃は知らなかったんです。はなこは、たぶん、わたしと自分とを同等くらいに感じていたんだと思います。それで、はなこは、はしゃいで興奮してしまうと、わたしがいくら綱を引っ張ってもなかなか言うことをきいてくれなくなっていました」

「それじゃ、あの交差点で、誰かに咬みついてしまった、んですか」

「いいえ、咬んではいません。はなこは……死ぬまで、人間を咬みませんでした。ただあの時、はなこは、たまたま通りかかった女の人に、何を勘違いしたのか急に飛びついて……はなこに悪気はなかったんです。尻尾を横に振ってましたし、その女の人の顔を舐めようとしていましたから。たぶん、遊んでくれると思ったんです。でも、運悪く、その女の人は犬が嫌いだったみたいで」

「……騒ぎになってしまった」

龍太郎の言葉に、美由樹は悲しそうな顔で頷いた。

「その人、ものすごい悲鳴をあげました。今になって考えてみれば、それも無理はないんですよね。はなこは、小型犬の大きさではなかったんです。秋田犬か何か、割合に大きな日本犬の雑種でしたから、その時でも、柴犬なんかよりは大きくなっていました。飼い主からみれば可愛い犬ですけど、犬が嫌いな人が、そんな大きさの犬にいきなり飛びつかれたら、怖くて騒いでしまうのは当たり前です。その女の人には連れがいました。大人の男の人で……その女の人を守ろうとしたんだと思います、持っていた杖ではなこをぶちました。それでわたし、びっくりしてしまって、その男の人の杖を摑んで引っ張りました。男の人は尻餅をついて、女の人は大声で泣き叫んで、もう何がなんだかわからなくなって……わたしもわんわん泣いてしまったんです。そのうちに、わたしのことを知っている近所のおじさんが通りかかって、騒ぎをなだめてくれたんです。はなこは、自分がしたことで大騒ぎになったことに驚いて、ぶるぶる震えていたそうです」

美由樹は、臆病な愛犬を愛しく思ったのか、少し微笑んだ。

「結局、その女の人と男の人は、わたしの家まで来ました。ものすごく怒っていて、はなこみたいな危険な犬は、すぐに保健所に連れて行って処分しろ、って怒鳴って。父が謝ってくれましたけど、女の人の洋服が汚れたのでそのクリーニング代と、男の人の杖を買い替えるお金を払ったみたいです。わたしは奥で泣いていたので、詳しいことはわかりません」

「それからあと、その二人とは？」

「少なくともわたしは会っていません。でも、その時のことはそれで終わったはずです」

「その二人があとからまた、お金を請求に来たなんてことは、耳にしていませんか？」

「それは、ないと思います。父も母もわたしには何も話してくれませんでしたけれど、二人が話し合っているのをこっそり聞いたことがありますから。その女の人と男の人は親子で、その人たちは、住吉町の方の材木問屋さんだったみたいです。つまり、お金持ちだったんです」

「なるほど」

「はなこは、その事件のあと、少しして死にました」

美由樹はまたひとつ溜め息をついた。

「事件とは無関係です。フィラリアにかかってしまったんです。わたし……はなこに、本当に悪いことをしたと思っています。犬のことを何も知らなくて、ちゃんと予防薬を飲ませていなかったんです。躾のこともそうですし、悪いのははなこではなくて、犬のことを勉強せずに飼っていたわたしです。動物にはそれぞれ、特性があって、その動物と暮らすためのルールがある、ってことを、わたし、理解していなかったんです。ただ可愛い、可愛い、それだけで。……あの、ですから、はなこについて思い出せることってそんなにないんです。結局はなこは、一歳くらいまでしか生きませんでしたから」

「その事件が唯一の大事件だった、ということですね」

美由樹は頷いた。

「でも……今度のことと何か関係があるのかしら。わかりません」

「……わかりませんか」

美由樹は、首を横に振った。

「なんでわからないんだろうな」

遠藤家から出る時、昭島は首をひねった。

「自分で話してて、あっ、と思わないのかな。たった六年前のことだぞ」

「動転していたのさ。だから、相手の顔なんかろくに憶えてないんだ。きっと、犬よりもっと本人の方が震えてたんだろう。それに、俺たちだってそうだ、人間ってのは、自分の経験していない年齢に至ってる人間のことは、まるで理解できないし、まるっきり観察も出来ないもんなんだ。十一歳の子供にとって、二十歳を超えた女は、みんな、おばさんだ。杖を持っていた男の娘、という情報が後から耳に入ったもんだから、記憶の中で、その女はあの子にとって自分の母親くらいの年齢だったと認識されているんだよ。たぶん、あの子のおじいちゃんが、杖を持ってたんだろうな、当時」

「つまり遠藤美由樹には、その女が、昨日自分に殴りかかった女かも知れない、という想像ができないわけか。しかし、それにしたっておかしいぞ。だってその女は犬が嫌いで、保健所に連れて行けとまで言ったらしいじゃないか。なのになんで、自分を、その犬の名前で呼ぶんだ？」

「さあね」龍太郎は頭を振った。「その点は、本人に訊くしかないだろう。それより、まずは身元確認だな。遠藤の父親が勤めてる会社に直接行って、話を聞こう」

4

龍太郎が二杯目のグラスに唇をつけたのと同時に、横のスツールに人が座った。ぞんざいな座り方なのにほとんど音がしない。ネコ科の動物のような身のこなしだ。龍太郎は横を向かなかった。向かなくても、それが及川だということはわかる。

「解決したんだってな」

前置きもなく及川は言って、スコッチを注文した。

「高橋の伊藤課長がこっちに来てて、園部さんとこの噂話してったぜ。おまえのことも出たな。一言も喋らない女に自供させたって？　けどよ、喋ってねえんじゃ調書は認められねえだろよ」

「喋ったよ」龍太郎は、グラスの中のジンを一気にあおった。「最後は、ちゃんと人間の言葉で喋った」

「なんだよ、人間の言葉、って」

「だから……彼女は犬になったつもりだったんだよ」

龍太郎は、小皿に盛って置かれた櫛形のライムを、そのまま口に放り込んだ。刺激のある酸味と苦味で、思わず、目尻に涙がたまる。

「女は……昔、大山京子という名前だったんだ。住吉一丁目の材木屋のひとり娘で、父親が年くってからの子供だったせいもあって、蝶よ花よと育てられた」

「材木屋ってのは、ちょっと前まで羽振りが良かったらしいな」

「下町では金持ちの代名詞のひとつさ。もっとも、それもここ十年でめっきり数を減らした。猿江の貯木場ももう姿を消した。江戸時代が、また遠くなった」

「それで？」

及川は、龍太郎に感傷にひたる暇を与えない。いつものことだ。及川は、龍太郎がかかわった事件の詳細を知りたがるが、ただ知りたいだけで、知っても何の感想も言わない。

「それで……大山京子は二十三歳の時、父親と散歩していて犬に飛びかかられたことがあった。森下に住む小学生の女の子が飼っていた雑種の犬だ。まだ成犬になってなかったが、割とでかくて、大山京子は犬が大嫌いだったんだ。その犬はただじゃれついただけだったんだが、犬嫌いな上にいきなり飛びかかられて、京子は、その犬に咬まれると思って騒いだ。父親が京子を守ろうと犬を杖で殴って、騒ぎは大きくなった。結局、誤解は解けたんだが、京子はおさまらなかった。父親をけしかけて、その犬を処分させるようしつこく食い下がったらしい」

「金持ちのワガママ娘か。それにしても、犬を殺せとしつこく食い下がるってのは、ちょっといただけねぇな。小学生の女の子の飼い犬だったんだろ？　その女の子が犬を殺されたらどれだけ悲しむか、想像できなかったのか」

「京子は、退屈してたのさ」龍太郎はジンのお代わりを頼んだ。「短大を出て就職もせず、財力と将来性のある結婚相手が見つかるまで、呑気に花嫁修業中だった。父親がどこまで自分の言うことをきいてくれるのか、試してみたい気持ちもあったのかも知れない」

「で、その犬は殺されたのか」

「いいや。飼い主の女の子の父親が頑として拒否して、裁判を起こすなら受けて立つと言ったそうだ。本人に聞いて来たよ。大山家の方では、騒ぎの最中に尻餅をついた京子の父親の尾骶骨にヒビが入っていたことや、京子が着ていたブラウスが裂けて、胸のあたりにちょっとした傷がついたことなんかをかなりしつこく言い立てていたらしい」

「金持ちのくせに、弱い者いじめか」

「金持ちだから、やってみたくなるんだろうな。自分たちの持っている金の力がどの程度のものか、つい、試してみたくなるんだ。いずれにしても、弁護士が間に入って示談が成立したらしいが、犬の飼い主の父親は、治療費だなんだってかなりの額をむしりとられたらしいよ。それでも父親は、娘を心配させないよう、そのことについては娘には説明しなかった。結果的に犬は処分されずに済んだんだ。でも、その犬は、その事件のあとほどなくして病気で死んだ」

「ちょっと待てよ」及川は、ボウモアの香りを楽しみながら言った。「つまりその、犬の飼い主だった小学生ってのが、今度の事件の被害者か？　だったら、そのワガママ娘が」

「言葉を話さない女ホームレスだ」

「それじゃ、話が逆じゃねえか。意地の悪いことした方が、何年も経ってからまたぞろ、罪もない女の子にちょっかい出したのか。どうしてそこまでしつこく……」

「今、話すよ。あんたはいつもせっかちだな」

「おまえの話し方がトロいんだよ」

龍太郎は笑って、氷の上に注がれたジンを一口、すすった。

「大山京子は、犬事件のすぐあとで見合い結婚した。相手は実業家で、何億って資産を持つ男だ。だが京子の幸福な新婚生活は、二年もたたずに壊れた。何かの投機に失敗して、ほとんど一夜にして無一文になったらしい。しかも、弱り目に祟り目、京子の父親が脳梗塞で倒れて入院し、材木事業のあとは叔父が継いだんだが、才覚のない男だったのか、瞬く間に実家は倒産した。京子は亭主の借金に追われてスナック勤めを始めたんだが、そこで知り合った男にいれあげて、文無しの亭主を捨てて出奔したんだ」

「馬鹿な女だな」

「うん、馬鹿だ。お決まりのパターンで、惚れた男はチンピラ、いつのまにか山ほど借金を背負わされ、男に売られる寸前に逃げた。追い込みにヤクザが入り、京子には逃げ場がなくなった」

「それで、路上生活か」

「住民票を移せば追い込みにばれる、元の亭主にも居場所が知られる。だから生活保護の申請もできない。水商売の世界はどこで自分を追い込んでるヤクザと繋がってるかわからないから、勤めることもできない。世間知らずの代名詞みたいな女が金も住むとこもなくして、四ヶ月前に佃島のホームレスのテントに転がりこんだ。結局、男といるのとたいして違わない生活に堕ちたわけだ。それも、ただ一晩、屋根のあるところで寝るためだけに足を開く、そんな最低の生活に」

「なのに、なんで地元に戻ったんだ？」

「入院していた父親が死んだことを知ったんだそうだ。テントにいた男が昔、猿江に住んでいて、その時代の知り合いと話をしていて、偶然、大山家のことが話題に出たんだな。羽振りの良かった人間が落ちぶれた話ってのは、たいていの人間にとってご馳走だからな。京子は、父親が死んだことを確かめたかった。墓の場所はわかっているから、確かめたら墓参りに行くつもりでいたと言ってる。しかし……それだけじゃなかっただろう、たぶん」

「母親は？　その女の母親は生きてるのか」

「いや、母親は京子が小さい頃に死んだんだ。京子にはきょうだいもいない。材木屋はとっくに潰れ、実家も人手にわたっていた。それでも……もしかしたら、自分を助けてくれる誰かと出会えるかも知れない、おそらく、京子は、藁にもすがる気持ちで地元に向かった。が、現実はそんなに甘くはなかった。誰かに助けて貰うどころか、自分がそんな惨めな境遇に堕ちていることを昔の知り合いに告げる勇気もなかったんだろうな。それで隅田川に出て、川岸のダンボールハウスのどれかに泊めて貰うつもりで高橋まで来た時、出来心で薬局から万引きをした。生理の予定日が近づいていたんで、生理用品が欲しかったんだ」

「路上生活なのに、生理なんか気にするのか」

「路上生活だから、大問題なんだよ。……生理中の女に宿を提供してくれる男なんて、いないんだ」

及川が、珍しく溜め息をついた。

「……残酷な話だな」

「ああ、残酷な話だ。女が一ヶ月のうちでもいちばん弱って苦しんでいる数日間、周囲の男たちにとって、その女は何の役にも立たない存在になる。足の間から血を流して、痛む腹おさえて蹲（うずくま）ってる女に、誰も見返りなしで宿代を貸してはくれないんだ。京子は数ヶ月の路上生活で、その惨めさに打ちのめされていた。しかも、せっかく万引きした生理用品のほとんどを、同じ路上生活をしている女に奪われたらしい。途方に暮れて歩いていた時、京子は、デジャヴを感じた。昔、犬に飛びかかられた交差点。そこにあの女の子がいたんだ。六年経ってても、すぐにわかった、と言ってる。その女の子は左目の下に割と大きなホクロがあるんだ。それで京子は……犬になった。はなこ、と呼ばれていたあの犬に。自分が、殺せと主張した犬に」

「それがわからない。どうしてそこで、いきなり犬になる？」

「京子が下町に流れ戻った時、最初にしたことが、あの犬がどうなったか確かめることだったんだ。京子は京子なりに、自分が情のない意地を張ったことを気にしていた。社会のどん底に堕ちてみて、やっと、弱いものいじめすることの意味を身をもって知ったんだろうな。ところが、犬は死んだと聞かされたんだ、あの事件のあとすぐに。京子は、病死とは知らず、自分のせいで犬は処分されたんだと思い込んだ。その飼い主だった女の子の姿を見た時、京子は、自分も、処分されたい、と思ったんだ」

「処分……されたい、か」

龍太郎は頷いた。

「……はなこは京子にじゃれついて殺された。だから自分も、あの子にじゃれついて、そして……」

「ばかばかしい」及川は笑った。「その女は、留置場に入りたかっただけだ。せめて一晩でも屋根のあるとこで寝て、飯も食わせてもらえるし、と思ったんだろう。しかもだんまりを通せば、うまくいけば拘置所、少なくとも、辛い生理の間だけ、雨に濡れずず飢えもしないで生きていられる。そう計算したんだよ」

「たぶん、な。その通りだろう。だがそれだけなら、他に方法はいくらでもある。すぐに捕まるように放火でもした方が効果的だ」

「若い女の顔をひっかいたんだろう？　放火と同じくらいの効果はあるよ」

「ひっかいてない」龍太郎は、自分の手を開いて、その指先を見つめた。「ひっかくつもりなんてなかったんだよ。京子は、本当に、ただじゃれついてみただけなんだ……昔、はなこがやったみたいに。ただ、京子は知らなかったんだ。自分の指の爪がひとつ、割れていて、そのせいで、軽く指先が触れただけでも、被害者の肌に傷がつく状況だった、ってことを」

「アタマがおかしいんだな」

及川は、空になったグラスを軽くあげてバーテンダーに示した。

「おかしいんだよ。おかしくなっちまったんだ。あんまり自分の状況が惨めで、それが信じられなくて、そこから逃げたくなったんだろう……犬の振りしてでも」

及川の言っていることが、たぶん、正しいのだろう。だが、と龍太郎は思った。京子は、はなこになりたかったのだ、とも思う。単純に、あの時の犬になりたかったのだ、と。誰かに愛され、可愛がられて生きて、人間はすべて自分と遊んでくれるものだと、自分を可愛がってくれるものだとただひたすら信じていた、あの時の犬に。そして誰かに、庇ってもらいたかった。見返りを求められずに愛されたかった。今の自分よりはあの時の犬の方が、ずっとずっと、幸せだと思った。

「園部さんが、送検しろって言ったから、検察に送ったよ」

龍太郎は、もう一切れ、ライムを口に入れた。また涙が目尻にたまった。

「割れてた爪のおかげで、しばらくは屋根のあるとこで寝て、飯も食えることになったわけか」

及川が、ふん、と鼻を鳴らした。

「高橋の園部さんも、とんだ浪花節野郎なんだな。それでなくても税金泥棒とののしられる身分なんだ、庶民の血税をそんなとこに無駄に遣うなんざ、許されんぞ」

「あんたが白紙の領収書を貰ってんのよりは、罪が軽いよ」

龍太郎は言って、ライムの皮を、ぺっと吐き出した。

雪うさぎ

1

夢は見ていなかったのに、夢の中が白く、暖かくなった、と感じて、目が覚めた。からだを起こしてみて、そこがソファの上だった、ということを思い出した。いつものソファだ。大きくて、大人の男三人が楽に座れる外国製だ。

及川のインテリアの趣味は素晴らしい。龍太郎の、ろくに掃除もしていない独身寮の狭い部屋とは、天と地ほどの開きがある。龍太郎よりたった二年早く警察官になっただけ、まだ二十八なのに、及川はもう警部補だった。昔から、試験と名のつくものは大得意だと自分で言っているように、巡査部長の昇進試験も一度でパスした。その上で、昨年、剣道の世界選手権で優勝し、一階級特進した。が、本当は決勝戦で外国の選手に負けていて準優勝だったのだが、優勝した選手の出場資格に問題が発覚して、繰り上げ優勝になったのだ。その話をすると及川はおそろしく不機嫌になる。実力だけで優勝できなかったことは及川にとって、屈辱以外の何物でもないのだ。そして間の悪いことに、その世界選手権の直後に及川は、選手としては引退せざるを得なくなった。利き腕の右肩を暴力団員に拳銃で撃たれ、骨が破損して、腕が真上に上がらなくなってしまったのだ。それでも、日本選手権に出られる程度の強さはまだ持っている。が、及川のプライドが、日本選手権で他の日本人に負ける、世界選手権に出られない、という現実を受け入れなかった。

　剣道家として挫折した及川は、その鬱憤を仕事で晴らすことにしたらしい。二十八歳以下で警部補になった優秀なノンキャリアは、準キャリアとして特別扱いされ、出世のレールに乗ることができる。が、及川にはそうしたレールは用意されなかった。ひとつには、及川の昇進が剣道によるものだったこと、そしてもうひとつ、及川は、自分が同性愛者であることを隠そうとしなかったことだ。及川はしかし、もともと、準キャリアなどにはなりたくなかったと思う。今の及川にとっては、捜査四課で組織犯罪壊滅を目指すことが、生き甲斐そのものなのである。

　及川の武勇伝は、所轄にいる龍太郎の耳にも入って来る。路上に転がっていた鉄パイプ一本で、ヤクザを五、六人、半殺しにした、とか、暴力団の組事務所にいきなり乗り込んで行って、組長の口の中に拳銃の銃身を突っ込んだ、とか、それが本当ならば進退問題になるんじゃないのか、という派手な話ばかりである。が、とりあえず及川は、クビにもならず、今朝も元気に桜田門へと出かけて行った。

龍太郎は、久しぶりの非番だった。独身寮の部屋に戻っても、たまった洗濯物を洗う他することはない。

リビングには、スコッチの空き瓶が二本も転がっていた。こんなに飲んだかよ、と、龍太郎は自分で呆れた。が、頭の芯のところがジンジンと痛いのに気づいて、やっぱり飲んだんだな、と思う。及川は酒にも強く、底なしに飲むが、二日酔いになっているのを見たことがない。人間じゃない、と思う。

及川の部屋に泊まるのは非番の前夜だけ。いつも深酒になる。その理由は、互いによくわかっていた。

学生時代のことは、すべてが夢の中の出来事だったような気もするし、その一方で、あの頃の二人の関係の方が、今の関係よりはずっとリアルであるような気もしている。及川と龍太郎が共に在籍していた大学は、剣道部の実力では全国でも五本の指に入るところだった。高校時代、それなりに全国的に名を売っていた龍太郎だったが、それでも、いざ大学の剣道部に入ってみれば、高校時代に受けたしごきなどは軽い愛撫だったのかと思うような、それこそ、現実感の希薄なしごきに耐える日々が待っていた。

特に、一、二年生は文字通り、上級生の奴隷だった。たった一年か二年、早く大学に入った、それだけのことで、彼らの命令は絶対となった。肉体的にしごかれるのは耐えられても、付き人となった上級生から人間以下の扱いを受け、その屈辱に耐え切れなくて退部していく者は毎年必ずいたし、退部に際して受ける制裁を怖れて、大学そのものを中退して故郷に帰ってしまう者もいた。たった二年のことなのに、一生の心の傷を負わされ、生涯、先輩を憎悪し続ける者は数多かっただろう。今にして考えてみれば、やはりあの世界は歪んでいた。剣道家として強くなることと、先輩の奴隷として屈辱に耐えることとは、はっきり言って無関係なのだ。事実、スポーツ先進校と呼ばれる新設大学の剣道部にはそんなしごきも奇妙な主従関係の強要もほとんどないと聞いていたし、伝統のある強豪大学でも、スポーツトレーナーや運動生理学を専攻したコーチなどがついて、しごきとは次元の違う論理的な訓練が行われ、縦割りの先輩・後輩社会すら姿を消しているところもあった。要するに、時代遅れだった。そしてそれは、たぶん、在籍中の学生たちもちゃんと知っていた。しかし、時代遅れなあの世界が、その中に呑み込まれている学生たちにとっては、ある種の心地好さを伴うファンタジーとして機能していたことも確かなのだ。二年間の地獄に耐え抜いた者たちは、世界が百八十度変わる体験をすることになる。三年生に進級した途端、それまでの奴隷から主人の座へと一気にのぼることができるのだ。馬鹿げている。が、そのったのだろう。

時に味わう強烈な快感は、時代遅れの伝統を生き長らえさせるに足る魅力的なものだったのだろう。

皮肉なことに、今は、母校の剣道部もがらっと様変わりしてしまった。龍太郎が卒業して間もなく、とうとう、悲劇が起こるべくして起こってしまった。屈辱に耐え切れなかった二年生が、自分が奉仕させられていた四年生の先輩を包丁で刺して、瀕死の重傷を負わせてしまったのだ。幸い、殺人事件にはならなくて済んだが、動機がしごきにあったことで、剣道部は解散させられ、コーチも監督もクビになった。昨年、ようやく新生剣道部が発足したらしいが、今度は、新設校の監督だった、合理的で効率的なトレーニングをすると評判の人が監督に就任した。女子学生も積極的に受け入れて、健全でしかも強い剣道部へと生まれ変わったらしい。及川は、母校から頼まれてたまにその剣道部の指導に行っていると聞く。

が、あの当時、奴隷制はまだ生きていた。そして、龍太郎が一年生の時、付き人としてついたのが、当時三年生の及川だったのだ。

及川は、決して、無駄に残忍で意地悪な先輩、というわけではなかった。意味のない暴力をふるうこともなく、試験前にわざと用事を言いつけて勉強する時間を奪うような、まったく剣道と無関係な虐めもされたことはない。用具の扱いが少しでもぞんざいだと容赦なく平手打ちをくらったが、他のことで殴られたり蹴られたりした記憶はない。むしろ、一年生の龍太郎に対して、積極的に稽古をつけてくれ、呼吸の仕方から立ち居振る舞いまで、高校剣道界で少しばかり名を売っていたことで慢心していた龍太郎に対して、基礎の基礎からたたき込んでくれた。実際、及川の腕は当時の剣道部の中でも頭抜けていて、四年生でも及川と互角に勝負できる学生はいなかった。そんな中で、一年生ではあっても龍太郎は、とりあえず、及川の相手をしても、格好だけはつけることが出来た。及川にしてみれば、龍太郎を奴隷にしてこきつかうよりも、稽古相手として育てた方が、はるかに便利だったのだろう。周囲の一年生部員たちからは、随分と羨ましがられやっかまれた。それでも、及川の武具用具の手入れにはものすごく神経をつかったし、稽古着の洗濯から煙草や昼食の用足しなどの雑用も、もともと神経質な及川の要求を完璧に満たすのは大変だった。それに、及川は、人格者というわけではなかったのだ。酒が入れば悪ふざけもしたし、虫の居所が悪ければ、龍太郎をなぶって鬱憤を晴らすこともよくあった。耐えられない地獄、というわけではなかったが、それなりに屈辱を味わい、時には及川を憎悪し、それでも、及川が剣を手にした途端、その余りの素晴らしさ、美しさ、そして強靭さに心酔しつつ、龍太郎の二年間は過ぎていった。それだけで終わっていれば、共に警察官という同じ仕事を選んだ後で再会していても、ただ学生時代の青臭く幼稚な自分たちの行いを思い出して赤面し、懐かしみ、たまに酒を酌み交わす先輩と後輩のままでいられただろう。

四年生の引退試合となる大会で優勝した及川の祝賀会のあと、いつものように、及川の武具用具とスポーツバッグを抱えて、龍太郎は及川のアパートに寄った。及川は少し酔っていて、珍しく、上機嫌で鼻歌を歌っていた。バッグから稽古着を取り出し、洗濯してお持ちします、と、自分のバッグに入れようとした時、及川は龍太郎の手から稽古着を奪った。もう、おまえに洗濯して貰う時代は終わった。及川はそう言って、稽古着を部屋の隅に置いた。その時、龍太郎の心によぎったのは、言い様のない寂しさだった。四年生は、明日から、個人的に稽古に参加することはあっても、部活動としては引退した者として扱われ、公式試合にも出なくなる。そして卒業までもう実質、四ヶ月。すでにほとんどの四年生は就職口も決まり、卒論や、足りない単位をかき集めることに必死になっている。及川は、九月に警察官採用試験を受けていた。及川の成績や剣道の実績からして、不合格になる理由もなく、及川が警察官になることはすでに決まったも同然だった。そして、その時はまだ、龍太郎は、警察官になるつもりなどまったくなかったのだ。

たぶん、と龍太郎は、転がった酒瓶を片づけながら思い返した。

たぶん、あの時の俺の顔が、及川に決心させたんだ。俺はきっと、情けない顔をしていた。情けなく、寂しくて、その上、物欲しそうな顔を。

結局、あの夜から続いているこの関係は、でも、あの夜より先へは進まないまま、同じところでむなしく足踏みを続けている。あまりにも中途半端で、その半端さが苦痛で、最近は二人とも、酒ですべてを流し、何も考えないようにして眠ってしまう。そして目が覚めれば、転がっているのは空の酒瓶と、空の、自分自身。

龍太郎は、スコッチのボトルの口に唇をあて、ボーッ、と汽笛の音を真似た。

海が見たい。最後に海に行ったのは、あれはいつだったろう。次の休みには伊豆あたりまで車を飛ばそう、いつもそう思っているのに、非番の前夜に及川に逢うと、こうして、昼頃になって目を覚まし、もう何もかもだるくて、寮まで帰るだけでいっぱいいっぱいになる。

及川は信じていないのだ。自分を、信じていない。龍太郎にはそのことが、重い。自分を信じてくれ、と言えない自分を知っているから、重たい。及川が思っているように、自分はたぶん、ゲイではないのだろう。少なくとも、及川のようには、同性である男に情動が湧かない。だが、及川がそう望むなら、及川のそばにずっといて、パートナーとして生きていく覚悟くらいはできている。だが及川にとっては、それは哀れみであり、施しなのだ。及川はそんな施しを受け入れたりはしない。決して。

だったら別れればいい。

そんな当たり前のことが、それでも、今の二人には直視できないことなのだ。なぜ別れたくないのだろう。龍太郎自身にもそれがよくわからない。が、自分から、この半端な関係を清算したいと言い出すことが、龍太郎には出来なかった。

及川は、最近、マンション探しを始めた。不動産が値上がりを始め、今買っておかないと、都内に家が持てなくなるから、というのがその理由だ。が、その新しく手に入れるつもりのマンションに引っ越して来ないか、と龍太郎にさりげなく言う。同居ではなく、一部屋貸すから、と。

それは及川にとって、最後の賭けのようなものかも知れない、と、龍太郎は思っていた。及川も、この半端な状態が苦しくて耐え切れなくなっているのだ。龍太郎がノーと言うなら、及川は、別の誰かと暮らす気でいるのかも知れない。それを考えると、やり切れない思いで胸が痛くなる。切なくなる。

どのみち、神経質で綺麗好きな及川のことだから、また後で自分で掃除をし直すだろう。そう思ったので、転がった酒瓶を片づけ、山になった灰皿の吸い殻を捨てるくらいのことしかせずに、及川の部屋を出た。鍵は、いつものように、新聞受けに落としておく。鍵は返さなくていい、持っててくれ、と一度だけ言われたことがあったが、その時、龍太郎は鍵を新聞受けに落として帰った。以来、鍵をどうするかの話が二人の間で出たことはない。及川は、同じことを二度は言わない。一度鍵を持つことを龍太郎が拒絶した以上、もう二度と、及川の方から鍵を持っていてくれと言うことはない。だが、もし、自分が……龍太郎は、鍵がぽとりと落ちる音に耳をすませた……あの鍵を持っていたい、持っていさせて欲しいと頼んだら、及川はノーとは言わない、そんな気はするのだ。

自分は、愛されている。

そう思うと、胸の奥ににぶい痛みが走る。

外に出ると、そろそろ正午に近い陽射しが、髪の毛を温めてじんわりと汗が出た。三月ももう終わり、春は本番を迎えている。このところ、気温は四月中旬並みとかで、開花宣言が出るなり一気に満開になってしまった桜の花びらが、小さな川の水面を白く埋め尽くしていた。

泣き声がする。幼女の泣き声だ。

龍太郎は、あたりを見回した。迷子にでもなった幼女が泣いているのかと思った。が、どこにもそんな子の姿は見えない。もう一度泣き声に耳を傾けると、頭の上の方から聞こえていた。顔を上げる。及川の部屋があるマンションの横に、ひとまわり大きく高級そうなマンションの茶色の建物があった。その窓際に、幼女の顔が見えた。口をめいっぱい開け、顔をくしゃくしゃにして泣いている。まだひとりで留守番のできる年齢には思えないが、泣き声を聞きつけて親が現れる気配はない。

龍太郎は、しばらく様子を見ていたが、幼女がまったく泣きやむ気配がないので、声をかけてみた。

「おーい！　どうしたの？　おかあさんかおとうさん、いないの？」

幼女のいる部屋は下から数えるとどうやら四階らしい。声は届くが、泣き喚（わめ）いている女の子の耳には、ずっと下の路上から話しかけて来る大人の声は耳に入らないのか、顔を下に向けることもなく、ひたすら大声で泣き続けている。

「あら、どうしたのかしら」

通りかかった、ベビーカーを押した女性も、眉（まゆ）をひそめて上を見上げた。

「知ってらっしゃるお子さんですか」

「いいえ。でも……見かけたことはあります。そこの公園で。いつもおかあさんと一緒で。随分泣いてるわね」

三十代くらいの母親は、口に手をあててラッパのようにすると、上に向かって怒鳴った。

「こんにちはーっ。どうしたのーっ。おかあさん、いないのーっ」

女性の声の方がよく通るからか、幼女はやっと下を見た。だが泣き叫ぶ声はやまなかった。ただ、いやいやをするように首を横に振りながら泣いている。

「変ですね。これだけ泣いてたら、おかあさんが来てもいいと思うんだけど」

母親の言葉に龍太郎は決心し、そのマンションのエントランスに向かった。管理人室の窓を叩くと、初老の男性が顔をのぞかせた。

「すみません、通りがかりの者なんですが。たぶん四階だと思うんですが、小さな女の子が窓を開けてずーっと泣いてるんです。まだ三つにならないくらいだと思うんだけど、親がぜんぜん顔を見せないんですよ。なんでもなければいいんですが、もしかして、部屋の中で、おかあさんが病気で倒れているとかそういうことがあるかも、と思ったもので」

管理人は慌てて出て来た。

「どこの部屋ですか」

「四階の、えっと、東から仕切りを数えて三つ目です。ベランダに面して、掃き出し窓があって、その手前にもうひとつ窓がありますよね」

「三つ目というと、四〇三ですね。佐竹さんのお宅だ。しかし弱ったな、うちはマスターキーというのがないんです。電子ロックで、鍵は管理人は預からないシステムです。全戸分譲なので……」

「ドアを開けられないわけですね」

「緊急時の連絡先は聞いています。えっと、ちょっと待ってくださいね」

管理人は一度部屋に引っ込み、台帳のようなものを手にして出て来た。

「とりあえず、声をかけてみましょう。佐竹さんとこのお子さんなら、未来ちゃんと言って、確か二歳になるはずです」

龍太郎と管理人が窓の下に戻ると、ベビーカーの母親の他にも、通行人が二、三人、足を止めていた。幼女の泣き声はいよいよ大きくなっている。

「あ、やっぱり佐竹さんとこだ」

管理人も手でラッパを作って怒鳴った。

「おーい、おーい！ 未来ちゃーん！ 佐竹、未来ちゃーん！」

自分の名前を呼ばれて、幼女はやっと泣き声を弱めて窓から顔をのぞかせた。

「未来ちゃーん、どうしたのーっ。おかあさんは、どこーっ」

幼女は何か言ったが、泣きながらなのでまるで意味がわからなかった。だが若い母親は、その言葉を聞き取れたらしい。

「お部屋から出られない、って言ってますよ」

「部屋から出られない？」

「あの窓は、リビング横の部屋のものです」

管理人が言った。

「室内のドアは、部屋の外から鍵はかからないはずなんだけど、おかしいな。しかし、小さい子がいる場合、外から鍵がかかるように改造しているケースもありますが」

「なんとか室内に入れませんか」

「あの子の父親の会社に電話します」

管理人が管理人室に戻って電話している間に、幼女は窓から半分身を乗り出し始めた。ベランダがあるのですぐに墜落の危険はないが、ベランダからさらに下へ向かおうとすれば大変なことになりかねない。

「おーい！　だめだーっ。窓から出たら、だめだよーっ」

龍太郎の声に、幼女はまた勢いよく泣き出した。

「あら、困ったわ。オシッコがしたいんですって」

若い母親は、龍太郎には外国語よりも耳に奇妙に聞こえる幼女の泣き声を、言葉として聞き分けていた。

「もう、おむつがとれてるんですね」

「そうでしょうね、トイレに行きたがっているんだから」

「やっかいだな。ベランダに出て来られると、危ない。管理人さん、父親と連絡とれましたか！」

走って戻って来た管理人が頷いた。

「どのくらいで来られますか！」

「タクシー飛ばして、三十分だそうです」

幸い、ベビーカーを押していた若い母親が話しかけると、幼女は窓から出ようとするのをやめ、元の位置に座り込んだ。窓際の棚のようなものの上によじ登っているらしい。あたまのいいその母親に幼女をなだめる役は任せて、龍太郎は、万一のことを考えて管理人室に向かい、電話で所轄署と消防署に連絡をとった。今のところ危険は大きくないが、子供のことなので、どんな突飛な行動に出ないとも限らない。五分ほどで、サイレンは鳴らさずに消防車とパトカーが一台ずつ到着した。消防隊員が、幼女が四階から落ちた場合に下で受け止める準備を始める。

「高橋署の麻生と言います」

パトカーから降りて来た私服の女性刑事に向かって手帳をかざすと、女性刑事も手帳を見せた。

「神楽坂署の少年係、沖田と言います。事情を説明していただけますか」

「非番で、友人のマンションに遊びに来て、帰りがけにここを通りかかったら子供の泣き声が聞こえまして」

龍太郎が、四階を指さした。下から若い母親が必死に話しかけ、慰めているが、幼女はさっきよりも激しく泣きじゃくっている。

「窓の内側に、棚か何か置いてあるようなんです。その上に登ってしまっているので、窓からベランダに出てしまう危険があるんです」

「親御さんは？」

「父親は会社にいて連絡がとれました。こっちに向かっています。母親は、室内にいるのかいないのか不明です。分譲マンションで、マスターキーはないそうです。管理人は鍵を預かっていません」

「隣室から入れないでしょうか」

「両隣とも留守のようです。四〇一も留守です」

管理人がおろおろしながら言った。

「非常階段は？」

「各階の一号室の横に。でも、外からは各階に入るドアが開かないんです」

「一号室のベランダからは出られるようになってるんじゃないですか？」

「あ、はい。仕切り壁がありますが、それを破れば」

「破りましょう。ハンマーか何か、使えそうな道具を貸してください！」

「麻生さん、うちの者にさせます」

沖田が言った途端、幼女をなだめていた女性が悲鳴をあげた。見上げると、幼女は窓を乗り越え、背中をこちらに向けている。伸ばした足先から液体が滴っていた。尿を漏らしてしまったショックのせいか、幼女はもう、説得の声も聞かずに部屋から出ようともがいている。一瞬、心臓が止まりそうになった。幼女のからだが、まるで放り出されたかのように転がって、窓からベランダに落ちた。

「沖田さん、あなたしか来ていないんですかっ」

「地域課に連絡をしているので、もう来るはずです」

「間に合いませんよっ。あとで問題になったらわたしが謝罪します。わたしにやらせてください」

龍太郎は、沖田の返事を聞かずに走り出した。管理人が後から追って来る。管理人室でハンマーとくぎ抜きを手にとり、そのまま非常階段をかけあがった。四階のドアを開けると、踊り場になっていて、正面には四階の内部に通じるドアが、左手には壁がある。非常時にはベランダが避難通路となり、この壁を破れば非常階段に直接出られる仕組みだった。この仕切り壁に衝撃をくわえると警報装置が鳴るのだろう。龍太郎はくぎ抜きを思いきり、仕切り壁に叩きつけた。反対のベランダ側からは比較的簡単に壊れるようになっているはずだが、階段側はかなり頑丈だ。何度かくぎ抜きを叩きこみ、小さな穴が開いたところでハンマーに持ち替え、穴のへりから仕切り壁を壊した。ある程度壊れると、あとは、肩で二度体当たりしたりして破った。そのまま四〇一号室のベランダを通り抜け、四〇二との境の仕切り壁も体当たりで破った。避難通路を隔てている仕切り壁は、簡単に壊れる。二枚目の壁を壊して四〇三のベランダに飛び込んだ時、目の前を、赤いものが横切った。窓の下で泣いていた幼女が立ち上がり、龍太郎の目の前を走って、ベランダに積んであったビール瓶のケースの上に立ち上がっていた。

幼女が手すりに手をかけたのとほぼ同時に、龍太郎は幼女のからだを抱きとった。路上から歓声ともどよめきともつかない声が湧いた。龍太郎は、幼女を胸にしっかりと抱いてベランダに座り込んだ。

「大丈夫か？」

龍太郎が話しかけると、幼女は、それまでより一層大きな声で、わーっ、と泣いた。

＊

「龍」

及川が片手をあげた。龍太郎は、座ったまま頷いた。

「災難だったな。でもよかった、子供が無事で。母親は？」

龍太郎は首を横に振った。

「発見された時、すでに死後二時間近く経過してた。子供が昼寝から目覚めて部屋を出ようとしたのに出られず、騒ぎになったんだ。子供部屋は外に鍵が取り付けられていて、勝手に外に出られないようになってた。父親の話では、子供に昼寝をさせる時は必ず外から鍵をかけていたらしい。以前に、昼寝から目覚めた子供が自分で廊下に出て、玄関のドアも開けてしまったことがあったらしいんだ」

「ちっこい子は何かと面倒なんだな。二歳でもそんな器用なのか。いずれにしても、母親は、隣室のリビングにいたわけだな」

「うん。まさか自分が、心臓発作で急死するなんて、思ってもいなかったろうしなあ」

「病死なのは間違いないのか」

「まだ解剖が済んでないけど、ここの所轄の話では、病死だろうって。亭主が気の毒だったよ。はじめは娘が無事でホッとして喜んでたんだが」

「遺体を発見したのはおまえか」

「ああ」

「不自然な点はなかったか」

龍太郎は及川を見上げた。

「殺しの可能性があるって言うのか？」

「念のためだ」

　及川は、龍太郎の横に腰をおろした。神楽坂署の廊下に設けられた休憩所には、自動販売機と給水機が置かれている。龍太郎はポケットの小銭を数え、缶コーヒーを二本買って、一本を及川に手渡した。

「おまえには話してなかったかな。ここの所轄で、真っ昼間にマンションに押し入って、留守番してる人妻を暴行する事件が三件、続いてる。内一件は、小さい子がいる母親が被害者だ。三人とも、首を絞められて犯されていた。一人は発見された時まだ息があり、病院で死亡。残り二人は死体で発見された。死亡した被害者と一緒に室内にいた子供は、昼寝していて助かってる」

「……似てるな」

「ああ。しかし、心臓発作だとはっきりすれば、一連の事件とは無関係になるな。玄関の鍵はどうだった？」

「かかってた。だが……ドアチェーンはしてなかった」

　龍太郎は、記憶をはっきりさせるため、額をこぶしでとんとんと叩いた。

「思い出せる限りでは……不審なことはなかったと思う。室内も荒らされてはいなかった。あ、でも」

「でも、なんだ？」

「子供が……おまるが部屋の中になくて漏らしてしまったと泣いてたんだ」

「トイレトレーニング、って言うんだってさ。おむつをはずして、自分でトイレできるよう練習するのに、最初はおまるを使うんだそうだ。昼寝から目覚めると、いつも、部屋の中におまるが置いてあって、それでションベンしてたらしい」

「おまる」

「その、おまるはどこにあった？」

「風呂場だ。ウサギの形をしてるやつで、白いんだ。あの子、未来、って名前だけど、そのおまるのことを、雪うさぎ、って言ってた。雪うさぎがお部屋になかったの、って」

「雪うさぎ、ねえ。おまるに付けるにしては、ロマンチックな名前だな」

「絵本に出て来るんだそうだ。二歳にしてはよく喋る子なんだ」

「女の子は口の発達が早いからな」

「いちばん好きな絵本が雪うさぎの絵本なんだって。ママがお昼寝の前に読んでくれたって……かわいそうだな。あの子、たった二歳で母親と死に別れることになっちゃったんだ」

龍太郎は、コーヒーをすすって、大きく溜め息をひとつ、ついた。

2

自分が住む町の事件であっても、及川は本庁の捜査四課の人間なので、神楽坂署管内で起こった主婦変死事件については首を突っ込むことができないし、龍太郎も別の所轄の人間なので、もちろん、越権行為をするわけにはいかなかった。ただ、龍太郎の場合、遺体の発見者であるので、所轄の捜査員からは事情を聴かれた。捜査員の口ぶりでは、解剖で病死と明らかになれば、警察の捜査はそれで終わるということのようで、及川が言っていた連続主婦暴行事件と結びつけて考えてはいないらしい。実際、無関係なのだろう、と、龍太郎も思った。同一犯人の仕業であれば、被害者が強姦(ごうかん)されていないというのは不自然だし、玄関のドアが施錠されていた点も、他の事件と異なっている。

龍太郎が事情を説明し終えた頃には、及川は自分の職場に戻っていた。非番ではあったが、高橋署に出向いていちおう上司に報告だけしようと考え、飯田橋からＪＲに乗った。両国駅で降りたところで、後ろから声を掛けられた。

「あの」

見知らぬ女性だった。自分と同じくらいか少し年下、に思えた。

「先ほど、神楽坂署にいらっしゃいましたよね」

「え、はあ」

龍太郎は、女性の声に熱がこもっているのに戸惑った。なぜか、せっぱ詰まった声に聞こえる。

「おりましたが。あの、何か」

「佐藤真澄(さとうますみ)と言います」

女性は、早口に自己紹介して頭を下げた。

「佐竹未来ちゃんの、担任です」

「……佐竹……未来……あ、あの子の」

「青葉山(あおばやま)保育園の保育士をしております。未来ちゃんは、わたしが担当している、れんげ組の子だったんです」

「そうですか。あの子、保育園児だったんですか。しかし、お母さんは家にいらしたんでしょう？」

「あの、もしお時間があれば、少し、話を聞いていただけないでしょうか。どうかお願いします」

佐藤真澄は深く腰を折った。

「それは構いませんが、しかしその、わたしは神楽坂署勤務ではないんですよ。えっと、御存じないかも知れないんですが、わたしは……」

「刑事さんだと伺いました。よその所轄署の刑事さんだと」

「ええ、その通りですが」

「神楽坂署の捜査には参加されないのですか」

「捜査、と言われましても……佐竹さんは、病死の可能性もあります。解剖の結果を見ませんと」

「でも、あの部屋には誰か入ってます」

佐藤真澄の言葉に、龍太郎は驚いた。

「どういう意味ですか？　佐竹さんの部屋に、ご家族以外の誰かが侵入した形跡があったということですか？　あなたは、あの部屋にお入りになったんですね？」

「未来ちゃんのお父さんから連絡を受けて、未来ちゃんをなだめに行きました。未来ちゃんはとても興奮していて……」

「とにかく、立ち話するような話題ではないですね。えっと、どうしましょうか、わたしは高橋署に勤務しています。ここからなら徒歩でも行かれますが。それとも、喫茶店のようなところの方がいいですか？」

「できれば……警察署はちょっと」

「わかりました。じゃ、どうしよう、あそこでいいかな?」

龍太郎は、目についたコーヒーチェーンの緑色の看板を指さした。


店内は幸い空(す)いていたので、いちばん奥の、観葉植物に隠れるようにある座席に落ち着き、コーヒーを頼んだ。佐藤真澄はホットミルクを注文した。確かに、コーヒーよりはミルクが似合いそうな子だな、と龍太郎は真澄を観察した。年齢は二十代前半、自分より少し若いくらいかも知れない。声が落ち着いていたのでもう少し上かとも思ったが、顔立ちや仕草に、学生のような若さが残っている。生真面目な性格なのは、背筋を伸ばした座り方や、ウエイトレスにいちいち頭を下げている様子で判る。何を相談するにしても、現役の刑事を相手に大嘘をつけそうなタイプではないだろう。が、もちろん、人など見かけではわからない。そのことは、警察官ならば誰でも、嫌というほど痛感していることだ。

注文した飲み物が運ばれて来て、互いにそれを一口すすったところで、真澄は、深呼吸するように一度息を吸って吐いてから、言った。

「雪うさぎがなかったんですよね?」

「……は?」

龍太郎は戸惑ったが、ああ、と合点した。

「あの、おまるですね。あれが部屋になかったのでお漏らしをしてしまった、と、あの子は泣いてましたね」

「やっぱり、あなたなんですね」

真澄は、安堵したように言った。

「よかった、人違いでなくて。神楽坂署で、廊下でちらっとお見かけしたんです。すみません、立ち聞きするつもりではなかったんですけど、他の刑事さんと自動販売機の前で話していらっしゃったのが少しだけ耳に入って。あの販売機の奥に、女子用のトイレがあったものですから……」

龍太郎は、心の中で舌打ちし、自分と及川の迂闊さを罵った。部外者に、事件について話しているのを立ち聞きされるなどとは、刑事として最低だ。しかし、自分も及川も、あの所轄署には馴染みがない。休憩所の奥に女子トイレがあったとは。

「あの、誤解しないでください。ほんとに、ちらっと聞こえただけなんです。わたし、帰ろうとしてついでにトイレに寄ったので、入る時にちらっと聞こえて、後は、反対側の階段の方に出ましたから。お二人のお顔も、自動販売機の前にいるのを無意識に見た、という程度です。用を足して警察の外に出るまでは、その言葉の意味もよくわかっていませんでした。でも、帰る途中でいろいろ考えている内に、もしかしたら、あの会話って、未来ちゃんのお母さんのことだったんじゃないかな、と思えて来て、そうしたら、同じ電車にあなたが乗っているのを見つけてしまったので、思い切って……あなたの後について両国で降りました。わたし、ほんとは、秋葉原で山手線に乗り換えるつもりだったんですけど」

真澄は、照れたように笑った。

「雪うさぎの絵本は、未来ちゃんのお気に入りでした。未来ちゃんのお母さんは、ずっと働いていて、未来ちゃんも生後七ヶ月から保育園に通っていたんです。トイレトレーニングが始まった時も、うさぎのついたおまるが欲しいと駄々をこねて、同級生のお母さんが、通販のカタログで見つけて、未来ちゃんのお母さんに教えてあげて、それであれを購入されたんですよ。未来ちゃんは、素直で手のかからない子でしたし、明るくてよく笑うので、お母さんが勤めを辞めるので退園すると決まった時は、わたしもとても淋しかったんです」

「お勤めを辞められた理由はなんだったんでしょうか」

「未来ちゃんのお父さんから、二人目の子が欲しいから勤めを辞めてくれと言われたと」

「お父さんは、奥さんが働くのに反対だったわけですか」

「いえ、共稼ぎする、というのは、結婚した時の約束だったたし、これまでは一度も、勤めていることに文句を言われたことはなかったんだそうです。ただ、未来ちゃんのお母さんは、今年の初め頃、流産してるんです。自然流産で、さほど珍しいことではないんですよ。統計では、妊娠した人の十人にひとりは自然流産するそうですから。あの時も、無理をしたとか疲れていたとかじゃなくて、ほんとに、受精卵が何らかの事情で育たなかった、それだけだったと思います。未来ちゃんのお母さんの職場には残業もなかったみたいです。いつも、夕方五時半に、ちゃんとお迎えに来られてましたから」

「しかし、佐竹さんはそうは考えなかったわけですね」

「そうだと思います。働いていたから無理をした。それで流産してしまった。そう思われたんでしょうね。まあ確かに、残業がなくても仕事がきつくはなくても、働いていればストレスはそれなりにあるでしょうから、お父さんの考え方がまるっきり間違っていたとは思いませんけど……でも、現実に未来ちゃんはちゃんと生まれていたわけですし、フルタイムで働きながら、二人、三人とお子さんを産んでいる女性はいくらでもいます。その時、未来ちゃんのお母さんと話していて感じたのは、未来ちゃんのお父さんの方が、何か、妙なこだわりというか、どうしても奥さんに勤めを辞めて貰いたい理由が他にあるんじゃないか、ということでした。未来ちゃんのお母さんも、そんなことを、少し匂わせていたんです。もちろん、本当に二人目のお子さんを切望していたのも確かみたいですけれどね。男の子がどうしても欲しいと言われるんだけど、産み分けって可能なのかしら、なんて言ってましたから」

「妙なこだわり、ですか。……あの、佐藤さん、ご相談というのは、佐竹さんのことについて、ということなんでしょうか」

「あ、いいえ」

真澄は慌てて否定したが、その目の中に、何か言いたそうな曖昧な色があった。

「えっと、その、相談というか……雪うさぎのことが、どうしても気になるんです」

「おまるの？」

「はい。警察の人の説明では、未来ちゃんのお母さん、心臓発作だとか」

「これから変死事件ということで、行政解剖になります。その結果が出ないと正確なことはわかりません」

「でも、事件性はないと思います、って言ってました、神楽坂署の人が」

「そうですか。うーん……そうですね、わたしは神楽坂署の者ではないので、そうしたことについてコメントするのは控えた方がいいと思います。すみません。しかし、神楽坂署の者がそう説明したのでしたら、それなりの根拠はあるはずです」

「解剖しなくても、だいたいは判るものなんですか、病死なのかどうかって。本当は殺人事件なのに、病死と間違えることもあるんじゃないですか」

「それはケースバイケースですよ。今回の場合、第一発見者のわたしにも、その区別は一目でついたわけではないんです。わたしに判別できたのは、目立った外傷は見当たらない、ということだけでした。しかし、着衣の状態では、観察することのできる部分はごく限られますからね。その後、検視官も来ましたが、検視官がその場で他殺の疑い濃厚と判断すれば、司法解剖になります。今回はそうではありませんでしたので、やはりその場では、他殺の可能性は低く見えた、ということですね。しかし、行政解剖に回された変死体が、他殺であると判定されたケースもありますから。あ、すみません、変死体などという言葉をつかって。驚かないでくださいね。法的には、医師の死亡診断書がない遺体は、自宅にいて身元がはっきりしていても、死因が不明という意味で、変死体、と考えられるんです。死に方が変だ、という意味ではありませんので。ただ佐藤さん、あなたは、なぜそういった部分にこだわられるんです？　何かその……佐竹さんの奥さんが、病死ではないかも知れない、と思われる根拠でも？」

「……そういう根拠はないんですけど……腑に落ちないんです。未来ちゃんのお母さんは、未来ちゃんのトイレトレーニングに、とても熱心に取り組んでいました。保育園を退園されて家で未来ちゃんを育てるようになっても、何度も電話して来られて、トイレトレーニングの様子を話してくれていたんです。もちろん、わたしの方から、そうしてくださいとお願いしてあったんですけど。わたしとしても、担任としてトイレトレーニングに携わった子が、ちゃんとおむつを卒業できるかどうか、とても気になりましたし、家庭での様子を教えていただくことは、わたし自身の勉強にもなるんです。保育園ではおむつが必要ないのに、家庭に戻るとトイレが言えない子、というのも多いんですよ。園だと、他の子がおまるに座っているのを目にするので、自然と、おまるに座りたいと思うようになり、座ることで、条件反射で排泄できるようになるんです。でも、家庭では、双子でもない限り、トイレトレーニング中の幼児が複数いる、という状況がありませんから。それで、できるだけ座りたくなるようなおまるや、大人用のトイレならば、子供用便座を取り付けて、トイレの中を明るく楽しい雰囲気にするとか、そういった工夫が必要になります。本当はおまるよりも、大人用のトイレに幼児用便座をつけたもので練習する方がいいんです。おまるから便座に移行するのも、また一段階必要ですから。でもトイレトレーニングを早くから始めた場合、幼児用の便座でも安定して座れない、ということがあります。おまるだと、跨がる形で両足が床につきますから、とても安定感があり、いきみやすいんです。未来ちゃんはちょっとからだが小さめの子でしたから、おまるの方がいいと思って勧めました」

真澄の説明に、龍太郎は、ただ、瞬きしているしかなかった。子育ての話などとうとうとされても、まったくイメージが描けない。幼児用便座とはどんなものかも皆目見当がつかないし、それをどうやって大人用の便座に取り付けるのか、いくら考えてもわからなかった。しかも、まだおむつがとれていないような幼児が、他の幼児がしていることを見て刺激され、真似し、学ぶのだ、と言われても、龍太郎の頭の中にある乳幼児のイメージからは、とても信じられなかった。四、五歳ならともかく、それ以下の子供など、正直なところ、猿みたいなものだろう、と、漠然と思っていたのだ。そして、排泄の問題などは、成長と共に勝手に解決することなのだと思ってもいた。

龍太郎は一瞬、下町のアパートで暮らす母親の顔を思い出した。自分も弟も、トイレトレーニング、などというものを経て、ようやっと、排泄がまともにできるようになったと言うのか。そんな、まさか。子供というのは、そこまで親に面倒をかけないと育たないものなのか。それなのに、中学生にもなれば、まるでひとりで生まれてひとりで大きくなったような顔で、親に逆らう。自分も弟も、何度も母親を泣かせて来た。クソババア、だの、ブス、だのと、排泄の仕方まで面倒みて貰った人間に対して、平気で口にしてきたのだ。

龍太郎は、くすぐったいやら恥ずかしいやら、困惑して、真澄の視線を正面から受け止めることができなくなり、下を向いて咳払い（せきばらい）した。

「あ、ごめんなさい、関係ない話になっちゃいました」

真澄は龍太郎の困惑に気づいてか、ぺこぺこと頭を下げた。

「要するに、ですね、未来ちゃんのお母さんは、お昼寝から覚めた未来ちゃんが、お漏らししてしまうような状況をつくったはずがない、と思ったんです。子供部屋の鍵を外からかけることは、前から聞いていました。好奇心旺盛で、歩くことが楽しくてしょうがない二、三歳くらいの子は、大人がちょっと目を離した隙に、玄関のドアを開けて外に出てしまう、ということがよくあるんです。ちょっと早熟な子ならば、ドアノブを回したり、鍵のつまみを回したりするくらいはできてしまいますから。未来ちゃんのお昼寝タイムに家事をするとしたら、子供部屋の鍵は外からかけた方が安全なわけです」

「しかし、部屋の中で突発事故が起こっても気づかない、という危険はないんですか」

「集音器があったはずです」

真澄の言葉に、龍太郎は思わず身を乗り出した。

「集音器、ですか」

「はい。ママコール、とかいう商品名の。乳児の頃からベビーベッドに寝かせて子供部屋で育てる欧米の家庭では、ごく普通に使われているものです。特にアメリカでは、生まれてすぐ、親とは寝室を別にして、赤ちゃんがひとりで子供部屋のベビーベッドに寝ることが多いんです。そのベッドに取り付けて、赤ちゃんの声やベビーベッドの物音を、別の部屋にいる親が聞いているわけです。三歳くらいになると、自分の意志でわざと黙ったり、泣くのを我慢したりするようになりますが、それまでは、ちょっとても不快なことがあれば、子供は遠慮なく泣きます。ですから、別の部屋にいても、集音器を取り付けてあれば、泣き声にすぐ気づくことができるわけです」

「つまり、集音マイクがあって、親のところにスピーカーがある、ということですね」

「その通りです。未来ちゃんの部屋にもついていたはずですよ。つけてある、と、お母さんが自分で言ってましたから」

「なるほど」

龍太郎は思わず煙草の箱を取り出したが、灰皿が見当たらなかったのでそのまま、またしまった。

「そこまでいろいろと気を配っていた母親だったのに、どうして今日に限って、昼寝が終わる時間まで、おまるを子供部屋に入れなかったのか、つまりあなたは、それに納得がいかないわけだ」

真澄は頷(うなず)いた。

「しかし、ですね……これはその、事件性は低いという前提で、特別にお話しするんですが、その雪うさぎのおまる、風呂場(ふろば)にあったんですよ」

「お風呂場に……洗っていた、ということですね」

「だと思いますね。排泄物、あ、失礼、とにかく、中身はトイレに流せるが、洗うとなると、普通の家庭では、風呂場か庭を使うしかないでしょう。あのマンションのべランダでは、おまるを洗うにはちょっと狭い。おまるを洗って、ちょっと乾かすために風呂場にそのまま置いておいて、その間にアイロンをかけていて、病死した。そう考えれば、辻褄が合いませんか」

　真澄は、小首を傾げるような仕草で少しの間、考えていた。が、首を横に振った。

「雪うさぎは、二個、同じ物があるんです」

「え？」

　龍太郎は遂に手帳を取り出した。管轄外の、それも、事件性は薄いとされている案件で、捜査活動などしていたと後になって神楽坂署に知られたら、始末書ものになる。だから、真澄との会話は、あくまで、遺体の第一発見者と死者の知り合い、という、私的なものと考えておくしかない。手帳にメモをとっているところを真澄に見せてしまうと、捜査してくれている、と勘違いされるかも知れない。それでも、真澄の言葉はあまりに意外で、そして、龍太郎の頭の中には、小さな音とは言え、警報が鳴り始めていた。

「二個、同じ物がある。おまるは二個あるはずだ、ということですね？」

「はい。えっと、あの雪うさぎは、通販のカタログから選んだものだ、というのはお話ししましたよね。実はそのカタログ、未来ちゃんの同級生のお母さんが、未来ちゃんのお母さんに貸してあげたものだったんですが、その時、その同級生のお母さんも、同じ商品を注文したんです。その子と未来ちゃんとはいつも一緒に遊んでいて、互いの家も行き来しているようでした。トイレトレーニングも同じ頃に始めて、だったら、同じおまるが両方の家にあった方が、便利だし、子供たちも使い易いから、って。でも、商品が届くのに二週間ほどかかったみたいで、雪うさぎのおまるが届いた頃には、同級生の彩花ちゃんの方は、幼児用便座で上手におトイレができるようになっちゃってたんです。さっきご説明しましたけど、おまるから幼児用便座に移行するには、子供によってはまたハードルになるんですよ。ですから、幼児用便座で上手にできる場合には、逆に、おまるは使わせない方がいいんです。園でも、便座に座れる子はできるだけ、便座に座らせています。足をぶらぶらさせたままの不安定な姿勢でもおトイレができるようになれば、あとはお尻が大きくなるのを待つだけですから。もっとも、自宅のトイレが和式の子の場合は、膝がしっかりするまでは和式にしゃがませるのが大変ですから、しゃがめるようになるまでおまるを使ったりもしますけど。うちの園だと、まだ、半分の子の家は和式です」

「つまり、その、同級生の子の家では不要になってしまった」

「はい。で、その話をわたしの前で、二人のお母さんがしていて、その時、未来ちゃんのお母さんが、未使用なら引き取りたい、と言ったんです。ひとつ洗って乾かしている間にもうひとつ使えた方が、ばたばたしなくていい、と。それで、彩花ちゃんのお母さんが、だったらプレゼントする、と言って、未来ちゃんのお母さんが、それはだめだ、ちゃんとお金は払う、と言って、二人で、払う、払わないとやってましたから、よく憶えています。結局、おまるはプレゼントということになって、その代わりに、彩花ちゃんの家で必要としている子供用品を、同じ額だけカタログで選ぶとか、なんかそんなことになったと記憶しています」

「おまる、ってのは、いくらくらいするものなんですか」

「いろいろです。赤ちゃん用品を安く売っている問屋さんなどでは、千円台のものも売ってますし、ステップアップ対応型では、輸入品だと一万円近くする高価なものもあります」

「ステップアップ……」

「成長に合わせて、部品をつけたりはずしたりすることで、子供がトイレし易いようにできるタイプです。でも、あの雪うさぎ、いえ、本当はただの白いうさぎのおまるなんですけど、あれはそんなに高いものではなかったと思います。二、三千円くらいじゃなかったかしら」

「その程度のものなら、それが争いのもとになることはないですよね」

「あり得ないと思います」

真澄は少し笑ったが、すぐにまた、困惑したような顔に戻った。

「彩花ちゃんのお母さんに何か問題があるか、ということでしたら、それはまったくありません。彩花ちゃんは今でも園に通っていて、子供の様子には心配するような徴候は何も出ていません。幼児の場合、家庭環境の影響がとてもはっきりと子供の様子に出ますから、家庭に何か問題がありそうだというのは、なんとなくわかるものなんですよ。ご両親の仲が悪いとか、経済的に追い詰められているとか、お姑さんとお母さんの間にきつい確執があるとか、まあそんなことが、ぼんやりと見えて来るんです、子供を観察していると。彩花ちゃんのお母さんは、ごく良識的な方で、フルタイムで働く歯科衛生士さんです。未来ちゃんが園をやめてしまってからも、時々、お互いの家に子連れで行き来していたみたいでしたよ。いずれにしても、おまるは二個あったはずなんです。未来ちゃんのお母さんは、ある意味、すごく几帳面な方でした。おまるを二個必要だというのもその表れだったと思います。たとえ少しの間でも、未来ちゃんがおトイレをしたいと思った時におまるが用意してあげられない、という状況が嫌だったんだと思うんです。なのに、未来ちゃんがお昼寝している部屋に、おまるを用意しないで外から鍵をかけていたなんて、ちょっと信じられません」

龍太郎は、子供部屋に飛び込んだ時のことを細かく思い出そうとしてみた。部屋に、うさぎの形をしたものが、ちょっとでも見えただろうか。視界の隅にでも、映っただろうか。あの子は泣いていたが、あの時は、それが、母親恋しさ、ひとりぼっちでいたことの心細さからだと思っていた。後になって、それに加えて、おまるがなくて漏らしてしまったことに対しての涙だったことを知ったわけだが……

なかった。どう思い出してみても、あの部屋に、白い丸いもの、ある程度の大きさのあるそういったものは、見当たらなかった。だが、人の記憶というのは驚くほどあてにならないものだ。いずれにしても、鑑識の報告を見せて貰えれば、ある程度はっきりするだろうが。

龍太郎は、神楽坂署にそれを頼むとしたら、どんな言い訳が必要だろう、と考えた。名案は思い浮かばなかった。

「わかりました。うさぎのおまるのもう一つがどうなったのか、神楽坂署に尋ねてみましょう。しかし、あの、警察組織のことをくだくだと説明しても仕方ないんですが、先にも言いましたように、わたしは高橋署の警察官なんです。佐竹さんの事件、いや、ただの病死ということもあるわけですが、この件は、管轄が神楽坂署です。おまるのことくらいは、何とか訊いてみることができると思いますが、それ以上のこととなると……」

「あの」

真澄は、顔を上げて真っすぐに龍太郎を見た。

「正直に言います。判断はあなたにお任せします。でも、同じことを神楽坂署の刑事さんに言ったのですが、それは関係ないでしょう、と言われてしまったんです」

龍太郎の頭の中で、また警報が鳴った。この事件は、かなりやっかいな方向に向かっていそうだ、と感じた。

「未来ちゃんが、大人の女性にぶたれたことがあるんです……退園するちょっと前のことでしたが」

「大人の女性……いったい、何があったんですか」

「未来ちゃんのお母さんから聞いたことなので、細かいことはわかりません。神楽坂の真ん中へんに、毘沙門天(びしゃもんてん)があるのは御存じでしょうか」

「ええ、知ってます、もちろん」

「あの前に、時々、露店が出るんです。女性のお財布とかスカーフなんかの小物を売るお店です。許可を得ているのかいないのか、わたしは知らないんですけど」

「あそこで店を出しているのなら、得ているでしょう。繁華街だから、警察は巡回してますよ」

「未来ちゃんのお母さんは、スーパーで買い物するより商店街の方が好きだといつも言ってました。それで、園に未来ちゃんをお迎えに来たあと、未来ちゃんと一緒に神楽坂で買い物することが多かったみたいです。その時も、たまたま露店の前で、お母さんはご近所の奥さんと出会って立ち話をしていたそうです。未来ちゃんは、露店に並んでいた、布のお手玉を見ていたんです。そしたら、突然、未来ちゃんが火がついたみたいに泣き出したので、びっくりして様子を見たら、頬が赤くなっていて、知らないおばちゃんにぶたれた、と言ったんだそうです」

「知らないおばちゃんに……いきなり、ですか」

「そうみたいです。露店の店主の女性がなんとなく未来ちゃんを見ていたので、その時のことを交番で説明してくれたらしいんですが、未来ちゃんが、お手玉の中から、白くて長い耳のついたうさぎの形のものを手にとって、雪うさぎ、雪うさぎ、と喜んでいたところに、横から、背の高い白いコートの女性がすっと手を出して、そのうさぎのお手玉を奪い取ったらしいんですね。それで未来ちゃんが、返して、と手を伸ばして横を向いたところを、ぱちん、と、平手打ちして、さっと逃げてしまったんだそうです。お手玉を放り出して。露店のおばさんも、咄嗟に何が起こったのかわからなくて、未来ちゃんのお母さんが未来ちゃんをぶったのかと思ったらしいんですね。ところが本物のお母さんは別にいた。未来ちゃんが大泣きして、周囲にいたお客さんたちはみんな未来ちゃんに注目してしまったので、その白いコートの女がどこに消えたのか、誰もわからなかったみたいです」

「あの辺りは、ちょっと路地に入ると中は迷路ですからね」

「ええ。とにかくわけがわからなくて、怖かったので、交番には届けたらしいんですが、結局、その後は警察から一度電話があって、進展はない、と言われただけだったそうです」

「被害届は出したわけだから、暴行事件として捜査はしたんでしょう。しかし、それだけではやはり、難しいだろうな。似たようなことを何度かしていれば、いつかは捕まえられると思いますが。そのことを、神楽坂署の刑事に話したわけですね？」

「はい。少年係の、沖田さんという女性の刑事さんと、石山さんという男性の刑事さんに。沖田さんは、すぐに署の記録を調べてくださったみたいなんですけど、結局、未来ちゃんをぶった女の手がかりは何もなくて、同じような事件も起こらなかったみたいです。ほっぺをぶたれただけだったので、怪我もしていませんでしたから。石山さんは、たぶん、子供嫌いの女性が、虫の居所が悪くて突発的にやってしまったことで、今度のこととは無関係だろうとおっしゃいました」

「しかし、あなたは、関係があると思っておられる。……その理由は？」

龍太郎の追及に、真澄は、一度下を向いて数秒間、考えこんだ。だがそれからまた顔を上げた。今度は前よりもっと強い意志が、その表情にあらわれていた。

「未来ちゃんのお父さんは、女の人につきまとわれていました。そのことを、わたしたちにも、未来ちゃんのお母さんにも隠していました。でもその女の人が、親子遠足で未来ちゃんがお父さんと動物園にいた時に現れたんです。その日未来ちゃんのお母さんは親戚のお葬式だったかで、代わりにお父さんがお休みを取っていらしてました。わたしは偶然、未来ちゃんのお父さんが女の人と口喧嘩をしているところを見てしまって。二人の会話から、その女の人がストーカーのような人なのだとわかりました。保育園をやめて未来ちゃんとお母さんを家にいさせるようにしたのは、そのことと、無関係ではないと思います。そして、白いコートの女が、その女だと思うんです」

3

「謎は二点、いや、三点なんだ」

内線電話の向こうで、及川が、ふん、と鼻を鳴らした。龍太郎が、謎、という言葉を使うたびに、及川は半分馬鹿にしたような顔をする。警察組織の中で、呑気に謎解きなんかしていられるのは一課員だけだ、と笑う。それでも、及川が、謎解き話が好きなことを龍太郎はよく知っていた。組織犯罪の摘発では、謎をいちいち解いているより、密告者や内通者をなんとか探し出し、育てて、情報をひとつでも多く得ることが大事なのだろう。だがもちろん、一課には一課の業もある。謎解きなどという悠長なことをやっていられるのは、一課の、それも所轄の捜査員が担当する事件の中では、ごくごく一部でしかない。たいていの場合、事件は単純で悲惨で、それに比べて悲しいほど、犯人は惨めな奴なのだ。

「うさぎの形のおまるは二個あった。なのに、現場からはひとつしか見つかっていない。もうひとつのおまるは今どこにあるのか。なぜ現場になかったのか。そのおまるを処分したのは死亡した主婦自身なのかそれとも、他の誰かなのか。これが一点。もしそのおまるを、被害者、いや、死亡した主婦か家人以外の誰かが処分したとすれば、それは、その主婦の夫が家を出てから俺が部屋に飛び込む間のことになる。となると、あの部屋には、家人と死亡した主婦以外の誰かが入ったことになる。だが玄関の鍵は かけられていた。鍵をかけたのが死亡した主婦ならば、訪問者は今度の事件とは無関係だが、そうでないなら、訪問者は主婦が死亡してから玄関の鍵をかけて逃走したことになる。訪問者はいたのかいなかったのか、いたとすればいつ立ち去ったのか、主婦が死亡する前なのか後なのか、これが二点目」

「三点目は？」

「うん、あえて別の謎として考えてみたんだが、なぜおまるは処分されたのか、が三点目なんだ」

「それは第一点と同じ謎の一部だろう？」

「そうかも知れない。が、そうでないかも知れないとも思う。保育士から聞いた話からは、なぜおまるが処分されたのか、その理由がまるで想像できなかった。死亡した主婦は、自らすすんで二つ目のおまるを買ったんだ。そして彼女は、死亡したまさにその時、二つ目のおまるを必要としていたはずたった。娘は昼寝中で、おまるのひとつは洗って風呂場に置かれていた。たぶん、あとでベランダに出して乾かすつもりでいたんだと思うが、とにかく、娘はいつ、尿意をもよおして昼寝から目覚めるかわからない状況だったわけだから、予備のおまるを子供部屋に置いておく必要があったはずなんだ。なのに、二つ目のおまるは子供部屋に置かれておらず、どこかに消えている。それを処分したのが死亡した主婦だったとすれば、やむにやまれぬ事情で処分したことになる。つまり、使用できないほど激しく壊れてしまった、とか」

「しかし、壊れたおまるはどこにもなかったんだろう?」

「そうらしいんだ。おまるのことを情報として神楽坂の方に伝えたんだが、担当の捜査員の話では、二つ目のおまるらしいものはどこにもなかった。室内にも、マンションのゴミ置き場にも。プラスチック製の不燃ゴミになるわけだが、たとえば朝の内にゴミとして出されたとしても、今日は収集日じゃないんで、そのまま残されているはずだ。まさか使用済みのおまるなんか、いくらリサイクルショップの連中でも回収して行ったりはしないだろうしな。マンションにゴミ置き場があるのに、わざわざ外に出て遠くに捨てて来たとも思えないし」

「だとしたら、謎の第二の答えにもなるな。おまるは誰かに持ち去られた。つまり、訪問者はあったんだ」

「使用済みの子供用のおまるだぞ。新品を買っても三千円するかしないかのもんだ、いったい何の目的でそんなもの、訪問者が持ち去る？　つまり、俺がひっかかってるのはまさにその点なんだよ。第三の点、だ。世の中に、盗んで売れる物はごまんとあるが、盗んでも売れないものは、限られている。誰かの使いかけ、中古品になったら誰も買わないものは、盗んでも売れない。おまるなんてものは、その代表格だろう？　よほど特殊な趣味嗜好の持ち主でもなければ、ガキの使ったおまるなんか、いくらきれいに洗ってあったって、盗みはしない。ましてや、そんなもの、誰かにくれてやるなんてことも考えにくい。壊れて捨てたのではないとしたら、おまるが消えた理由が、とにかく、わからないんだ」

「もらって帰るにしても、ポケットには入らんしな」

「その通りだ。おまるをむき出しにして持ち歩くやつはいないだろうから、紙袋か何かに入れるとしても、相当大きな袋じゃないとすっぽりとは入らないだろう」

「ゴミ袋に入れたらどうだ。色のついた、青とか黒の。あれに入れて持っていれば、普通にゴミを持ち歩いているのと区別はつかないぞ」

「たぶん、その線なんだろうな。ゴミ置き場にも室内にもなかったんだから、どこかに持ち去られたことは間違いない。持ち去るとすれば、ゴミ袋に入れて運ぶのがいちばん目立たない」

「管理人が見てないのか。ゴミ袋を提げてマンションを出て行った人間を」

「俺に、神楽坂署の事件の聞き込みをする権利なんかないからなぁ。かと言って、今の話をあっちの捜査員にしても、呆れられるだけかも知れない。……さっき連絡があって、主婦の死因はやはり病死だった。直接の死因は急性心不全だが、心臓の弁に軽い異状があったらしい。子供の頃からのものだろうって話だ」

「もともと心臓が悪かったわけか」

「悪い、というほどじゃないが、無理な運動はできない、そんな感じだったんじゃないかな。いずれにしても、外傷はないし毒物も検出されていないし、病死なら事件じゃなくなる。神楽坂署としては、それで終結させるつもりだと思う。今さら俺が、おまるがどうしたこうしたと騒ぎたてたら、迷惑がられるだけだな」

「難しい問題だな。おまえが非番の日に動くとしても、決着のついた事件に関連して管轄外の刑事がうろうろ聞き込みなんかしてた、ってバレたら、おまえだけじゃなくて、おまえの上司の責任問題になる」

「わかってる。だから、動けないんだ」

龍太郎は、手にしていたボールペンで、メモ用紙にぐるぐると意味のない図形を描きながら言った。気持ちの苛立ちがボールペンを持つ指先に伝わり、紙に穴が開くほどの筆圧となってあらわれている。

「でも、どうしても気になる。腑に落ちないことが多過ぎる」

「病死に間違いがないなら、いずれにしたって刑事事件じゃないだろう。龍、今さらおまえに説教垂れる気はないが、民事不介入は俺たちの原則だ。自分にその気がなくても、警官の身分のままで民事に首を突っ込めば、それはそのまま、権力の横暴ってことになる。それでも首を突っ込みたいなら、事件そのものを俺たちの範囲に引っ張り戻すんだな。最終的には病死でも、たとえば、心臓が悪いとわかっている相手に対して、その心臓に負担がかかるようなことを強いれば、未必の故意が成立するかも知れない。あるいは、死んだ主婦が即死でなかったとして、死ぬかも知れない、と思いながら、発作で苦しんでいるのを見捨ててその場から立ち去ったとしたら、それも、何らかの道義的責任は問われる行為と司法判断される可能性がある」

　及川の言葉に、龍太郎は、目の前の霧が一瞬、晴れたような感覚を得た。ろくに断りもなく電話を切り、龍太郎は、上着を摑んで部屋を飛び出した。

「おい」

　同僚が背中から声をかける。

「龍さん、あんた今日、非番だったんじゃ……」

龍太郎は振り向かずに片手だけ上げ、そのまま署を出て走り出した。

＊

「やっぱり無理か」

龍太郎は、四階のベランダを見上げて、思わず呟いた。龍太郎が子供の泣き声を聞きつけた窓は、腰の高さに取り付けられた出窓になっているが、その隣、リビングに面した掃き出し窓の方は、手すりというか塀のようにベランダを囲んでいる障壁があるせいで、下の方まで見ることは出来ない。子供は出窓の棚の部分によじ登り、空気の入れ替えの為か少しだけ開けて固定してあった窓の隙間から顔を出すようにして泣いていた。だからこの位置を歩いていて気づくことが出来たのだ。ベランダに何が置いてあるかは、下から見上げる角度ではまるで見えなかった。かと言って、もっと後ろに下がると公園の柵がある。公園の中に入ってかなり離れればもっと下まで見えるかも知れないが、それでは距離があり過ぎる。

雪うさぎのおまるは二つあった。ひとつは洗われて風呂場にあった。普通なら、もうひとつは子供部屋に入れられていたはずだ。だが死んだ主婦は、予備の方を子供部屋に入れておくことができなかった。主婦の夫が会社に出かけた時点では、おまるは二つあった。となれば、おまるはその後、壊れたか使えなくなったかしたことになる。龍太郎は、洗ったおまるをベランダで乾かしていたのかも知れない、と考えた。たとえば朝、子供が用を足して、それを洗ってベランダに出した。もちろん予備のものは子供部屋に。だが、ベランダに出しておいた方が壊れた。仕方なく、主婦は、子供が昼寝をしている間にもうひとつを洗って乾かしてしまおうとしていた。が、風呂場からそれをベランダに出す前に、心不全で倒れた。ベランダに出してあったものならば、部屋に入らなくても壊すことはできる。たとえば、外から石を投げて割る、というのはどうだろうか。犯人、たぶん、神楽坂で子供の頬を叩いた女、が、ここから石を投げておまるを壊した。それは子供を叩いたのと同じ、嫌がらせだった。が、物音で、室内にいた主婦がベランダに出て来て、そこにいた犯人を見てしまった。主婦は当然、抗議する。四階のベランダと階下の道路とでやり取りしていたのでは通行人や隣人の目があるから、主婦は、管理人をまじえて話し合おう、くらいのことを言ったかも知れない。女は、顔を見られてしまったので、いったんは承知する。が、結局、どうしたいきさつからか、主婦は女を自分の家にあげた。もしかしたら、主婦には顔見知りの人間だったのかも知れない。だから穏便に話し合おうとしたのかも。しかし、話し合っている最中に、主婦の心臓は異状を来した。心停止になっても脳死まではいくらか時間がある。すぐに救急車を呼んでいれば、あるいは主婦は助かったかも知れない。

だが女は、主婦を放置して逃げた。その時、石で割られたおまるをゴミ袋に入れて持ち去った。そんなものが発見されれば、主婦の死がただの病死ではないと判断される怖れがある、とでも思ったか。

想像としては雑で、穴はいくつもあるが、だいたいそんなようなことが起こったとすれば、龍太郎の疑問はほぼ解ける。部屋に鍵がかかっていたのは、主婦のバッグからでも鍵を探し出したから、と考えればいい。主婦の持っていたはずの鍵がどうなったのか、夫にでもそれとなく訊いてみるしかないだろうが、部屋の鍵のコピーが比較的わかりやすい場所に置いてある、というのは、別に珍しいことではない。

しかし、龍太郎の想像は、最初のところで躓いてしまった。道路から石を投げたのでは、たぶん届かないし、ベランダの下の方がまったく見えないので、おまるが外壁にたてかけてあったとしても命中させることが出来ないのだ。落下すれば下を歩いている通行人に怪我をさせるおそれがある物だから、手すりの上に載せてあったはずもない。

マンションの周囲には、他に、四階のベランダが見下ろせるような建物はない。ベランダの開口部は公園に面しているので、横に建っている建物からでは石にしろ何にしろ、投げ込むことはできないだろう。

それではやはり、おまるは室内で、使用不能な状態になったのか。

誰かが持ち去ったのは間違いがないのだ。あんなもの、どうして持ち去る？　なぜ？

どう考えても、理由はひとつしか考えられない。それを持ち去った人物は、それが室内に残っていると、主婦が病死ではないことや、そこにその人物がいたことが警察にわかってしまう、と考えたからだ。そう、及川が言ったじゃないか。最終的には心不全であっても、心臓が弱かった主婦にダメージを与えるようなことを誰かがしたとすれば。

主婦自体に傷はなかった。が、もし、持ち去られたおまるに、傷がのこされているとすれば？

「あれ、おたくは」

作業服の上下を着て竹箒を持った男が、龍太郎の顔を見て近寄って来た。

「今朝の！」

「はい。いろいろご迷惑をかけました」

龍太郎は頭を下げた。

「と、とんでもない！」

管理人は慌てて深く腰を折った。

「あなたがいなかったら、子供が大変なことになっていたかも知れないし、気の毒な奥さんも、夕方まであのままだったでしょう。ほんとに助かりましたよ。えっと、神楽坂署の人に聞いたんですが、あなたも警察の方だそうで」

「高橋署に勤務しています。この近くに友人が住んでいまして、昨夜はそこに泊めて貰ってました」

「しかし、正直なところ、病気で亡くなったと聞いて、ホッとしました。いや、こんなこと不謹慎ですな。すみません」

「お気持ちはわかります。このあたりのマンションで、強盗暴行事件が多発しているらしいですね」

「留守番をしている主婦ばかり狙ってるみたいですよ。まったく、許し難い。うちのマンションでもね、ドアを開ける前にチェーンをかけて、ドアを開けても、相手のことが確認できるまではチェーンをはずさないように、ってチラシを配ったところです。宅配ボックスも活用してください、と書きました」

「宅配ボックス?」

「最近、管理組合が購入して取り付けたんです。まだあんまり普及してないみたいですが、連続暴行事件の犯人は宅配便の配達員を装ってるんじゃないか、という噂もあるんで、女性がひとりでいる時は宅配便が届いてもいちいち出ず、ボックスで受け取るようにして貰った方が安心ですからね」

「それはどういうものなんですか。すみません、見たことがなくて」

「ご覧になりますか。特にすごいもんじゃないですよ。要するに、宅配便や小包を受け取れるコインロッカーみたいなもんです。こちらへどうぞ、玄関ホールにありますから」

　管理人が案内してくれたのは、玄関ロビー脇の、郵便箱が並んでいる一角だった。郵便受けの横にコインロッカーに似たものがある。

「配達員は手紙なんかと一緒で、こっち側から入れるんです。で、住人は、オートロックの内側から取ります。ボックスに荷物を入れる業者は、荷物の宛先の部屋番号を入力してボックスを閉めます。それで不在票を郵便受けに入れておくわけです。受け取る方は、あらかじめ設定した暗証番号を打ち込むと、自分の部屋宛ての荷物が入っているボックスの鍵が開き、荷物を取り出すことができます」

「なるほど、便利なもんですね」

「まだあまり知られてませんが、そのうち、新築マンションにはこの手の設備がみんなつくようになるでしょうねえ。宅配便を装う強盗や強姦ってのは、これからも増えるだろうから」

「ところで」

龍太郎は、できるだけさりげなく言った。

「このマンションのゴミ置き場は、裏ですか」

「裏ですよ。裏にもオートロック設備があるんです。ひとりでいる時は、ゴミを捨てるにも鍵を持ち歩かないといけないってのは、ちょっと不便ですけどね」

「裏のゴミ置き場から、直接敷地の外に出られるんですか。いやちょっと、防犯上の興味があって」

「いいえ、出られません。この建物から外に出るには、必ずここを通って貰わないと」

「なるほど。その方が防犯上はいいですね」

「裏のゴミ置き場も、管理人室から見張ってますよ。防犯カメラが裏に二台、このロビーには三台とりつけてあります」

「それは徹底している」

「わたしの他にもうひとり、警備会社から派遣されている警備員が常駐しているんです。その人が主に、防犯カメラのモニターを見てます。こういうマンションは防犯が売り物ですからね。だからなおさら、今日の事件には肝が冷えましたよ。わたしは管理会社に雇われてここに常駐しているんですが、正直なところ、何か大きな事件でも起こって住人が殺されでもしたら、ここにはいられなくなるだろうし。会社をクビになるまではいかなくても、縁起の悪い管理人は嫌がられますからね。もっと条件の悪いところにまわされるかも知れません。このマンションは住人がみんなおだやかで、仕事がしやすいんです。問題を起こすような人も住んでませんから」

「住民同士のトラブルなどもないんですか」

「わたしは聞いたことがありません。全戸、2LDK以上で、みなさん、ご家族でお住いですが」

「賃貸で入られている方は?」

「いらっしゃいますよ、オーナーさんが賃貸に出せば、賃貸で入居できますから。ただ、場所柄ここ、けっこう家賃が高いんです。ですからまあ、賃貸で入られている方々も、収入に恵まれた方ばかりだと思います」

「では、住民同士は信頼し合っていると」

「だと思いますがね、まあしかし、ここも東京ですから、しょせん。東京の人は、あまり隣近所と密接な関係を望まないんじゃないですか。特に、マンションを選ぶ人はそうでしょう」

　龍太郎は管理人に礼を言い、建物を出た。ここに来た時に持っていた仮説は崩れたが、別の仮説があたまの中で形を作りつつあった。

4

「お話はわかりました」

沖田慶子(けいこ)は、小さく息を吐き、失礼、と断って煙草の箱を取り出した。

「でも、正直なところ、あまりいい気分ではありません」

慶子の細い指に、細長いメンソール煙草は似合っていた。龍太郎は、女性が煙草の煙を鼻の穴から出すのが嫌いだった。偏見だと言われても、あれは美しく見えないと思う。慶子は、さりげなく横を向いて軽い仕草で煙を吐いた。龍太郎はホッとした。

「すみません。管轄外のことに口など挟んで、ご気分を害されるのはわかります」

「そのことじゃないの」

沖田は、上品な仕草で煙草を灰皿に潰(つぶ)した。

「どうして、わたしに？」

「それは……あの時、あなたが担当されていたので」

「でも、わたしは少年係ですよ。あの時は、子供がマンションのベランダから落ちそうだ、という通報を受けたので、少年係が出たんです。実際には、ベランダから身を乗りだすところまではいってなかったわけですけどね。それに、あんなにちっちゃな子だとわかっていたら、わざわざ少年係が出る必要もなかったし」

「もう少し年齢の高い子だと？」

「自殺しようとしている中学生、だと早とちりしたんですよ」

　沖田は肩をすくめて少し笑った。

「ちょっと前にね、そういうことがあったから。十三歳の女の子が、自宅マンションのベランダの手すりの上に座ってたの。七階よ、七階。それを見つけてびっくりした近所の人が一一〇番して、地域課の巡査が駆けつけたら、その子、これから自殺するんだ、って。もう大変だったわ。我々が行って、説得するのに二時間もかかりました」

「でも、思いとどまってくれたんですね」

「ええ、幸いなことに、ね。そのことがあったから、通報を受けた時、最初から我々が出たんです。でも、麻生さん、あなたの今のお話を総合すると、これは少年係の案件ではない、と思うんですけど」

「結果が出てみないとそれはわかりませんが」

「いずれにしても、わたしを名指しして、こうして呼び出したのは、もっと別の意味があるんじゃなくて？」

「別の意味、ですか」

「わたしが女だから、押し切りやすいと踏んだんじゃなくって？」

沖田は眉(まゆ)をつり上げていたが、その目は笑っていた。からかわれている、と龍太郎は感じた。このタイプの女性は苦手だ。

「そんなつもりは、ありませんでした」

「そうかなぁ」

沖田は、いたずらを仕掛ける子供のような顔で龍太郎を見ている。

「あなたのお願い、って、けっこう無茶よ。あの件は、病死、ということで決着がついているのに、それを今さら、何の証拠もないのに、殺人未遂事件にしろ、って言ってるんだから」

「その可能性がある、とわたしは考えている、それだけです。わたしは……刑事として、そうした犯罪の可能性に気づいていながら、気づかない振りはできない。だから、担当管轄の方にそれをお話ししたかったんです」

「とりあえず、話すだけ話したんだから、もう俺は知らないよ、って？」

「そんなことは」

「でも、そういうことでしょ？　あなたはこれで肩の荷をおろせた。でも、あなたからこんな、とんでもない話を聞いちゃったわたしはどうなると思って？　わたしだって刑事です。こんな話を耳にした以上、聞かなかったことにはできないじゃないの。でもわたしがこのことを署の誰かに報告して、それで捜査のやり直しなんてことになったら、わたし、うちの一課からこの先ずっと、生意気な女だって睨まれて、意地悪され続けることになるかも知れない。あなたはまだ若いからそこまで気はまわらないでしょうけど、警察なんて男尊女卑の巣窟なのよ。男の人たちがこれこれ、こうです、と結論づけたことを、女のわたしが口出ししてひっくり返したりしたら、男の人のプライドが傷つく。あなたも男だからわかるでしょう」

龍太郎は、自分の考えが浅かったことに気づいた。沖田が女だからこの話をした、というわけではなかったが、単純に、最初に事件を担当した人に情報を提供するのが筋だなどと考えたのは、幼稚だった。沖田の言い分はもっともだ。沖田が龍太郎の考えを神楽坂署に報告すれば、沖田の立場は間違いなく、難しいものになる。

「すみませんでした」

龍太郎は頭を下げた。

「わたしが浅はかでした。この件は、自分の上司に相談して、上司の許可を得てから直接、神楽坂署に」

「もう手遅れよ」

沖田は言って、また、からかうように笑った。

「勝算はどの程度ありそうなの？」

「……勝算、ですか」

「あなたの仮説が当たっている確率は、どのくらいなのか、って訊いているのよ。まさかあなた、まったく自信がないのに、思いつきだけでこんな話、持ち出したわけじゃないんでしょ？　わたし、高橋署の麻生、って名前に聞き覚えがあるのよ。あなた、一年くらい前に、自殺でかたがつきかけてた事件を殺人だと見破ったんじゃなかった？　他にもうひとつ、なんか大きな事件であなたの名前、聞いたような気がする」

「はあ」

「否定しないのね。やっぱりあの、麻生、なのね、あなた。で、勝算は？　あなたの仮説に自信はあるの？　ないの？」

龍太郎は、沖田の勢いに気圧されながらも、頭の中でもう一度、事件を組み立ててみた。それから、ゆっくりと言った。

「……自分の仮説は……正しいと考えています」

「自信、ある、ってことね」

「はい」

龍太郎は顔を上げ、沖田の目を見た。

「そう」

沖田は、にやり、とした。

「だったらこれ、わたしが貰う。あなたも、高橋署も、もう手出しはしないで。いい？　あなたに手柄なんか分けてあげないわよ。あなたの名前なんて出さない。わたしが考えた仮説だってことにする。それでいいわよね？　あなた、名声が欲しくてでしゃばったわけじゃないんでしょ？」

龍太郎は呆気にとられたが、すぐに、頷いた。

「構いません。自分は、この件についてはもう、誰にも話しません」

「ありがとう」

沖田は立ち上がった。

「じゃ、さっそく、鑑識に問い合わせてみる。あなたが予想した通りに、室内にプラスチック片が落ちていなかったかどうか。鑑識は床の吸引をしてたから、まだ集めたものを破棄はしていないはずよ。でも急がないと、病死の報告が正式に出たら、全部捨てられちゃうもんね」

「あの」

龍太郎は沖田を見上げた。

「あなたのお立場は……わたしのせいで何か……」

「覚悟の上よ。男に意地悪されるくらいのことでめげてたら、上には昇れない。わたしね、出世したいの。国家公務員上級に落ちて、ノンキャリでスタートしちゃったんだもの、目立たないと出世なんかできやしない。警部補試験だって、なかなか上司の受験許可が出ないで見送ってるんだから。わたし、もう三十二なのよ。ぐずぐずしてはいられないの。あ、そうだ。あなた、どうせ近いうちに、本庁に呼ばれると思うわ。そしたらわたしのこと、引っ張ってよね。約束よ」

*

「それはいい。その女、なんて名前だっけ？」

「沖田慶子」

「神楽坂署の沖田、だな。よし、その女は俺が貰った」

「貰った、って、及川」

「うちに引っ張るよう、俺んとこの係長に談判する。そういう女がひとりいると、何かと使える」

「無茶言うな。四課に女性は」

「無理だ、とか言うのか、おまえ。おまえって、けっこう、差別主義者だな」

「防弾チョッキつけて現場に出るような仕事だろうが」

「だから、なんだ。男の命も女の命も、値段は一緒だ。違うか？」

龍太郎は黙った。理屈では及川は正しい。だが世の中、そんなに簡単に割り切れないことだってある。


ソファテーブルの上に放り出された夕刊には、小さく、殺人未遂で今朝、逮捕された女の顔が載っていた。

あのリビングから、雪うさぎのおまると同じ素材のプラスチック片が見つかった。直径にして数ミリの、細かな破片だったらしい。大きな破片はもちろん、犯人の女が持ち去ったのだ。室内には、粘着シートにゴミを付着させる掃除器具もあったので、犯人がそれでカーペットの上を丹念に掃除した可能性もある、と、沖田は電話で言っていた。その意味では、わずかな破片でも見つかったことは幸運だったのだ。

「あなたの人生にとっては、頭がいいことより、運が強いことの方が重要なのかもね」

沖田はそう言って笑っていた。

逮捕された女は、あのマンションに住む夫婦の娘だった。昨年まで親と同居していたので、死亡した主婦と面識があった。大学を卒業し、就職をして独立したが、恋愛に躓（つまず）いた。その恋愛の相手が、死亡した主婦の夫の上司だった。細かないきさつはわからないが、女は、自分の恋愛が壊れたのは佐竹未来の父親のせいだと思い込み、憎悪し、佐竹一家に復讐する機会を狙っていた。未来の頬を叩いたのもその女だった。佐竹の会社にもたびたび、嫌がらせの電話がかかっていた。未来の父親が、保育園をやめさせて妻と未来を自宅にいさせようとしたのも、外に出ている妻子に危害がくわえられることを怖れたからだった。だが佐竹は、自分たちをつけ狙っているのがその女だとは、少しも思っていなかった。佐竹には、女の恋愛を邪魔したという認識はまったくないらしい。この女は、邪悪な妄想の虜になっていたのだろうか。

女は、凶器のハンマーを隠し持って、佐竹宅の呼び鈴を鳴らした。面識のある女性の訪問に、未来の母親は疑いもせずドアを開けた。そして女は凶行におよび、未来の母親は、たまたまベランダから室内にとりこんであったあの雪うさぎで、そのハンマーの一撃をかわしたのだろう。プラスチックは砕け、飛び散った。ハンマーは当たらなかったが、未来の母親はあまりのショックに心不全を起こし、倒れた。女は、おそらくは何が起こったのか正確には理解できないまま、とにかく、砕けたプラスチックと穴の開いた雪うさぎをゴミ袋に詰め、室内を掃除し、遺体の衣服や髪の乱れを直し、電話機の横のキーボックスにぶら下がっていたスペアキーを取って部屋を出て、外から鍵をかけた。そしてゴミ袋をぶら下げ、外に出ることなく、実家に戻ったのだ。女の両親が住む部屋から、黒いゴミ袋に包まれたままの、おまるの残骸とハンマーとが押収された。それらは無造作にベランダに置かれていて、女の両親は、いらなくなった洗面用具だから、来週の燃えないゴミの日に出しておいてね、と娘に頼まれて、中身も見ずにいたらしい。

　要するに、たとえゴミ袋に包まれたままだったとしても、おまるのような大きな物をぶら下げてマンションの玄関を出て行けば、管理人か警備員の目にとまっていたはずだ、という点が鍵だった。マンションのゴミ置き場は裏にある。ゴミを捨てに行くのに、玄関を通って外に出る必要はない。防犯カメラにそんな人物が映ったら、警備員はそのことを管理人に告げただろうし、管理人もそんな人物がいたら、記憶にとどめていただろう。プラスチック片が発見され、神楽坂署は管理人と警備員に確認した。龍太郎が沖田に告げた仮説の通り、二人はそんな人物を見ていなかった。つまり、雪うさぎは、玄関を出て行かなかったのだ。犯人は、同じマンションの内部へと、逃げた。

　しかし、沖田と会ってから逮捕までわずか三日、というのは、龍太郎自身、意外だった。犯人がマンション内部にいると目星がついても、そこから絞り込むのにかなり時間がかかるだろうと思っていたのだ。どんな捜査をしたのか、管轄外のことなのでわからないが、神楽坂署はそれだけ優秀だ、ということだ。そんな中で沖田は、競争に勝ち抜いていかれるのだろうか。

　あの鼻っ柱の強さなら、きっと、大丈夫だろうが。

「ところで龍太郎、雪うさぎの目って、何で作るか知ってるか」

及川は、絵本を広げている。佐竹未来がとても気に入っていた、という、雪うさぎが出て来る絵本だ。何となく、本屋にあったので買って来た。龍太郎にとっては、ささやかな事件の記念品のつもりだった。が、龍太郎よりも及川の方が、その絵本を気に入ったようだ。

「目って……うさぎの目は赤いから……梅干しの種」

「ばぁか。あんな皺くちゃなもんを目にしたら、ババアのうさぎになっちまうだろうが。南天だよ、南天。おまえ、知ってたか、南天。風流なもんだなあ」

あんただって、今知ったくせに。

龍太郎は、及川が開いて見せた絵本の中で、真っ赤な南天の実を手にして笑っている幼い女の子と、優しそうな目をしたその母親を見つめた。

せっかく、雪うさぎはあの子の母親を守ったのに。

神なんてものがもし、この世にいるんだとしても、どうやら、そんなものは頼らない方がよさそうだ。

龍太郎がついた溜め息で、絵本の中の南天が、さわさわと、揺れたような気がした。

大きい靴

1

ちら、とそれを見て、龍太郎は頭を横に振った。現実感がない。それが本物の人間の手首だということが、なかなか納得できない。

死体は何度か見たことがある。が、死体の一部だけを見るのは、初めての体験だった。

泣きじゃくっている女の子の横で、父親らしい男性がさかんに何かまくしたてている。聴き取りをしている同僚の昭島は、困惑した顔で父親をなだめるように何か返事しながら、忙しくメモを取っている。龍太郎は昭島から、おい、手伝え、という視線を投げられ、頷(うなず)いて女の子のそばに寄った。

女の子は小学生のようだが、背はけっこう高い。五年生か六年生、いずれにしても、きちんと話せば大人の会話にもついていける年齢だ。特に女の子はませているから、小学校の高学年にもなれば、大人をやりこめるくらい弁がたつことも珍しくない。龍太郎は、正直、子供は苦手だった。嫌いではないのだが、どうやったら子供に気に入られるのかがわからない。しかし、仕事となれば、ああだこうだと言って逃げてばかりもいられない。

「えっと」

龍太郎は、女の子の手をとって握手してから、昭島が素早く手渡してくれたメモを見て言った。

「佐々木美奈子(ささきみなこ)さん。ワンちゃんの名前はホーリー？　ホーリーは美奈子さんのワンちゃんなんだね？　美奈子さんが世話をしていたの？」

美奈子はまだ泣きながら頷いた。

「じゃ、今朝のことをもう一度話してくれるかな。何度も話すのは嫌だと思うけど、ちゃんと話を聞いて書いておかないとね。わかるよね？」

「わかり……ます。でも、ホーちゃんが悪いんじゃないの。わたしが悪かったの。お父さんに、犬を勝手に遊ばせたらいけないって言われてたのに、ホーちゃんが散歩したがってて、でも今朝はお寝坊しちゃって学校行く前にお散歩行かれなくなっちゃったから、ちょっとだけ、お庭だけと思って、そしたらホーリーが金網をジャンプして……」

「そうか、お庭の中だけで遊ばせようと思って、ホーリーの鎖をはずしたら、ホーリーが逃げちゃったんだね？　それで、それは何時頃のことだったか憶えてる？」

「朝の、えっと、七時過ぎくらい」

「いつもは何時頃お散歩に行くの？」

「六時半に起きて、お顔洗って行きます。七時十五分までに帰って来なさいってお母さんに言われます。それから手を洗って、ホーリーに朝ご飯あげて、七時半からわたしも朝ご飯食べます」

「きちんとしているんだねえ。朝からちゃんと、時計を見て生活してるんだ」

「お母さんもお父さんもお仕事に出るし、まさしを保育園に連れて行かないといけないから、朝は忙しいんです」

やっぱりこの年ごろの女の子は、立派なもんだ。龍太郎は、しっかりと要点を答える美奈子に感心しながらメモをとった。

「で、今朝はお寝坊しちゃったんだね」

「目覚ましをかけるの忘れちゃって、起きたら七時でした」

「それで、散歩に行きたがっているホーリーが可哀想だったんで、お庭に放してあげた。そうしたらホーリーがお庭から出てしまった。じゃ、ホーリーがお庭から出たのは七時過ぎくらいかな」

「はい」

「美奈子さんは、ホーリーがお庭で遊んでいると思っていたんだね？」

「はい」

「ホーリーがいないのに気づいたのは何時頃だったかわかるかな？」

「知らなかったんです。ホーリーがすごくうるさく鳴いたので、そろそろ鎖に繋がないと、って思ってお庭に出たら……」

美奈子はそこで、その時に見たものを思い出したのか、また、わっ、と泣き出した。

龍太郎は美奈子が落ち着くまで、その背中を軽く叩きながら待った。

「ホーリーがあんまりうるさく吠えたので、何があったのかな、とお庭に出てみたわけだよね。その時間は、わかる？」

「……七時二十分、くらいです。ホーリーの朝ご飯をお皿に入れてたら、ワンワンって吠え声が聞こえて……」

「それじゃ、ホーリーが庭を出てしまったのは七時より後で、戻って来たのは七時二十分より前、だね？」

「だと、思います」

美奈子は言ってから顔を上げ、真っすぐに龍太郎を見た。

「ホーリーは人を咬んだりしないんです！　ホーリーがしたんじゃないです！　ホーリーは保健所に連れて行かれちゃうんですか？　ホーリーは何も悪いことしてないで

す、お願い、保健所に連れて行ったりしないでください！」

　ちらっと見ただけでも、あの手首は犬に咬みちぎられたものでないことは明白だった。犬は、すでに切断されていた手首をくわえて運んで来ただけだろう。だがそうしたことはすべて、解剖所見が出てはじめて確定することだった。龍太郎は励ますように美奈子の肩を叩いた。

「そんなに心配しなくても大丈夫だよ。もしホーリーが人を咬んであんなことになったんだとしたら、今ごろ、咬まれた人は病院に駆け込んで大騒ぎになっているはずだろう？　今のところまだ、そうした報告はどこからも来ていません」

「ほ、ほんとですか？」

「本当です。病院にはね、事件性のある怪我をした人が来たら、警察に連絡する義務があるんです。事件性、ってわかる？　誰かに怪我をさせられたとか、何かの大きな事故に巻き込まれたとか、そういう、警察が捜査しなくてはならないようなことであるかも知れない、ということだね。もし、本当に犬が人に咬みついて、手首を咬みちぎったりしたら、それは大変な怪我でしょう？　病院に行かなければ死んでしまう。そしてそんな怪我をした人が病院に駆け込んで来たら、病院から警察に必ず連絡が来ているはずです。ほら、もう九時半になるけど、まだどこからもそんな連絡は来ていません。だから、ホーリーが誰かに咬みついて、手首を食いちぎったのではないと思うよ。もちろん、まだこれから調べてみないと、確実なことは言えないけれどね」

「それじゃ、ホーリーは」

「ちょっとだけ警察で預かっているだけです。ホーリーがどうやって、どこからあの手首を持って来ちゃったのか、まずはそれを調べないといけないから。ホーリーの歯の型をとって、毛を少し貰って、足跡の型をとって、まあ、たいしたことはしないけど、ホーリーはおとなしくて協力的だから、きっとすぐに終わります。大丈夫、警察にはね、犬を扱うことが仕事の人がいます。そういう人は犬が大好きだし、犬の気持ちがわかるから、決して、ホーリーをいじめたり怖がらせたりしないよ」

　龍太郎の言葉に、美奈子の表情がやっとやわらいだ。愛犬を処分されてしまうのではないかと、彼女は恐怖におののいていたのだ。龍太郎は美奈子の頭を軽く撫でてから、昭島に事情を説明し終えた父親に美奈子を返した。

「気の毒にな。とんでもないモノを見てしまって、ショックが残らないといいが」

　龍太郎は、美奈子から聴いたことを話してから、昭島と二人、佐々木家の庭におりてみた。鑑識課員がはいつくばるようにして、地面の写真を撮っている。さほど広い庭ではないが、東京の下町では、庭のある家、というのがすでにかなりの贅沢だ。ホーリーの小屋はなかなか立派で、赤いペンキで屋根が塗られ、その屋根には白字でホーリー、と書かれている。美奈子の父親の手造りだろう。

「血痕とかはないですね」

顔馴染みの鑑識課員が、腰を叩きながらからだを起こして言った。

「肉片なども見つかりません。犬の場合、骨などは地面に埋めてとっておく習性もありますが、そうした形跡も見つかりません」

「くわえて来てすぐに、人間を呼んだ、ってことですか」

「さあ、犬の考えてたことまではわかりませんが、まあ、餌だと思ってくわえて来たというんじゃないでしょうね」

「血痕がないということは、切断されてから時間が経っているということですね」

「少なくとも、犬が食いちぎったわけじゃないでしょう。あの犬、口のまわりもからだにも、血の染みはひとつもついてませんでしたよ。第一、柴犬系の雑種で、そう大きな犬じゃないから、人間の手首を食いちぎるなんて、簡単にはできないでしょう。成人男子の手首の骨はけっこう太いですからね」

「しかし、変色はしていなかった。黒ずんではいたが、腐敗は始まっていないように見えました」

「検視はなしですか」

「死体じゃないですから」

龍太郎は言って、不謹慎に思われない程度に少し笑った。

「犬がどっからあれを掘り返して来たか、調べるのがけっこう大変だぞ」

昭島がそばに来て、大袈裟に溜め息をついた。

「犬が庭に出てから戻って来るまで二十分近くあったことになる。最大、犬が全速力で駆けたとして十分で行ける距離を半径として考えると、かなりの範囲だ」

「まあしかし、通勤時間帯にかかってましたからね、人通りはけっこうあったはずです。人が連れていない、勝手に歩いている柴犬を見かけた目撃者を探せば、出るでしょう」

「どうせくわえて来るんなら、死体ごと引きずって来てくれれば話が早かったのになあ」

昭島は、自虐的に笑った。

「そうすりゃ、本庁から来た連中が本部作って、あとはよろしくやってくれるのに」

「別に楽できるわけじゃないよ。こきつかわれるだけだ」

「しかし責任も負わなくて済む。手首だけじゃ、殺人事件かどうかも断定できないから、俺たちで全部やって結論を出さないといけない。それで出した結論が間違ってたってことになったら、俺たちが無能だったから、ってことになっちゃうんだ」

昭島はがりがりと頭をかいた。

「俺はさ、こんな判じ物みたいな事件、苦手なわけよ。もっとこう、わかり易くて、悪いやつの顔が見えてて、さっさと逮捕できるのがいいんだよ。なんなんだ、いったい、犬が手首だけくわえて来るってのはよ。こういう推理小説みたいなやつは、龍さん、あんたの管轄、な」

昭島に背中をどやされて、龍太郎は苦笑いしながら、庭の隅に立って何かの長さを測っている鑑識課員のそばに近づいた。

「そこから逃げたんですか、犬」

「だろうね」

庭の周囲には金網が張ってあり、その高さは大人の肩あたり、だいたい一メートルと三十センチほどだろうか。猫なら簡単に昇り降りするだろうが、犬だと厳しい高さだ。部分的に金網には蔦(つた)やつる薔薇(ばら)がまきつかせてある。鑑識課員が測っていた部分は、金網に大きな裂け目があり、そこに、風で飛ばされて来たのか、薬屋の立て看板が突き刺さるようにしてはまり込んでいた。大きなものではないが、金網を曲げる重さは充分にある。そのため、金網には、子供なら頭を突っ込めそうな穴が開いた状態になっている。

「ゆうべ、季節はずれの強風が吹いたでしょう、あれで飛ばされて来たんじゃないかな。ほら、芳健堂(ほうけんどう)、って書いてあるでしょ、これ、こっからすぐの店だから」

なるほど、看板に書かれた薬局の名前には、龍太郎もおぼえがある。漢方薬を扱っているかなり古い薬局で、商店街から少しはずれた街角で異彩をはなっている。店の前に、いつも小さな立て看板が立ててあったのも、記憶の片隅に残っていた。

「ゆうべの今朝だから、家の人もこの穴には気づいてなかったんだね」

「こんだけ直径があれば、柴犬なら充分、くぐれるよ」

鑑識課員はにやりと笑った。

「口に手首をくわえたままでもね」

＊

「死後切断だ」

昭島は、監察医務局からの電話を受けてから龍太郎の顔を見て、しかめ面をして見せた。

「これでどこかに死体があることが確実になった」

「死後、どのくらい？」

「十二時間前後。死亡推定時刻は昨夜の午後九時前後だな。誤差をプラスマイナス二時間はみて欲しいってさ」

「手首だけ冷蔵庫に入れてあった可能性があるし」

「うん。冷凍庫に入れてあったとすると、もっとやっかいだな」

「本部、できるかな」

「うーん、手首だけじゃなあ。せめて、死体、と呼べるくらいの分量が出て来ないと」

「死因はわかったのか」

　昭島の背後から一課長が立ったままで言った。

「毒物中毒の痕跡は、手首の細胞組織や血液の残りからは検出できなかったそうです。内臓がないんで、可能性がないとは言えないそうですが。一酸化炭素中毒ではないだろうということでした。病死かどうかは何とも。手首だけに限って言えば、健康だったと言っていいみたいですよ」

「死後切断は間違いないのか」

「生活反応がないそうです。しかし、たとえばコロシだとしてですね、バラバラにして捨てたんだとしたら、手首が見つかるってのは、相当細かく切り刻んだ、ってことになりますね」

「麻生さん、います？」

　刑事課のドアを半分開けて、総務の女性署員が顔を出した。

「さっき頼まれた、これ」

「あ、すみません」

龍太郎は女性署員から紙切れを受け取った。

「なんだそれ」

「いや、区役所が出してる、ゴミの収集地域図です。どの地域は何曜日に収集するってやつ」

「ああそうか。生ゴミにして出されてたやつを犬がほじくった、ってのはあるな」

「手首から土とかそういったものは検出できなかったんだな？」

課長の言葉に昭島は頷(うなず)いた。

「ビニールみたいなものにくるまれて埋まってたってことはあり得ますが。いずれにしても、龍さんの着眼点はいいと思います。犬は鼻がいいですからね、生ゴミの中に混じってても、人間の匂いがするってんで、興味を持ったのかも知れない」

龍太郎は机の上に地図を広げた。江東区の白地図に町名と主要な道路名、それに学校や公的建物の名前が入っている。町名の境目や道路の部分に太線と点線で区分けがしてあり、ゴミの収集曜日ごとに区分けの線が違っていた。月曜・木曜の地域と火曜・金曜の地域があった。今日は火曜日だ。

「佐々木家の周囲は月・木の地域になってますね。あの犬がゴミ漁(あさ)りしたとなると、隣りの地域まで遠征したってことか」

「まあたいした距離じゃない。ほら、佐々木家は月・木地域の端の方になってる。裏通りを二本越えたら、火・金の地域になる」

「やみくもにほっつき歩いてても仕方ないしな。龍さんはそれに賭けてみる？」

「いいかな」

「いいさ。俺もあんたと組みたいなあ、あんた、たまにとんでもない大当たり出すからさ」

「いや、昭島は警察犬が到着したらそっちを担当してくれ」

課長は、席に座っていた若い男を手招きした。三日ほど前に配属されて来た、キャリア組の新人だった。

「木村くん、ちょっと」

「はい」

若い。大学を出てまだ一年半くらいか。しかも身なりがとてもいい。服が高価なものなのかどうかは、そうしたことにうとい龍太郎にはまるでわからなかったが、とにかく清潔だ。髪形も、シャツの襟もネクタイも、ぴしっと樹脂か何かで固めたように乱れがない。よほど毛並みのいい人間なのだろう。

「書類に目を通してるだけってのも飽きただろうし、現場に出てみて、足をつかうことも体験しておいたらいいですよ」

課長は無意識なのだろうが、敬語で話している。別に反発は感じなかった。今の状態でも、この木村という新人は、すでに警部補の身分なのだ。階級から言えば課長と同じ。所轄での研修がひと通り終わればすぐに警部に昇進し、地方の警察署の署長か何かになる。三十前で。そして瞬く間に警視、警視正と、雲の上に昇ってしまう。長くてもここにいるのはわずか数ヶ月、どう考えても、彼は、お客さん、なのだ。だったら粗相のないように丁重にもてなして、気持ちよくいなくなって貰うに越したことはない。

「麻生、木村くん連れてまわってくれるか」

「了解です」

「よろしくお願いします」

語尾のはっきりした、気持ちのいい声だ。龍太郎は、木村泰志というこのキャリア組の若者に、好感を抱いた。

清掃局に連絡して、今朝の収集時に異常を感じたゴミ袋はなかったか確認をとったが、何も情報はなかった。いちおう、佐々木家周辺で今朝収集されたゴミについては、可能な限り焼却を待って貰うよう依頼はしたが、清掃車に収集されて圧縮されてしまったゴミ袋をすべて開けて、中にバラバラ死体が入っていないかどうか確認することは、不可能だ。仮に入っていたとしても、強烈な圧力で押し潰されてしまい、肉片にしか見えないだろう。それでも、収集されたゴミに死体が混ざっていることが特定できれば、潰れたゴミ袋をひとつひとつ開けて、中をかき回すくらいの覚悟はあった。まずは、その可能性を確認することだ。しかしもし、犬がゴミ袋から手首を掘り出したことが確実になったとして、このキャリア組の新人に、腕まくりして生ゴミの袋に手を突っ込め、と誰が命じればいいのだろう。俺はごめんだ、と、龍太郎は心の中で肩をすくめた。こちらにそんなつもりはまったくなくても、現場初日にそんな仕事をいいつけたりしたら、他人から見れば新人イジメ、キャリアいじめにしか見えやしない。そんなみっともない誤解をされるくらいなら、木村の分もゴミ袋をかきまわした方がよっぽどましだ。そういう事態になったら、何かデスクワークでも押し付けてしまおう。

まず清掃局で佐々木家から半径五〇〇メートル以内の地域で、火曜日と金曜日に収集が行われるゴミの集積所の情報を得た。それを地図に書き込み、その周辺の家に聞き込みをかける。町内会によっては当番制のところもあるが、ゴミ集積所の近くの家は、たいてい、ボランティアのように清掃車が収集したあとの道路を掃除してくれている。善意から、というよりも、掃除しなければ自分の家の前が汚れてどうしようもないからだ。気の毒な話だ。

数軒の聞き込みを終えたが、成果はなかった。ゴミ集積所の電信柱から五メートルほどのところに玄関がある、田中、と表札の出た、ありふれた二階家の呼び鈴を押しながら、龍太郎は木村に言った。

「要点は二点です。ゴミ袋が不自然に破かれていたのに気づかなかったか。柴犬を見かけなかったか。他のことはあまり突っ込まない方がいいです。まだ手首のことは報道されていませんからね。噂が先行してしまうのはよくないです。相手が勝手に喋っている時は、質問を挟まず、喋りたいだけ喋らせてください。下町の人は話し好きですから」

「わたしに質問させていただけるんですか」

「どんどんやってください。要領は、だいたいわかりましたよね」

インターホン越しに中年女性の声が応答する。高橋署から来ました、と告げると、甲高い声が、すぐにドアを開けますからと答えた。玄関に現れたのは、髪を男性のように短く刈り上げた、しかし中年というよりは初老といった感じの女性だった。声が若々しいのは、本人の気持ちも若いからに違いない。伸縮するタイプの薄い生地のブルージーンズに、ミッキーマウスのついたオーバーブラウスを羽織っていた。

「あらま。いつものおまわりさんかと思ったら。高橋署って、税務署の方だったんですか？　それとも保健所？」

「あ、いや、警察です」

「うんまあ、でもその格好って、それじゃ、刑事さんですか！」

まばらとは言え人通りのある場所で大騒ぎされてはたまらないので、龍太郎は木村の背中を押すようにして玄関の内側へとからだを入れ、すかさず、ドアを閉めた。

「あ、どうぞあがってください、今、お茶でも」

「いえ、こちらでけっこうです」

木村が警察手帳を取り出すと、田中某は目を見開いた。好奇心でいっぱいの瞳が輝いている。まるで猫のようだ。

「田中さん、でよろしいですか」

「あ、はいはい、田中です」

「おひとりでお住まいでしょうか」

「あら、いいえ、息子夫婦と一緒です。夫は三年ほど前に脳溢血でぽっくりと逝ってしまいましたけど、長男夫婦がずっと同居してくれてます。でも夫婦揃って外で働いていましてね、夕方まで戻らないんですよ」

「お孫さんは?」

「それがねえ、長男のところはできないんですよ、もう結婚して五年になるっていうのに。次男のとこには孫が二人、長女のとこなんか、今度三人目が生まれるんですよ。次男は今、大阪で暮らしてまして、長女は栃木の方に嫁ぎました」

田中夫人は、家族構成と長男のところに子供ができないことについて、まだまだ喋り足りなそうな顔をしていたが、幸い木村は鈍感なのかそれとも、気づいていて無視することに決めたのか、相槌も打たずに手帳から目を上げない。これはこれで、なかなかいい作戦かも知れない。

「で」

木村が顔を上げると、田中夫人はまた、期待に満ちた目で木村を見つめた。

「お宅の前の電信柱なんですが」

「はあ」

「あそこがゴミの集積所ですよね」

「ああ、はいはい、そうです」

「何軒くらいのお宅が、あそこにゴミを持って来られるんでしょう」

「この並びだけですよ。角の岩本さんのところから、表通りに出る一軒手前までです。最後の島田さんのお宅は、表通りに面しているので、集積場所が変わります」

「すると」

木村は折りたたんだ住宅地図を見た。

「岩本さん、林さん、川島さん、そして田中さん、袴田さん、須藤さん、本郷さん、の七軒ですか」

「それと、須藤さんちの裏のアパート。あのアパートは須藤さんの持ちものなんです。

アパートには七、八人住んでますよ。六畳一間なんで、みんなひとり暮らしらしいですけど」

「ではけっこうな数になりますね。ゴミの日は、後片づけが大変でしょう」

「掃除当番を決めてあるんですけどねぇ、うちにしてみたら家の真ん前だから、やっぱり気になるんで、汚れてないか見ちゃいますね」

「今朝もご覧になりました？」

「見ましたよ。清掃車が来ると音でわかるんで、そのあと、いつものように。今日の当番は岩本さんだったんで、岩本さんも箒持って来てました。二人で、清掃車が落としたゴミを掃いて」

「その時なんですが、何かいつもと違ったことに気づいたりしませんでした？」

「いつもと違った、と言うと？」

「そうですね」

木村はちらっと龍太郎を見たが、龍太郎はかすかに頷いただけにした。木村は頭の回転が速く、相手の気持ちを摑むのも上手そうだ。好きなようにやらせてみても、大きなしくじりはしないだろう。

「たとえば、清掃車が持って行かないゴミ袋が残っていた、とか」

「ああ、あれね、事業ゴミ。この通りは事業ゴミが出るような会社もお店もありませんからねえ。そういうのはなかったわ。そうねえ、いつもと違ってたのは、やたらと木の葉とか空き缶とか、そういうのが転がってたことだわね。ほら、ゆうべ、ものすごい風が吹いてたでしょう」

「臭いはどうです？」

「臭いって、そりゃゴミの日は臭いますよ。でもこの通りは比較的早く清掃車が来てくれるから、助かるんだけど」

「清掃局に問い合わせたところ、このあたりは八時半頃の通過だそうですね」

「ええ、だいたいそんなもんね。九時を過ぎることは滅多にないわ。でも八時前には来ないですけど。八時までに出すことになってるから」

「清掃車が来る前に、あの電信柱のところをご覧になりませんでした？」

「今朝ですか」

「ええ」

「見たと言えば、見たけど。今朝、お味噌汁（みそしる）に入れる具が何もなかったんで、豆腐を買いに出たんですよ。その時、ちらっと見ましたよ」

「何時頃ですか」

「竹田（たけだ）豆腐店は七時過ぎに開くんです。家で時計を見て、あ、もう開いてるからお豆腐でも買って来よう、と外に出たんだから、七時は過ぎてたわよね。でも七時半には、毎朝見てる朝のニュース番組が始まるんで、それまでには朝ご飯の仕度して、テーブルに座ってたわ。朝ご飯を食べながらその番組を見るのが、うちの毎朝の習慣なもので。今朝は息子夫婦もいつもの時間に出勤したんで、一緒に朝ご飯食べましたよ。だから間違いないわね」

「その時も、特に変わったことには気づかなかったですか」

「ゴミのところで？　変わったことって言ってもねぇ。ゴミはもういくつか出てたけど。……あ、そうそう。変わったことって言ったら、ゴミとは関係ないんですけどね」

「構いません、なんでも気づかれたことを教えてください」

「いえ、つまらないことなんですけどね、ホーリーがいたんですよ。犬です、犬。えっとね、二本通りを向こうに行ったとこの、佐々木さんちの」

木村が顔に驚きを表してしまった。龍太郎はわざと木村から視線をはずした。田中夫人は特に不審そうでもなく、小さく笑った。

「すみません、ほんとくだらないこと思い出しちゃって。でもホーリーはいつも、ちゃんと紐で繋がれて散歩してる犬なんで、あらら、どうしたのかしら、庭から逃げちゃったのかしら、って。家に戻ったら佐々木さんちに電話してあげないと、って考えたんですよ、でもすっかり忘れてたわあ。お豆腐買ってるうちに忘れたのね。やだわ、この頃ほんと、物忘れがひどくって。ホーリーが庭にいないこと、知ってるのかしら、佐々木さん。知らないなら電話してあげないと、ホーリーが野良犬と間違われたら大変」

「ホーリーはちゃんと家に戻ってましたよ」

龍太郎が言った。

「実は、佐々木さんのお宅には先ほど、伺ったんです」

「あらそうですか。ならいいけど。そう言えばホーリーったら、なんかくわえてたわ。いつもはとっても愛想のいい犬なのに、ホーリー、って呼んでも振り向きもしないで走って行っちゃったんで、何をくわえてたのか見えなかったんですけどね、なんかくわえてましたよ。どこかで骨でも貰ったのかしら」

「すみません、もう一度、時刻を確認させてください。田中さんがホーリーを見かけたのは、豆腐屋さんに着く前ですね？」

「ええ」

「そして、それは七時過ぎだった」

「はい」

「豆腐屋さんから戻ったのは七時半より前」

「そんなにかかってないですよ。すぐそこだもの。戻ってからおダシに豆腐を入れてお味噌をといて、漬物切って、それで朝ご飯の仕度が終わったんだから……家に戻ったのは七時二十分頃ねえ。だとすると、ホーリーを見たのは、その十分前くらいかしらね」

龍太郎のズボンのポケットで、ポケベルが鳴った。

「ご協力、ありがとうございました」

二人は頭を下げ、田中夫人が、いったいこれは何の捜査なのか、と質問を始める前に急ぎ足で玄関の外に出た。

龍太郎は走って、表通りに面した公衆電話ボックスに飛び込んだ。署から徒歩圏内の捜査なので、無線を持って出ていなかった。

「もしもし、麻生です」

刑事課の直通電話にかけると、昭島の声がした。

「えらいことになったぞ。本庁の捜四が来る」

「捜四？　なんで？」

「あの手首の指紋に該当者が見つかったんだとさ」

「随分早いな」

「指名手配者だ。関東岩田組(かんとういわた)って、名前はでかいけど錦糸町(きんしちょう)を根城にしてるちっちゃな地回りヤクザの、構成員だとさ。北尾享治(きたおきょうじ)、四十二歳。こいつが先月、対立組織の幹部を襲って瀕死(ひんし)の重傷を負わせた容疑者なんだとさ。クソ、四課じゃ本部はできない、俺らには手柄をあげるチャンスすらない。あのバカ犬、どうせ拾って来るなら、もうちょっとましな奴の手首を拾って来いよ、なあ」

2

本庁の捜査四課員がどやどやとなだれ込んで来てからは、署内は騒然となり、雑談もろくにできない雰囲気になった。陣頭指揮をとっているのが及川だというのはわかったが、細かいことは何も知らされず、所轄の捜査員たちは命じられた捜査を続けて報告だけしろと言われた。

麻生龍太郎は、たまたま手がけていた傷害事件のケリがついたところだったので、引き続きホーリーの行動を洗い出す聞き込みに出るつもりでいた。だが署の裏の駐車場から犬の鳴き声と、女の子の大泣きする声が聞こえて来たので、木村とふたり、駐車場に出てみた。泣いていたのはやはり佐々木美奈子で、その横でホーリーが、情けない顔で遠吠(とおぼ)えをしている。原因はすぐにわかった。警察犬だ。面構えからしてプロ、といった感じの見事なシェパードが二匹、無表情にホーリーを見つめている。

「その犬、警察犬におびえてますよ」

龍太郎は、警察犬担当らしい捜査服の男性に向かって言った。

「何もしませんよ。躾けられてますから」

「わかってます。でもそっちの犬は、訓練を受けていないペットです。かなりおびえてる」

龍太郎の顔を見て、美奈子はさらに泣き声を大きくした。龍太郎は苦笑いして美奈子のそばに寄り、そっとその頭を撫でた。美奈子は龍太郎の腰のあたりに抱きついて甘える。

「お父さんかお母さんは？　一緒に来たんでしょう？」

「中でおはなししてるの」

「ホーリーを連れて来てって言われたんだね？」

美奈子は頷いた。

「この犬と警察犬を一緒に歩かせるのは無理じゃないかな」

龍太郎が言うと、捜査服の男は頭をかいた。

「どうやらそうみたいですね。しかし、その犬が手首を見つけたんだから、その犬に案内して貰うのがいちばん早いんだが」

「ホーリーは引き受けましょうか」

木村が言った。龍太郎は一瞬、呆気にとられたが、木村はすでにホーリーをなだめて首筋を叩いてやっていた。

「僕、犬は大好きなんです。こいつは気の優しい子だと思うんで、見知らぬ犬と一緒に歩くのはしんどいんじゃないかな。どう見たって、警察犬の方が上位になりそうだし」

　ホーリーはすでに、自分を三匹の中では最下位だと認識してしまったらしく、尻尾を垂れてしょんぼりとしていた。その姿に思わず笑いがこみあげて来る。まるで、キャリア組に挟まれた所轄の俺たちみたいだ、と思う。木村は本当に犬好きらしく、美奈子ともすっかり意気投合して、早くもホーリーの引き綱を持っていた。龍太郎は、警察犬担当者に苦笑いして見せてから、ホーリーを預かる許可を得に、刑事課の部屋へと一度戻った。


　警察犬は手首そのものの匂いを頼りにあたりの捜索に出かけた。龍太郎と木村は、美奈子と美奈子の母親と一緒に、ホーリーの綱を握って署を出た。ホーリーの鼻は最初からあてにしていない。犬の嗅覚は確かに素晴らしいが、きちんと訓練を受けていない犬では、何を探して何を見つければいいのかが呑み込めず、匂いは嗅ぎつけても、正確にそれを報告できない。それよりも、ホーリーの臆病な性格からして、庭から脱出したとしてもただやみくもに走り回ったと考えるよりは、いつもの散歩コースをたどったと想像する方がたやすい。つまりホーリーは、あの手首を、自分がよく知っている道のどこかで拾ったと考えた方が自然なのだ。木村もその意見に賛成し、一行は、美奈子に先導して貰って、いつものホーリーの散歩コースをゆっくりとたどることにした。

ホーリーは、柴犬(しばいぬ)の血に、毛が長く小型の犬、ポメラニアンか何かの血が混じった雑種だった。スタイルはさほど悪くないが、毛の長さが中途半端で、なんとなく、まだ大人になりきっていない牡(おす)のライオンのように見える。隅田川沿いの児童公園に捨てられていたのを美奈子が拾って来た犬で、今年三歳。ホーリー、という名前は、美奈子が通っている教会の日曜学校で、牧師がつけてくれた名前だそうだ。つまり、聖なる、という意味なのかと思ったら、そうではなく、その牧師の名字が堀(ほり)、だというオチがついていた。子犬の頃、その牧師と顔が似ていたと美奈子は言って笑った。

殺人事件の捜査をしているというのに、親しい友人の家族と犬の散歩に出ています、というのんびりとした雰囲気が、龍太郎にはおかしかった。佐々木一家の平和で穏やかな生活と、死後に手首を切り取られたヤクザの生活とは、もしホーリーがあの手首を見つけて来ることがなければ、永遠に交わることのないものだっただろう。

午前中の聞き込みで、ホーリーが手首を見つけた可能性があるゴミ集積所はわかっていたが、そこだけにこだわるつもりはなかった。協力的に情報を提供してくれた田中夫人にしても、ホーリーがゴミの中から手首を掘り出してくわえたところを見たとは言っていない。彼女が見たのは、何かをくわえて通り過ぎて行くホーリーの姿だけだ。龍太郎と木村は、佐々木母娘に頼んでまず佐々木家に行き、そこから、美奈子がいつもホーリーと歩く道を歩き始めた。

「いっつもおんなじ道じゃないんです」

美奈子は、そう言うと大人たちに怒られるとでも思ったのか、とても小さな声で打ち明けた。

「おんなじだとホーちゃんが飽きちゃうかなと思ったし」

「散歩で行ったことのある道は、全部歩いてみよう。まずは、いちばん多く通るコースにしようか」

木村が言うと、美奈子は頷いて、ホーリーに向かって言った。

「ホーちゃん、お花の道から行こう！」

ホーリーは、ガッテンだ、という顔をして見せる。気は弱いが、相当に賢い犬だ。歩き出したホーリーに迷いはなかった。「お花の道」という言葉と、散歩コースとが、きちんとひと繋がりのものとしてホーリーの頭に整理されているのだ。成犬の知能は人間で言えば、六、七歳に相当する、と、何かで読んだ記憶があったが、龍太郎の受けた印象では、ホーリーは美奈子よりも精神的に年上のようだった。

「お花の道、ってなぁに？」

母親の問いに、美奈子は得意げに道の両脇の家々を指さした。

「このコースを歩くとね、児童公園まで、ずーっと、お花をたくさん家の前に置いている通りを通って行けるの。チューリップが咲いたな、とか、桜草がきれいとか、桜が終わったらツツジだな、とか。今だとね、紫陽花。ほら、あのおうちもあっちのおうちも、紫陽花の鉢が玄関の横に出ているでしょ」

「ほんとだ。綺麗ね」

「お花の名前も自分で調べたんだよ、美奈子。でもこのコースは、ホーちゃんは退屈みたい」

「そうなの？」

「うん。ホーちゃんはお花よりも、靴が好きなの」

「靴って？」

「児童公園を出たら、靴の道を通って戻ろうよ。その時にママにも教えてあげる」

「刑事さん」

美奈子の母親が振り返る。

「公園まで行って戻って来るのが、いつもの散歩らしいんですけど、行きと帰りとで別のコースをとってもよろしいんでしょうか」

「考えつく限りの道を歩きましょう。ホーリーが知っているコースは、すべて通ってください」

花の道、は、なるほど、ホーリーの興味を特に惹くような物はなく、美奈子が次々と博識ぶりを発揮して花の名前を挙げるだけで、十分ほどで児童公園に着いてしまった。公園の中も、いつもと同じように歩いて貰うことにする。さほど大きな公園ではないが、中央に丸い花壇があり、その花壇を取り囲むようにベンチが並んでいる。ベンチの後ろには、すべり台、砂場、シーソー、小さなジャングルジムとひと通り揃っていて、早めに学校が終わる小学校低学年の子供たちが、ジャングルジムにのぼって歓声をあげていた。

「ここをぐるっと一周するの」

ホーリーは、落ち着いた足取りで公園の中をまわった。公園の中で手首を見つけた可能性は、どうやらなさそうだ。

「今度は、靴の道でーす」

児童公園を出ると、来たのとは別の路地へと美奈子が曲がった。ホーリーはがぜんやる気が出たようで、美奈子を引っ張るような勢いで歩いて行く。

「ホーちゃんは、靴が大好きなの」

「そうね、おうちの玄関の靴も、すぐにくわえて隠そうとするわね」

　唐突に美奈子に言われて見ると、なんと、住宅街の真ん中に靴屋があった。住宅街とは言っても、下町のことなので、整備された新興住宅地ではもちろんない。なんとなく戦後に焼け野原となっていた土地が、適当に分譲されて建売住宅がぎっしりと建っているが、その中には、戦前からそこにしがみついて離れなかった人の大きな庭付きの家や、木造二階建てのアパート、町工場、倉庫なども雑然と入り混じっているし、普通の住宅を改装して小さな商店を営んでいる家もいくつかある。そういう店はたいていが、駄菓子屋とか雑貨屋、文房具店などだが、出前専門のそば屋なども不意に姿を現すのが、このあたりの町並みの面白いところだ。そんな中に、その靴屋はあった。二階は住居なのだろう、窓に洗濯物がぶら下がっている。一階は、門口が一間半、木製の平台の上にサンダルが並べられ、その横には、運動靴が紐で数珠つなぎにぶら下がっている。近くの小学校の指定上履きも、ビニールの袋に入ったまま吊り下げられていた。靴屋、というほどのものではなく、サンダルやスリッパ、上履きなどが主力商品のようだ。だが近づいてみると、店の奥には、婦人物の少し洒落た靴やストラップのついたサンダル、紳士物の革靴などもガラスケースの中に並べてあった。

「ホーちゃんは、あれが大好きなの」

　美奈子が指さしたのは、靴の形をした立て看板だった。かなり大きくて、絵には長靴が描かれている。

ホーリーは走るようにして看板に近寄ると、くんくんと勢いよく、情報を集め始めた。

「大きな靴ねぇ。ホーリーは絵で靴だってわかるのかしら」

「靴屋に見つからないよう、いろんな犬がションベンひっかけるんですね」

木村が、小声で言ってニヤリとした。龍太郎もそう思った。美奈子と母親は、靴好きなホーリーが絵の中の長靴に喜んでいると信じているようだが、ホーリーの関心が立て看板の下の方に集中していることは、見ていて明らかだ。そこには、この界隈を散歩する様々な犬たちの情報が満ちあふれているのだろう。

「ホーリーは靴がそんなに好きなの？」

木村が美奈子に問いかけると、美奈子は嬉しそうに頷いた。

「ホーちゃんは、よそのおうちの玄関からも靴を盗んで来ちゃうのよ。だからお散歩の時は気をつけないとならないの」

「美奈子が気づかない内に子供の靴をくわえていたことがあったんです。家に戻って来てから、わたしが気づいて、幸い、運動靴で、横に名前が書いてあったので、謝ってお返しすることができたんですけどね。ご近所のアパートのお子さんの靴でした」

「でも散歩中に、アパートの中に入ったりするんですか」

「いえ、そこのアパートは、表玄関で住人がみんな靴を脱ぐんです」

なるほど、下宿屋風か。この界隈でもさすがにかなり数は減ったが、玄関は共有、自分の靴を持って部屋に入るという、昔で言えば下宿と呼ばれた形式のアパートも、まだ数軒、残っている。台所もトイレも共用で、十円玉を入れてガスを使ったりするのだ。一九八〇年代になっても、下町には、五〇年代、六〇年代の香りが濃く漂うスポットが、ここかしこにある。

そうしたアパートでは、自分の靴は部屋に持ち帰るというのが原則になっているのだが、いちいちそうするのは面倒なので、普段履きのサンダルなどは、玄関に脱ぎ散らかされたままになっている。そしてそういうアパートの玄関は、住人が出かける時でも施錠しないことが多い。物騒と言えば物騒なのだが、下町ではまだ、鍵などかけずに買い物に出かけてしまう人が山ほどいる。空き巣の被害は年々増加し、警察も躍起になって戸締まりの重要性を説明するのだが、町全体が親戚のように顔見知り、というのが当たり前だった頃の習性は、人々の頭からなかなか消えないのだ。引き戸が開けっぱなしになっていたアパートの玄関に、大好きな靴やサンダルが無造作に並んでいる光景は、ホーリーにとって、さぞかし魅力的なものだったろう。

龍太郎は、ふと、ホーリーが自由に外を歩けるとなったら真っ先にどこに行くのか、それを思いついた。

「美奈子ちゃん、この靴の道って、ホーリーが運動靴をくわえて来ちゃった道なのかな」

「そうです。でも、あの時はほんとに、いつホーリーが靴を盗んだのか、わからなかったの」

「ホーリーから目を離した時間があったのかな？」

「えっと」

美奈子は、母親の顔を盗み見た。

「いいのよ、もう前のことなんだから、正直に言いなさい。おかあさん、怒らないから」

「あのね……あの日は、お散歩の途中でお友達に会ったの。ひさ子ちゃん」

「あら。ひさ子ちゃんのおうちって、どこだったかしら」

「この先。大きな通りに出る少し手前。パン屋さんに行く途中だって言ってた。朝ご飯のパン、お母さんが買い忘れてた、って」

「それで、立ち話しちゃったのね」

「うん」

「その間にホーリーは、靴を調達に寄り道したわけか」

木村が頷く。龍太郎は、今朝の聞き込みのことを思い出していた。田中夫人がホーリーを目撃したあの通りには、アパートがある、と言っていた……

「美奈子ちゃん、その、お友達と会った場所って、このあと、通る？」

「はい。もうすぐです」

「じゃ、そこに着いたら教えてね」

「はい」

それから二分ほど歩いて角を曲がると、思った通り、田中夫人に話を聞いた通りに出た。ゴミ集積所があり、近くにアパートがある場所だ。

「このへんでした。このへんでひさ子ちゃんに会って、しゃべっているうちに、あたし、ホーリーの綱をうっかりはなしちゃったの。そしたらホーリーがいなくなっちゃって。でもすぐ、どこからか出て来たんだけど、靴をくわえてました」

美奈子が立ち止まったのは、まさに、田中家の玄関から目と鼻の先だった。ホーリーは、友達とお喋りを始めた美奈子の目をかすめ、この近くのアパートの玄関先から子供の運動靴を失敬して来たのだ。

「奥さん、ホーリーが持って来てしまった運動靴の持ち主は、この近くのアパートにお住まいだったんじゃないですか」

「え、ええ、そうですけど。この裏の、須藤さんの息子さんで、保育園に通っているお子さんです」

「その須藤さんって、アパートにお住まいなんですか？　アパートの持ち主ではなく？」

「持ち主なのは、須藤さんのお祖父様なんですよ。もちろん、名字は須藤ですけど」

「では……お孫さんとひ孫を、自分が持っているアパートで生活させているわけですね」

「ええ。須藤さんは……その……未婚の母、なんです。まだやっと二十二、三くらいの若い人です。結婚していないのにお子さんを産んでしまって、実のご両親と不仲になって、お祖父様を頼って来た、って聞いてます」

「なるほどね……可愛がっていた孫のために、アパートの一室を提供しているということですね」

「若竹荘というアパートなんですが、昔風の、とっても古いものなんです。でも部屋は、江戸間よりひとまわり大きい、京間、という畳の六畳なんで、けっこう広いんですよ。普通の八畳くらいはあるみたいです」

「京間のアパートというのは珍しいですね」

「須藤さんのお祖父様はもともと、京都の南の、宇治、というところの方なんですって。戦後すぐにご夫婦で東京にいらして、土地を買って、アパートと自宅を建てたそうです。ですから、自分たちが馴染んでいた京間を使ったんじゃないかしら」

「お孫さんと名字が同じ、ということは、その女性は、息子さんの子供ということですね」

「ええ。息子さんは結婚した時に家を出て、世田谷の方で暮らしているようです」

「若竹荘を見てみたいのですが、一緒に来ていただけますか。できれば、その須藤さんという女性とも話がしたい」

「わかりました」

美奈子の母親は、美奈子を先に家に帰そうとしたが、龍太郎はもう少しだけホーリーに協力して貰いたい、と言った。

若竹荘は、ゴミ清掃車が通る道から細い路地を入った奥に建っていた。古色蒼然たる木造アパートで、戦後まもなくに建てられたとすれば、もう築三十年以上は経っていることになる。だが、造りはしっかりしていて、玄関には京都風なのか、格子戸がついていた。ホーリーは若竹荘を見るなり、尻尾を盛大に振って玄関に突進した。引き戸は今日も、無造作に半分ほど開いたままで、広い三和土に靴が散乱しているのが外からでも見える。

「あ、だめ、ホーちゃん、だめってば!」

美奈子に叱られて躊躇こそして見せたが、ホーリーの興味はもうすっかり、三和土に散らばる靴に向かっていた。

「トランシーバーで警察犬と鑑識を呼んで貰えませんか」

龍太郎は木村に小声で耳打ちした。木村は頷いて、路地に戻る。

ホーリーが今朝、ここを訪れたのは、まず、間違いない。思いがけず自由に散歩できる身になって、彼は一直線にこの若竹荘に向かったのだ。そして、靴よりも面白そうなものを見つけて、家に持ち帰った。田中夫人が目撃したのは、ゴミ漁りをして手に入れた獲物をくわえたホーリーではなく、若竹荘から獲物を持ち帰る途中のホーリーなのだ。

ホーリーが靴をくわえてしまう前に、美奈子の母親が、三和土に散らばっているサンダルや運動靴を手際よくまとめて、玄関の端に集めた。

「ごめんね、美奈子ちゃん。ホーリーが靴を盗まないように、あそこの木にホーリーを繋いでくれるかな」

美奈子は聞き分けよく、アパートの敷地に立っている貧相な黒松の幹にホーリーを繋いだ。

「先に、須藤さんがいらっしゃるかどうか、見て参りますね」

美奈子の母親はとても察しのいい女性だった。美奈子を連れたままでみんなであがりこむのはまずい、と、すぐに了解してくれたのだ。

三和土に立ったままで五分ほど待つと、美奈子の母親が戻って来た。

「いらっしゃいました。二階の南側の、二〇三号室です。刑事さんが来ているとお伝えしておきました」

「お手数かけました」

「じゃ、わたしは美奈子と、外で待っております」

「そうしていただけると助かります。じきに捜査員が来ますから、何か質問されたら、すべて答えてやってくださいますか」

「わかりました」

連絡を終えた木村を待って、龍太郎は靴を脱いだ。

磨いてつるつるしている、というよりは、長年にわたって住人の靴下や素足の裏にこすられてつるつるになってしまった、という感じのする、迫力のある廊下と階段だった。もともとは、アパートとしてはかなり贅沢な造りだったようで、階段の踏み板は大きく、合板ではない一枚板で、手すりもしっかりしていて握りやすい。だが板の中央はへこんで傾斜がついており、気を抜くとすべって転げ落ちそうだった。

二〇三号室の戸をノックすると、すぐにその戸が開いた。二十二、三、と美奈子の母親に聞いていなければ、三十くらいかな、と思ったほど、やつれた女が現れた。痩せて、顎も尖り、目は落ちくぼんで、しかも黒目がやけに光って見える。

「須藤さんですね」

龍太郎が問うと、女は、声は出さずにただ頷いた。

部屋はなるほど、思ったよりずっと広い。普通の畳ならば八畳ぐらいと美奈子の母親は言ったが、京間というのは、随分と贅沢なものなんだな、と龍太郎は思った。家具はごく少なかった。水屋がひとつ、ビニールのファンシーケース、ベビー箪笥、それに、部屋の真ん中に、布団のかけていない電気炬燵。上の台をひっくり返すと緑色のフェルトが張ってあって、麻雀台にも使える、というあのタイプだ。最近ではあまり見かけなくなった代物だが、不用品バザーででも手に入れたのだろうか。それとも、祖父に貰ったのか。

　座っていいとは言われなかったが、立ったままでは話もできないので、龍太郎と木村は炬燵の脇に正座した。足を崩してください、と言われることを少し期待する。だが須藤は、刑事の訪問を神経質に受け止めたようで、おどおどとした視線をさ迷わせながら無言で座り込んだ。

「突然お邪魔してすみません。我々は、高橋署の捜査員です」

「——捜査員です。えっと、須藤さん、でよろしいですね？　須藤、下のお名前もよろしければ」

「須藤克子です」

「ありがとうございます。実は、噂をお聞きおよびかも知れないのですが、今朝、このご近所のお宅の飼い犬が、人体の一部と思われるものをくわえて来る、という事件が発生しました」

「さっき奥さんから聞きました。……ホーリーでしょう？」

「ええ。ホーリーは前にもこのアパートに来たことがあったようですね」

「そうらしいですけど、わたしは見てないんです。うちの子の靴をくわえて持って行ったとかで、奥さんが返しに来られたことがありました。でも、わたし、昼間は菊川の仕出し弁当屋にパートに出ているので、その時は早番だったんですよ。早番の時は、七時にはここを出てしまうんです。ホーリーが来たのは、その後だったみたいで、だから知らなかったんです」

「お子さんは保育園ですか」

「はい」

「おいくつです？　男のお子さんですよね」

「五歳になったばかりです」

「朝の七時から預かってくれる保育園というのは貴重ですね」

「いえ、保育園は八時からです。早番の時は、祖父に預かって貰うんです。祖父が保育園まで連れて行ってくれます」

「おひとりで子育ては、大変だ。わたしの父親も中学の頃に死にましてね、それから母親は、ひとりで、男二人育てて大学まで出してくれたんですが、それこそ、こまねずみみたいに働いてました」

「わたしの場合、祖父がいてくれますから」

「立派なお祖父様ですね」

「わたしには優しいです……祖母が十年も前に先立ってしまって、ひとりで淋しかったみたいで」

「ご実家は世田谷とか」

「ええ」

「ご実家から協力は得られないのですか」

「あの」

須藤は厳しい目で龍太郎を睨んでいた。

「わたしのことが、捜査と何か関係あるんでしょうか。ホーリーが今朝、うちに来たかどうかでしたら、今日も早番だったんでわたしは知りません。ついさっき、仕事から戻ったばかりなんです。あと三十分したら、息子を保育園に迎えに行かないとならないんですけど」

「わかりました。すみません、お手数をかけまして」

龍太郎は立ち上がった。

「ホーリーはあなたの息子さんの靴を持ち帰ったことがあるので、もしかしたら、ホーリーとはよく遊んでいたのかな、と、それだけ確認したかったんです」

「うちの子は犬を怖がるんです。ホーリーはおとなしい子で、公園で出逢(であ)っても吠(ほ)えたりはしませんけど、でも息子は近寄りません。犬は人間の匂いのついた靴が好きですから、息子の靴を持って行ったのは、ただの偶然だと思いますけど」

「そうでしょうね。わかりました、ではまた、何かお訊(たず)ねしたいことができたら、ご連絡させていただきます。もしよろしければ、電話番号を教えていただけませんか」

須藤は番号を言った。龍太郎は手帳にそれを書きつけ、もう一度礼を言って部屋を出た。

龍太郎は、階段を下りながら、ごく小さな声で木村に囁(ささや)いた。

「覚醒剤(かくせいざい)です」

「彼女は、たぶん、中毒患者です」

木村は驚いて振り返ったが、龍太郎は首を横に振り、木村の口を開かせなかった。

外に出ると、すでに警察犬チームが到着していた。ホーリーは可哀想に、すっかりおびえて尻尾(しっぽ)を股(また)の間に挟んでしまっている。龍太郎はホーリーのそばに寄り、しゃがみこんで、その首筋のあたりを掻(か)いてやった。

美奈子の母が不安げにささやいた。

「あの、警察の人がたくさん……何か判ったんですか」

「いや、ホーリーは、どうやら、この近辺から手首を持ち帰ったんじゃないかな、と思ったものですから。実は我々、今朝もこの近くで聞き込みをしているんです。ホーリーが姿を消していた時間から逆算して、このあたりまでが距離的限界かな、と思ったものですから。そして実際、ホーリーは今朝、あの、表の通りのゴミ集積所の付近で目撃されています。最初はゴミ漁りをしたのかと思ったんですが、躾のいい飼い犬が、無闇とゴミを漁る、というのは不自然な気がしていたんです。しかし、以前に靴を手に入れた場所として、ホーリーがこのアパートを憶えていて、自由に散歩できる状態になった時、また大好きな靴が手に入るかも知れないと期待して、ここに直行した、と考えると、しっくり来るんですよ。あの警察犬は、例の手首の皮膚表面の匂いを嗅がされています。もしこの付近に遺体があれば、見つけてくれると思います」

「でも……こんなアパートで……いったい、何が……」

「何が起こったのかは、まだ何もわかりません。とにかく我々は、手首の主の遺体を見つけ出さないとならないんです。すべてはそこからです。お嬢さんはもうお宅に帰してあげた方がいいですね。でもホーリーは、まだちょっと、お借りしたいんですが。お嬢さんがいなくても大丈夫でしょうか」

「おとなしい子ですから、大丈夫だとは思いますけれど……」

「じゃ、あとで送り届けますので、お嬢さんをお宅に連れて戻っていただけますか。遺体が出た時に、美奈子ちゃんにはいて欲しくないですからね」

母親は大きく頷き、ホーリーを少し撫でてから、退屈そうに敷地の隅で警察犬を眺めている美奈子のところに飛ぶような勢いで近づいた。


アパートの玄関に、須藤克子が現れた。

「木村さん、彼女、外出させないようにしてください。家から保育園に電話させて、女性の捜査員を子供の迎えに行かせましょう」

龍太郎はホーリーの首を抱いたまま囁いた。須藤克子は、警察犬の姿を見てぎょっとした顔で立ちすくんでいる。木村が近寄って何か言うと、きつい目で木村を睨み、その視線をそのまま龍太郎に向け、踵を返してアパートの中へと消えた。

3

ものの数分で、狭いアパートの前は警察官で埋まった。捜査本部の面々が麻生龍太郎と木村の顔をいちいちジロッと睨むようにしてからアパートの中へと入って行く。

木村は自分も入りたそうにしていたが、龍太郎は黙って、誰かに呼ばれるのを待った。

「おい、龍」

龍太郎を呼んだのは、最後にアパートの玄関に手をかけた及川だった。

「おまえも来い」

木村が、大声で、はいと返事をして小走りに向かう後ろから、龍太郎も足早に動いたが、視界の隅に、須藤克子が呆然と立っている姿が映った。いつの間にか、両側を女性警察官に挟まれている。まだ何ひとつ証拠は出ていない。今の段階では、彼女は何の容疑者でもないし、関係者と呼べるかどうかすらあやしい。

が、二頭の警察犬は、既に任務成功を確信して大きく尻尾を振っている。あの犬たちの訓練された鼻が、見つかった手首と同じ死体の臭いを、このアパートから嗅ぎとったのだ。

「犬、入れてくれ」

三和土に踏み込んだ龍太郎を突き飛ばすようにして、捜査員が外に向かって怒鳴った。誰ひとり靴は脱いでいない。古びたアパートのつるつるとした廊下は、土足の足跡で白く埋まってしまった。

「ホーリーが盗んで逃げられるのって、玄関ぐらいのもんですよね。まさか中まであがって、部屋に入り込んで手首をとって来たわけじゃないでしょう」

木村がしかめ面で、ずかずかとアパートの奥へと踏み込んで行く捜査員の後ろ姿に呟いた。龍太郎も同意見だった。今朝、ホーリーが手首を見つけたのはここ、この玄関の三和土だったはずなのだ。だが玄関はすでに、鑑識や他の捜査員が調べただろう。一目ですべてが見渡せる程度の小さな玄関だった。しかもこの蒸し暑い季節、手首以外の遺体の一部でも、朝からここに置かれたままだったとしたら、とっくに腐敗臭が漂っているはずだ。

それにしても、ホーリーは今朝、ここに入り込んで、どうやって手首を見つけ出したのだろう。朝の比較的早い時間帯だったとは言え、玄関の鍵が開いていた、あるいは戸そのものも開いていたのだとしたら、すでに住人が出入りをしていたことになる。人間の手首が、ぽん、とここに置いてあったとしたら、ホーリーが失敬する前に騒ぎになっていただろう。

アパートの奥からは様々な声や物音が響いている。中にいた住人はそれぞれの部屋に足止めされた上に、その部屋もひとつずつ調べられている。後からのこのこ入り込んでも、邪魔になるだけだ。龍太郎はあがりかまちに腰をおろし、逆の視点から三和土を見つめた。木村も同じ姿勢になる。

今朝、ホーリーは、思いがけず自由に歩ける状態になり、喜びいさんで、かつて宝物を見つけたここにやって来た。玄関の引き戸は開いていただろう。三和土には、住人のサンダルや履物がいくつかは並んでいたはずだ。自分の靴は各自の部屋に持って入る決まりになっているらしいが、日常履きのサンダルなどはここに出しっぱなしの住人も多いだろう。今は、鑑識が押収したのかそれとも、どこかに片づけてあるのか、何も出ていないが。ホーリーが、愛嬌(あいきょう)のある丸い目で玄関の中を覗(のぞ)き込む有り様が龍太郎の脳裏に浮かんだ。ホーリーの鼻は、何をまず嗅ぎつけただろう。もし手首が剝(む)き出しの状態であったとすれば、当然、屍肉(しにく)の臭いがホーリーの興味を惹(ひ)いたはずだ。ホーリーが、いや、犬一般が靴に執着するのは、靴には人間の匂いが濃く染みついていて、それによってその靴の持ち主である人間の情報が多く嗅ぎ取れるからだ、と、何かの本で読んだ記憶がある。真偽はともかくとして、人間に飼われて幸せなペットとして可愛がられているホーリーが、人間の匂いが好き、というのはわかりやすい。だが、見ず知らずの男の、それもすでに死んで腐敗もわずかながら始まっていただろう臭いはどうだろうか。ホーリーとしては、その臭いに気づいて楽しく感じはしなかっただろう。が、その異常さはホーリーを興奮させ、ホーリーはその異様な臭いを放つ物体をくわえて一目散に自宅へと駆け戻った。

……だが、剝き出しの手首がそこにあったのでは、犬でなくとも、他の住人が気づいたはずだ。形状も臭いも、人間をギョッとさせるに充分だったのだから。たまたま、住人が誰もいない時に手首がここに置かれ、そしてたまたま、それを最初に見つけたのがホーリーだった？　可能性としてないとは言えないが……

形状も臭いも。

形状と臭い。

誰かの喚声だか怒声だかが聞こえ、ばたばたと刑事が奥から駆け出して来た。

「出たぞ。冷凍庫の中だった」

及川が中腰になった龍太郎の肩を軽く足で蹴って三和土から外に消えた。

「冷凍庫の中に、遺体があったんですか！」

木村が叫ぶ。後ろから続いていた捜査本部の、本庁の若い刑事が振り返った。

「須藤克子の部屋の冷凍庫の中に、もうひとつの手首と膝から下の足、胴体の一部などが入ってました。ビニールでぐるぐる巻きにされて、ジッパーのついた密閉袋に入れられて」

「他の部分は？　頭部とか腹部とか」

「ありません。もう始末してしまったんでしょう。流しから血痕反応が出てます。ばらばらにして、冷凍して、ちょっとずつ捨ててたんですよ」

「そんなに大きな冷凍庫なんですか」

「新品の大型です。引き出しが四段あって、ガイシャはどちらかと言えば小柄な男だったらしいので、細かくばらせば、小分けにして冷凍保存するには充分です。独身者用の小さな冷蔵庫しかない一間のアパートに母子二人暮らしですからね、まあ、普通に考えて、あの冷凍庫は、いくら冷凍食品好きでも、必要のある大きさだとは思えませんね。殺害を計画してから購入したんじゃないかな」

若い刑事はそれだけ伝えると、他の刑事たちと共に姿を消した。

「解決かぁ」

木村が立ち上がる。

「呆気なかったけど、いちおう我々、手柄を立てたと考えていいんでしょう？　だってこのアパートからホーリーが手首を持ち帰ったと気づいたのは、麻生さんなんだし」

「手柄なんて、そんなたいそうなもんじゃないですよ。誰だって気づいたことです」

龍太郎は言いながらも、三和土から目が離せずにいた。須藤克子が、暴力団員を計画的に殺害し、遺体をばらばらにして冷凍庫に保存し、少しずつゴミに混ぜて捨てた。それはいい。そこまでは筋が通る。冷凍したばらばら死体をゴミに混ぜてゴミ袋に入れ、収集日に出す。ゴミ収集車が来るぎりぎりの時間まで冷凍庫に入っていたものならば、臭いも出なかっただろうし、ゴミ収集業者が何も気づかなかったとしてもおかしくはない。今朝ホーリーが持ち帰った手首が腐敗していなかったのも、冷凍されていたものだったとすれば合点がいく。臭いの問題はそれでいい。人間の鼻では、凍っている屍肉の臭いに気づくのは難しいかも知れない。しかしホーリーはもちろん、気づいたわけだ。

だが……形状は？

ビニールや密閉袋にきっちりとくるんであったとしても、透けて見えないか？　いや、須藤克子もそこまで迂闊ではなかっただろう。さらにその上から新聞紙などでくるみ、ゴミと混ぜた時に違和感がないようにしてあったはずだ。それでも、新聞紙にくるまれた手首大の大きさの物体は、人間の目にも充分、異物と感じられただろう……この、サンダルとスニーカーが散乱していただけの三和土にあれば。なのに、気づいたのはホーリーだけ。住人は気づかなかった。……なぜ？

「靴だ」

龍太郎は呟いた。

この三和土にあってもっとも不自然に見えない物、それは、靴。

「木村さん、朝、ここに出ていたサンダルとかをどうしたのか、誰かに訊いていただけませんか。僕よりあなたが訊いた方が丁寧に教えてくれそうだから」

木村は苦笑いしつつ承諾し、廊下を奥へと走った。本庁の捜査一課だとか四課だとか言ってみたところで、ほとんどの捜査員は龍太郎と同じノンキャリアだ。木村がごく普通に出世すれば、あっという間に彼らの上司の立場になる。木村のことは彼らの耳にも入っているだろう。

二分も経たないうちに、木村がビニールのゴミ袋をぶら下げて戻って来た。

「さっきまでこの三和土(たたき)に出ていた物はこの中に全部入っているそうです。いちおう鑑識でひと通り調べてから戻すことになってます」

龍太郎は手袋をはめ、半透明の青いゴミ袋を透かして中を見た。ほとんどがサンダルだ。それも、万が一誰かに間違って履かれたりなくされたりしても惜しくなさそうな、くたびれた古いサンダルが数足。運動靴が……四つ、つまり二足。汚れたスニーカーだ。この大きさでもまだ無理だ。もっと大きな靴でないと。もっと大きな。

「あった」

龍太郎は思わずにっこりして、ゴミ袋に手を差し込んだ。袋のいちばん底に、黒いゴムの雨靴が片方。

「それは？」

木村が、龍太郎が取り出した雨靴を見て首を傾げる。

「ビニールにくるんで、ついでに新聞紙か何かで包んだ手首がひとつ。この中になら、入ると思いませんか？」

「それは……入るでしょうね。……麻生さん、それじゃ」

龍太郎は頷(うなず)いた。

「ここには片方しかありません。たぶん、もう片方の靴の中に、今朝の手首は突っ込まれていたんでしょう。そして、なぜかこの三和土に置かれていた。人間は気づきません。冷凍庫から出したばかりでまだ凍っていたので臭いは弱く、見た目はこれ、ただの雨靴です」

「男物ですかね」

「靴のデザインには詳しくないが、これは女物だと思いますね。女物でも雨靴ならば、このくらい大きいものはたくさんあります。これは今朝、一足ちゃんと揃ってここに置かれていたはずです。住人に確認すれば、見た記憶のある人もいるでしょう。しかしここには片方しかない。もう片方は、ホーリーがくわえて持って行ってしまったから」

「そうか。ホーリーは手首をそのまま持ち出したんじゃなくて、大好きな靴を持って逃げたんだ」

「大好きな大きい靴、でも変な臭いのする靴。ホーリーにしてみたら、とても異常なことに思えたでしょうね。しかもこの靴にはもちろん、本来の持ち主の体臭も嗅ぎ取れたでしょうし。田中夫人が目撃したのは、雨靴をくわえて去って行くホーリーの姿だった」

「でも……靴はどこに？」

「家に戻る途中で、どんどん手首は溶けだした。臭いは強くなる。ホーリーは我慢できずに、どこかで、靴の中に詰まっていたものを引っ張り出した。もはやそれは、ホーリーが大好きな、生きた人間の匂いではなく、野性の血を興奮させる屍肉の臭いになっていた。靴から手首を引っ張り出し、包装も破いて中身を剝き出しにしてみて、ホーリーは、あらわれた手首を、骨と肉であると判断した。つまり、ホーリーにとっては食べられるもの、です」

「そうか、だから獲物を自分の家の庭に埋めようと、手首だけ持ち帰ったんですね」

「たぶん、そうだと思います。犬が好物や大事なものを地面に埋めて隠すことは、たまにあることらしいですね。ホーリーはもちろん、できればせっかく持って来た雨靴も持ち帰りたかったでしょうが、何しろホーリーには手がなく、口はひとつです。とりあえず、より魅力的な方を先に持ち帰るしかなかった。そうですね、警察犬にもう一度、ここととホーリーの家との間をくまなく探させれば、どこかに雨靴や、手首を包んであったビニールなんかが残されているでしょう」

「しかしなんで……こんな靴に手首だけ入れておくなんて馬鹿げたことをしたのかな。彼女が、あの、須藤克子がしたことでしょうか」

　木村の問いかけに、龍太郎は黙ったまま首を横に振った。

「ここから先は、デリケートな問題になります。我々、武骨な男の刑事では難しいかも知れない。さっき、外にうちの署の婦人警官がいましたね。ちょっと相談してみましょう」

　須藤克子の姿はすでに見当たらなかった。遺体の残りが発見されたことで、彼女は死体損壊の容疑者になり、そのまま署に連れて行かれたのだろう。二人いた婦人警官も見当たらない。克子と共に署に戻ってしまったのか。警察犬を連れた捜査員がいたので、木村が雨靴の一件を説明した。

　古いアパートの建物をじっと見つめている老人がひとり、いた。須藤克子の祖父だろう。龍太郎はゆっくりと近づいた。頭頂部はきれいに禿げているが、両耳の後ろに残った毛髪は、見事な白髪で、芝居のカツラか何かのように美しい。背の高い老人だった。しかも背筋がぴんと伸びて、立ち姿も堂々としている。

「須藤さんですね」

　龍太郎が問うと、老人はゆっくりと龍太郎の方に顔を向けた。もともと色白なのか、桃色に上気した頰にはあまり皺もない。

「須藤茂市です。……いったい何がどうなっているんですか。わたしは朝から出かけていて、今戻ったところなんです。誰もろくに説明してくれない」

「すぐに捜査員が高橋署にお連れすると思います。お孫さんは、署に」

「あの子に……克子に何があったんですか」

「克子さんの部屋から、暴力団員の遺体が発見されたところです。……切断され、ばらばらにされていました。一部はすでに遺棄されていると見られています」

　須藤茂市は、ぐっ、と喉を詰めた音を漏らし、目を見開いた。気絶するのではないかと不安がよぎったが、少しぐらついたからだを自分で立て直して、茂市は龍太郎を睨んだ。

「克子がやったと言うんですか！　あれは女ですよ、まだ若い女です！　そんな、死体をばらばらにして捨てるなんて、そんな……」

「克子さんの部屋には、克子さんと、あなたのひ孫にあたるお子さんの他に誰かお住いでしたか？　克子さんに同居人がいれば、その人のしたことだという可能性もあります」

「……わたしは……聞いていません」

「同居人がいなかったのであれば、冷凍庫の中にばらばら死体が入っていたことを克子さんが知らなかった、というのは考え難い事態です。しかもその冷凍庫は、かなり大きくて、克子さんとお子さんの二人暮らしで使用するには不似合いなものだそうで」

「冷凍庫……ああ、そうです、冷凍庫、買いました。冷蔵庫の冷凍室が小さくて、冷凍食品や慶太の好きなアイスクリームが入らないからと、克子が言うんで、わたしが買ってやったんです。いっそ冷蔵庫を買い替えたらどうかと勧めたんですが、秋葉原で探したところ、冷凍室が大きいものは、全体もばかでかくなるんですよ。あまり大きいものはあの部屋には入りませんからね。冷凍庫だと、割高ですが、普通の冷蔵庫くらいの大きさで、かなりたっぷり入るんです」

「そんなにたっぷり、食品を入れる必要がある、と克子さんが？」

「ですから、アイスクリームとか氷とか……あの部屋にはまだクーラーがないんです。これから暑くなると、寝苦しいんで、氷枕を使うんですよ。その氷もたくさん作りたいと……まさか……まさかあの時から克子は……」

茂市の顔がこまかく震えていた。龍太郎は、メモはとったが、茂市に事情聴取するのは自分の仕事ではない、と思った。余計なことをすると本庁から来ている捜査員に睨まれるだろう。

「詳しいことは、署に行かれてから、担当の者にお話しください。まだ何が起こったのかはっきりとはわかっていませんから。克子さんも、事情を説明されていることでしょうし。それより須藤さん、ひ孫の、えっと、慶太くん、ですか、彼の保育園はどこでしょうか。どなたか、お迎えに行ってくださる方がいらっしゃいますか？」

「わたしが」

「いえ、あなたは署の方に行っていただくことになりますから。どなたか、信頼できる方で、あなたが署から戻られるまで慶太くんを預かってくれるような、ご親戚とか」

「……克子とは不仲になっておりますが、克子の両親は世田谷の方に」

「すぐ来ていただきましょう。ご住所と電話番号を」

書き取った連絡先を木村に渡し、木村は、警察車両の無線を使いに走った。

「慶太の保育園は、菊川のたいよう保育園です」

「保育園としては、近親者が迎えに来ないと簡単にお子さんを渡せないと言うでしょうから、うちの女性捜査員が迎えに行くと、克子さんから電話してもらってあります。でもご両親が間に合うようなら、その方がいいでしょう。克子さんとご両親が不仲、というのは」

「慶太を妊娠した時に、揉めたんです。……未婚で、しかも妊娠が判った時はまだ、克子は高校生でした。両親は、つまり、その、わたしの息子が克子の父親なんですが、克子の将来を考えて中絶しろと。正直、わたしもその意見に賛成でしたよ。高校生なのに妊娠なんてとんでもないと。でも克子は頑なで、どうしても子供を産みたいと言い張ったんです。それで家出をしてしまって。結局、臨月になって、友達の家に居候している克子を連れ戻し、病院で出産させました。高校はもちろん中退です。慶太の父親は、克子とつきあっていた大学生らしいんですが、遊びだったんでしょうね、出産後にわたしの息子が弁護士を通じて接触したようですが、父親としての責任を果たすつもりはまったくなかったみたいです」

「認知はしなかった、ということですか」

「さあ、どうだったのか。法的なことは知りませんが、現実に、慶太の父親からは一度の連絡もないし、保育園の行事にも顔を出したことはありませんからね。克子自身も、その男に未練などはなかったみたいで。ともかく出産して、実家で育児をしていたんですが、どうにもね、両親とはぎくしゃくしてしまったようです。わたしのところに電話があり、もうこれ以上、親とは住めない、アパートの部屋を貸して欲しいと頼まれました。孫というのは可愛いものなんですよ、刑事さん。克子に何か頼まれると、どうしても嫌とは言えない。克子のことが可愛くて可愛くて仕方ないんです、わたしは。そして慶太のことも。ひ孫の顔が見られたってだけでも、幸せ者だと思えてしまって。克子も克子なりに、頑張っているんです。同じ年ごろの女たちが遊び惚けているのに、育児と仕事で、辛い毎日を……。自分で選択したこととは言っても、想像以上に大変だったろうと思います」

「克子さんにとっては、お祖父さんが自分の味方になってくれて、それだけでも心強いことですね」

「味方と言ってもねぇ……祖母さんが生きていたんなら、慶太の面倒だってみてやれただろうが、わたしも何しろ、もう来年は八十ですよ、そろそろ克子の親とも話し合って、仲直りさせて、もっと克子が楽に子育てできるようにしてやらないと、そう毎日考えていたところです。いったいどうして……なんで克子の部屋に死体なんかが……

…」
　龍太郎はそれ以上、気の毒な茂市と会話を続けるのが辛かった。孫娘が薬物中毒になっているなどと、今、この人の耳に入れるのはあまりに残酷だ。だが、あの異様に輝いていた瞳、落ち着かないそぶり、それにくわえて、パサパサになった髪と真っ黄色の爪、青黒く見えるほど血の気のない顔。薬物中毒者の典型的な姿になってしまっている克子の尿から覚醒剤反応が出ることは、ほぼまちがいない。克子の口には、甘ったるいような独特の口臭もあった。いずれ警察から説明されることにはなるだろうが。

　事件の構図はさほどややこしいものではないと思う。克子は疲れていた。まだ自分の欲望も抑えられない若さで子供を産み、両親の援助も得られず、一間のアパートで必死に子育てしなくてはならない現実。そんな克子の閉塞感と疲労とに、白い粉が入り込んだ。最近では、金魚、と呼ばれる小さなプラスチック容器、弁当に入れる醤油入れだが、あんなものに水に溶かした覚醒剤を入れて手軽に売り買いするのも盛んだ。この下町には、錦糸町あたりに勤める水商売の女たちに覚醒剤を売る売人が多く潜伏している。高橋署の防犯課も必死になって売人を探し出して逮捕しようと日夜奮闘しているが、逮捕した数の何倍もの売人が、毎日新しく流れて来る。そんな連中の「ちょっとした小遣い稼ぎ」に、疲れたシングルマザーは格好のターゲットだったのだろう。

克子は中毒になってしまい、子育ての他にも薬を買う金が必要になった。金に困った覚醒剤中毒の若い女。暴力団の餌食になるのにちょうど手ごろ。北尾享治が克子に目をつけ、金づるのひとつにする。たとえば、主婦売春か、あるいは昼間から営業して主婦を働かせているピンクサロンか。いずれにしても、克子が祖父に告げている勤め先以外で働いていたことは間違いない。ひとりで子育てする苦労の他に、覚醒剤中毒の苦痛と、意にそまない風俗業での仕事。克子の精神はぼろぼろになっていた。そんな最中、北尾が傷害事件を起こし、克子のこの一間のアパートに転がりこんで来たのだ。克子のことは、組関係者に知られていなかったのだろう。北尾のような男が、いざという時の避難場所に、素人女を確保していたというのも有り得ることだった。

祖父に北尾の存在を隠し通すことにも限界があった。北尾も、克子の祖父がアパートの所有者だと知り、祖父に金を工面させることを考えたに違いない。そしてたぶん、克子に迫ったのだ。須藤茂市に何もかも話して、金を用意させせろ、と。さもないと、覚醒剤のことをばらしておまえは刑務所行きだぞ。

克子は追い詰められた。もともと北尾に対して抱いていたであろう憎悪に、たったひとりの味方である茂市を守らなくては、という必死の思いが重なる。北尾を殺してしまう以外、克子には思いつかなかったのだ。

冷凍室が小さくて使い難いという事実を盾にして、茂市と北尾の双方をだまし、部屋に入れた冷凍庫。単純だが、主婦らしい計画。殺害の決行は、生ゴミの収集日の前日。

もしホーリーが雨靴をくわえて行かなければ、冷凍庫に入っていた北尾の肉体は、ひとつずつひとつずつ、生ゴミとして捨てられ、この世から完璧に消えていたかも知れない。

雨靴の中に凍った手首を入れた者。

まるで天の配剤のように、須藤克子の罪を白日のもとにさらした、その者の行動。

＊

たいよう保育園は、その名を表すように、門のところに笑っている太陽の看板が出ている。笑顔の太陽の下をくぐると、前庭には赤いサルビアの花がぎっしりと植えられていた。タクシーで駆けつけて来た克子の母親、須藤靖子は、夫は新潟出張中で、こちらに向かっているが遅くなると言い訳し、不安に歪んだ顔ですがるように龍太郎を見ている。そんな靖子の背中を支えるようにして園に入り、保育士に慶太を連れて来て貰った。

　慶太はまだ五歳になったばかりだった。男の子なのであまり口が達者ではなく、その分、幼さが強調されて非常に可愛らしい。克子によく似た、端整でくっきりとした目鼻立ちだ。初めはとまどっていたが、靖子の顔をじっと見てから、笑顔になり、おばあちゃん、とうれしそうに言って、靖子の胸に屈託なく飛び込んだ。靖子が慶太に話しかけ、今夜からしばらく、母親がそばにいないので、自分の家に泊まるのだと言い聞かせている間、龍太郎は、遊戯室の隅にきちんとまとめられているおもちゃを見つめていた。

　立体的な知育パズル。ウレタンでできた大型の積み木のようなものを、全身をつかって積み上げたり崩したりして遊ぶものらしい。その中に、黄色の大きな、長靴があった。長靴の形をしたウレタン。近寄って手にとってみる。長靴の、本来ならば空洞になっている部分にもウレタンが詰まっている。緑色のウレタンだ。つまんで引っ張り出すと、楕円柱(だえんちゅう)の形に緑色のウレタンが抜けた。これもパズルなのだ。

　龍太郎は、靖子の腕の中にいる慶太に向かってその長靴を振って見せた。そして、緑色の中身を空洞に詰める。慶太が喜んで叫んだ。

「せーいかーい、でーす」

「氷の入ってる方の冷蔵庫、あるよね。新しい方」

　龍太郎が訊(たず)ねると慶太は得意げに言った。

「あれは、れいとーこだよ！」

「今日の朝、あの中から何か出して、玄関にあった大きな靴に入れた？」

「ううん」

「入れなかったの？」

「入れたよ。でもれいとーこから出したんじゃないもん」

「ふうん。どこにあったの？　ビニールとか紙にくるんであったでしょ。靴にちょうど、入るような、こんな包み」

龍太郎のジェスチャーに、慶太は胸を張った。

「ママが忘れたの！」

「忘れた？」

「れいとーこから出して、袋に入れた時、一個、忘れたの」

「お部屋に？」

「そう」

「で、それを靴に入れたんだね」

「うん、そう」

「正解だから？」

「そう」

慶太はまた、にっこりした。

「せいかーい、でーす」

今朝はゴミの収集日だった。克子は冷凍庫から、前日に切り刻んだいくつかの北尾の肉片を取り出し、他のゴミに混ぜて袋に詰め、収集場所へと運んだ。北尾が殺害されたのは慶太がまだ保育園にいる間だったはずだ。浴室のないこのアパートでは、数時間で大人の男を克子ひとりで細かくばらばらに解体するのは難しいだろう。首、両肩、胴、足のつけ根、そのくらいが精一杯だ。それに手首と、膝。今朝、克子はどうしても、頭部と胴の一部は生ゴミと共に捨てたかった。残りの部分は次の収集日に回しても。頭部と胴の半分、あとは適当に選び、ゴミ袋に詰めて集積所へと運んだ。それらは何の問題もなく収集され、ゴミ清掃車に圧縮され、処理場へと運ばれてしまっただろう。だが克子は、冷凍庫から出した手首を袋に入れ忘れた。慶太はそれを拾い、母親のあとを追ったが、母親はアパートの玄関から外に出てしまっていた。慶太の目の前に、揃えて置かれた大きな靴があった。ウレタンのパズルによく似た、靴と手首。慶太は、ほとんど深く考えることもなく、手首を靴に詰め込んだ。そして、忘れてしまったのだろう、母親にそのことを言うのを。

せいかい、です。

正解です。

　そう、慶太は、今朝、正解を出した。母親の人生を救うための、唯一の正解を。

　計画的殺人は重罪だ。最高刑は死刑。だがこのケースで須藤克子にくだされるのは、重くても、懲役十年程度だろう。模範囚でいれば、六、七年で慶太のもとに戻って来られる。だがもし、慶太が正解を出していなければ、克子の地獄はこの先もずっと続いていたのだ。覚醒剤中毒は自分の力だけでは治せないし、北尾享治の行方はいずれ、裏世界の暴力団の知るところとなる。殺人を世間や警察から隠蔽することはできても、裏世界の連中に疑われたら、それだけで、もうおしまいだ。

　龍太郎は、八十を目前にしてまだ毅然としていた茂市を思い浮かべ、慶太をひしと抱きしめている靖子を見た。

　須藤克子には、ちゃんと味方がいる。そして彼らが慶太を守ってくれる。

　このパズルのことを木村に話したら、どんな反応をするだろう。

　克子が自由の身になる頃、木村は出世して、管理職についているはずだ。あの男が、このウレタンの、大きな靴と手首の事件についていつまでも覚えていてくれるといい、と、龍太郎は思った。

　母親の人生を救ったヒーローは、刑事ではなく、五歳の男の子だった、ということを、いつまでも。

エピローグ

「何の話だった？　やっぱ異動？」

誰かが龍太郎に訊いたが、龍太郎は生返事して、そのまま帰り支度を始めた。久しぶりの定時帰宅。今日までにかかわった捜査の報告書はすべて提出した。明日は同じこの部屋に出勤することになるが、明後日の非番を経て、その翌日からはもう、自分の席はここにはない。

龍太郎は机の中の私物をまとめ、明日、紙袋か何か持って来て入れよう、と、机の端に積み上げた。持ち帰れるものだけ鞄に詰める。ロッカーの整理も明日にしよう。誰かが、おめでとう、と声をかけてくれた。それにも当たり障りなく礼を言う。だが、自分で自分を祝福する気にはまだ、なれないでいる。

高橋署は、自分に向いた職場だった。上司も同僚も、みな親切で、働きやすかった。刑事としての人生をスタートさせる意味で、自分にとってここほど最適な場所は他になかっただろう。そして何より、この警察署のある町、その町を取り囲む地域全体が、龍太郎にとっては、故郷、なのだ。

　内示は数日前に受けていた。そしてさっき、辞令も出た。すべてはもう決定されてしまった。

　自分は、故郷を離れるのだ。


　いつもの店のいつものカウンターに、いつもの背中がある。今日は非番なので、カジュアルな白いセーターに黒いジーンズ。ぴしりと伸びた背筋があまりにも均整のとれた美しさを保っていて、このままずっと後ろ姿を見ていたいような気持ちになった。剣術家としての及川は、やはり日本一だ、と龍太郎はあらためて思う。この男は、武士、なのだ。孤独で時代遅れの、サムライ。

「ジンライムください」

　龍太郎が言うと、馴染(なじ)みの無口なバーテンダーは、おや、という顔になった。座って一杯目はビール、それがいつものパターンなのだ。だが今夜、龍太郎は、少しでも早く、酒がまわったしびれたような感覚を得たかった。

「辞令、出たのか」

　及川はかなり前から飲んでいたのか、声がやわらかくゆるんでいる。

「うん」

丸い氷を揺らして、冷えたジンを喉に流し込んだ。

「貰った。一日付で異動だ」

「明々後日か。慌ただしいな」

「定期、まだ残ってんのにもったいないなあ」

「しみったれ。どうする、寮は出るのか」

「いや」

龍太郎は、小さく首を横に振る。

「仕事に慣れるまでは、引っ越しでばたつきたくないから、もうちょっと考える」

「その方がいいだろうな。……おまえが想像してる以上に、違うよ。所轄とあっちとは」

「……俺に勤まるかな。正直、自信がないんだ。俺……内示があった時も、嬉しいよ
り残念な気持ちの方が強かった。これでもう、白バイには永久に乗れないな、ってさ」

及川は小さく笑った。

「あんなもんに乗りたかったのか、おまえ」

「乗りたかった。刑事課に異動した時、すごくがっかりしたんだ。でも所轄からなら交機に異動って例もあるらしいから、微かに望みを繋いでたんだけど」

「贅沢な野郎だ。所轄にたった三年ちょっとで桜田門に呼ばれるなんて、ラッキーなのに」

「ラッキー、なのかな。……そんなにいいもんじゃないって、あんたがいちばんよく知ってるんじゃないか？」

「極めるなら、所轄にいたんじゃ無理だ。組織がそうなってる。おまえには変な才能がある。異動は当然だよ」

龍太郎は、二杯目のジンを頼んだ。ジンが飲みたくなる夜は、酒が苦い夜だ、いつも。


「新しいマンション、どう？　住み心地」

「別に、前のとことそんな変わらないよ。ただ今度は分譲だから、壁に釘を打ち付けても文句言われなくて済む、違いなんてそれだけだ。一部屋増えたから……ちょっとゆとりがあるかな。レコードと雑誌、しばらくは処分しなくて済む」

「ローン、大変だ」

「その通り。だからおとなしく働かないとな。無茶やって減給されると、これからはちっとまずい。あ、そうだ、あの沖田って女、来月からこっちに来る」

「神楽坂の？」

「ああ。おまえから話を聞いて、俺が上に掛け合った。絶対、使える、って」

「四課に女は無理だろう」

「所属はたぶん二課になる。最近は、ヤクザも賢くなって二課の仕事を増やしてくれてるからな。おまえ、あの女には負けるなよ」

「勝ち負けの問題じゃないだろう」

「いや、勝ち負けの問題だ」

及川は、龍太郎の方を向いた。

「おまえにいちばん欠けてるもの、それが、勝負への執念なんだ。だからおまえは、俺に勝てなかった。剣の筋だけなら、おまえの方が俺より才能があった」

「そんなことは嘘だ」

「嘘じゃない。おまえにもいずれ、わかる。……けど、おまえは受け入れないかも知れないな……勝たないとならない瞬間があっても、おまえは勝ち負けから目をそらして、どっか別のところを見ようとするんだろう。それがおまえって人間なんだから、ま、仕方ない。でもな」

及川は、自分のグラスを目の高さに掲げて見つめていた。

「……身だけは守れ。破滅しそうになったら、逃げてくれ」

「そんな」

龍太郎は少し笑った。

「言われなくても、すぐに逃げるさ。俺、臆病なんだから」

及川は黙って、ゆっくりと頷いた。だがなぜか、及川が自分の言葉を信じていない、龍太郎にはそう思えた。


「悪い、明日早いから先に帰る」

及川が立ち上がる。

「おまえはゆっくり、やってけ。どうせ明日は、荷物の整理だけだろう」

「明後日、休みなんだ。明日の夜、引っ越し祝い持って行くよ。何時頃、帰ってる？」

「わかんねえな。適当に電話してみてくれ」

「うん」

「どうせおまえも、送別会だろ、明日」

「どうかな。よく知らない」

「自分のことだろうが」

及川は笑った。

「おまえってやつは、どっかなんか、足りねえな」

及川の背中が視界から消える。

どっかなんか、足りない。

その通りだな、と思う。でも、いったい何が俺には足りないんだろう。

たぶん、と、龍太郎は思う。

俺は、冷淡なんだ。同僚が自分のために送別会を開いてくれるかどうか、そんなことにも関心が抱けない。抱こうとしない。俺には、他人の心がわからない。心をくむことが、できない。

結局いつか、及川は今のように、席を立って俺に背を向ける。もしかしたら、俺の方がそうするのかも知れない。いずれにしても、及川の新しい城に住まない、と決めた時点で、何かが終わったのだ、と思う。


不意に、悲しくなった。情けなくなった。

声をあげて、泣きわめきたくなった。


そうすることもできず、龍太郎は、ジンを飲み続けた。

特別書き下ろし

小綬鶏（コジュケイ）

「ごちそうさんでした」

麻生は、レジにいた石田美里に軽く頭を下げ、きっちり数えて料金を置いた。

「うまかったです」

「いつもありがとうね」

美里は笑顔で応える。

「ちょっと疲れてる？　顔色がすぐれないみたいだけど」

「いや、寝不足で。明日は休みなんで、これから帰って明日の夜まで寝倒します」

「あらやだ、そんなに長く寝てたらお腹すいちゃうわよ。明日の夜もいらっしゃい、なんか小鉢でもサービスするから」

麻生は遠慮の言葉を口にしたが、美里はもう聞いていなかった。麻生の後ろに立っていた男の勘定をレジに打ち込んでいる。

外に出ると、小雨がぱらついていたが、鞄の底に押し込めてある折畳み傘を取り出すほどの雨でもない。急ぎ足で商店街を抜けた。

寮、と呼んではいるが、麻生が住んでいるのは実際には独身者用官舎で、賄いは付いていない。部屋自体は新しめのワンルームで、警察官になりたての頃に住んでいた男性寮の古びた部屋と比べれば快適だ。が、申し訳程度の流し台にガスコンロが一つでは、自炊もままならないし、自炊するだけの余力もない。そんなわけで、食生活を支えてくれているのは、官舎から歩いて行ける小さな商店街の定食屋と、炒飯や餃子以外にもメニューの揃ったラーメン屋だった。

　麻生は、この町を気に入っている。

もともと東京の下町出身で、つい先月まで勤務していた高橋署の目と鼻の先で生まれ育った。下町の空気は肌に馴染んでいて、居心地がいい。

　本庁に異動になったこと自体は、世間的に見れば出世なのだろう。麻生もそのことが嬉しくなかったわけではない。が、桜田門はやはり、所轄とは別の世界のように感じている。麻生は自分が、本庁捜査一課の刑事としてこの先やっていけるのかどうか、自分でもまだよくわかっていない。仕事そのものが所轄の強行犯係と大きく違うというわけではないのだが、手順や方法は随分違っている。その違いが、どうにも麻生には馴染めない気がしている。

　自分の部屋がある三階へと上がる前に郵便受けを覗いた。扉を開けると、差し込み口から突っ込まれたらしいチラシ数枚の下に、白い封筒が一通置かれていた。差し出し人の名前に、心当たりがない。

橋本美智子

何度かその名前を繰り返し呟いてみたが、思い当たる人物はいなかった。姓も名も、ともによくある名前だったが、それでも過去に何らかのかかわりがあった人物なら、何かしら記憶しているはずだ。

小雨に少し濡れた頭をタオルで拭き、くたびれたスーツを脱いでハンガーにかける。刑事課は特に服装を指定されているわけではなかったが、服にはまるで興味がなかったので、あれこれ考えるよりは安いスーツの方が悩まなくて済む。

さて、と。ベッドの他には家具らしい家具がない部屋だった。衣類は作り付けのクローゼットに全部入ってしまうくらいしか持っていないし、仕事は持ち帰らない主義だったので机も特に必要ない。外食ばかりだから食卓もいらない。ベッドの前にローテーブルが一つ、テレビと、こまごました物を適当に入れておくカラーボックスが三つ。どれも前の寮を出る時に不用品として出されていた物をもらって来た。うち一つには本が詰まっているが、新しい本を買ったらその分、古い本を売ることにしているので、いつも一定の数しか入っていない。

ベッドに腰掛けて、白い封筒を眺めた。

何となく警戒心が湧いて、麻生は封筒の端にハサミを入れて慎重に中身を取り出した。

落ち着いた雰囲気のある、なかなか美しい筆跡だった。使われているのは色の感じから、万年筆らしい。罫線が入っているだけの横書きの白い便箋が二枚。二枚目は白紙。

短い手紙だった。

『前略　麻生様

突然手紙を差し上げることをお許しください。私は、貴殿にお世話になった向田義晴の姉でございます。

義晴は先月十六日、他界いたしました。一年近く胃癌にて闘病しておりましたが、力尽きてしまいました。診断がつきました時点で余命半年と宣告されておりましたので、本人も覚悟はしていたと思います。闘病中は苦しかったことと思いますが、最期は穏やかでした。

生前、義晴は家族それぞれに別れの手紙を書いており、私に宛てたものもございました。その中に貴殿のお名前があり、自分の死後、貴殿に渡してほしいものがあると書いてありました。先日、義晴の遺品を整理しておりました時に、それを見つけましたので、お渡ししたいと思います。

郵送でもと思いましたが、義晴の手紙には、直接手渡ししてほしいとありましたので、麻生様のご都合のよろしい日と場所を指定していただければそこまで参ります。

どうかよろしくお願いいたします。

橋本美智子』

最後に電話番号が書いてあった。

麻生は、向田義晴、という名前を反芻(はんすう)した。

ほどなくして記憶の底から、一人の若者の顔が浮かび上がった。麻生が警察学校を出て初めて任官した、町田市内の派出所。

ああ、と、麻生は声に出した。あいつか。あいつ……死んだのか。

気の毒な男だったな、と思った。今の今まですっかり忘れていた顔が目の前に浮かんだまま、消えなくなった。

警察学校を出て最初に配属されたのは、町田市の交番だった。町田市は、東京都なのに位置的には神奈川県の方がしっくりくる、不思議な位置にある。飛び地というわけではなく、八王子市と繋がっているのだが、例えば小田急線に乗って多摩川を西に渡り、神奈川県に入ったはずなのに、しばらくしてから「町田」という駅が現れて、そこは東京都なのである。そして町田の次の駅は、また神奈川県になる。

　町田駅の近くを流れている境川という川があり、それを渡ると神奈川県なので、川に水死体でも浮いていたら、どちらの岸に引き揚げるかで警視庁管轄なのか神奈川県警管轄なのか変わってしまう。麻生が配属された交番の近くを神奈川県警のパトカーが通り過ぎることもよくあったし、逆に管轄内を自転車で走っていて、いつの間にか神奈川県にいたことも一度ならずあった。

　向田義晴は、神奈川県側に住んでいた。神奈川県相模原市。だが勤め先は町田市にあり、仕事の帰りに飲みに行くのも町田市、つまり東京都だった。

　そして、麻生が彼を逮捕したのも町田市の路上だった。

　１１０番通報から同報で交番に出動要請が来た。路上で酔っ払いが暴れている、よくある通報だ。町田の繁華街は大きく、飲み屋の数も多い。

　今では町田駅、とひと括りにされているが、元々は国鉄原町田駅と小田急線新原町田駅、の二つの駅はかなり離れたところにあった。一九七六年に小田急側が駅名を町田と変え、一九八〇年に国鉄の原町田駅が小田急線の駅方向に移動して、ＪＲ町田駅となった。そして二つの町田駅はコンコースで結ばれ、乗り換え駅となり、町田駅は横浜線と小田急線の二路線駅となる。結果、原町田駅近くの繁華街と、小田急駅近くの繁華街が融合した形になって、新宿の歌舞伎町を彷彿とさせるくらいの大きな繁華街となった。この繁華街は麻生が駆け出し警察官だった頃も拡大を続けており、今でも飲食店や商店の数は増え続けているはずだ。

通報で駆けつけたのは、JR駅の南側、相模原市に近いところにあるラブホテル街の中だった。そのあたりは、町田駅周辺の賑わいとは異質な過去を持つ地域だ。以前は違法な売春商売を行う店が建ち並んでいたらしい。麻生が赴任した頃にはJR町田駅に南口ができて、一斉取り締まりによってそうした店はなくなっていたが、それでも、まるで歴史の名残りのようにラブホテルが建ち並び、その隙間の駐車場には夜な夜な、春を売り物にする女性たちが立って「営業活動」をしていた。警察としては決してそうした女性たちを野放しにしていたわけではなく、時々は摘発も行っていたのだが、イタチごっこになるのはわかっていた。あまりにもあからさまな客引きや、客から法外な金銭を脅し取ったという通報があれば逮捕者も出た。が、いずれにしてもそれは交番勤務の仕事ではないし、ほんの数十メートル歩けば神奈川県警の管轄になる地域である。地域課の交番警官が余計なことをするには微妙過ぎる地域だったのだ。

東京都と神奈川県の間に流れる境川の上に、小さな橋がかかっていた。その橋の上に、向田は立っていた。

　橋を渡るとすぐに神奈川県警の交番がある。通報があったので駆けつけてはみたものの、警視庁の出番ではないな、と麻生は思ったし、一緒に出動した先輩の警察官もそう思ったらしい。橋の向こう側には、やはり通報でやって来た神奈川県警のパトカーも赤色灯を回している。

　向田は手にナイフを握っていた。刃渡りは十センチくらい、形からするとキャンプ用品のようだった。向田は酔っているようには見えなかった。顔は真っ赤だったが、酒のせいというよりは、怒りで赤くなっているように思えた。

　片方の手にナイフを握り、もう片方は、女性の首に巻きつけていた。

　短い黒いスカート、ラメの入ったストッキング。真っ赤なブラウス。銀色のハイヒール。時刻は午後六時過ぎだったが、確か夏至の頃のことだ、まだ真っ昼間のように明るい。その明るさの中では、女性の服装の派手な色は、妙に現実離れして見えた。

　神奈川県警のパトカーから降りた警察官が、向田に向かって何か怒鳴る。向田はそちらの方を見て、言葉を返した。刃物を捨てなさい、女性を放しなさい。うるさい、邪魔をするな。そんなやり取りに聞こえたが、麻生たちは駅から出て来て事件に気づいた野次馬を近づけないよう制止するのに手一杯となっていた。

　先輩警察官が野次馬対策に応援を要請した。神奈川県警が逮捕するだろうから、こちらは一般人が巻き添えにならないように警備していればいい、そう思っていた。

が、突然、人質となっていた女性が向田の腕を振りほどき、悲鳴をあげながら走り出した……麻生の方へ。

女性は橋を駅に向かって渡り、東京都に逃げ込んだ。そして麻生の背中に回り、しがみついて来た。

考える暇もなかった。向田がナイフを突き出して、まっすぐに麻生に向かって来たのだ。麻生は背中にしがみつく女性を半ば突き飛ばすようにして後方に避難させると、すぐ顔の前に迫っていたナイフをかわし、反射的に向田の腕を取って背負い投げをかけた。

麻生は中学生時代からずっと剣道一筋だったので、柔道の経験がなかった。警察官になってから柔道を習ったので、不得手だった。その分、熱心に練習していた。その練習の成果だったのか、それともたまたま運のいい偶然で技が決まったのか、向田の体は軽く感じられたほどあっさりと背負い投げにかかり、背中からアスファルトに落ちた。先輩警察官がその上におおいかぶさって向田の腕をねじり上げた。手錠は、麻生がかけた。

＊

書かれていた電話番号に電話をして、橋本美智子と待ち合わせた。橋本美智子は立川に住んでいるとのことで、新宿なら買い物のついでに出られて都合がいいと言う。麻生はあまり新宿に馴染みがなかったが、デパートの中の喫茶店なら迷うこともないだろう。

互いに顔を知らないので、目印になる物を決めてあった。麻生は週刊誌を丸めて右手に持つことにした。橋本は赤いブローチを襟元につけているはずだった。約束の時間よりも十分早く着いたが、赤い薔薇の花をかたどった布製のブローチをスーツの襟につけた中年の女性が、すでに席についているのが見えた。

「あの、橋本さんでしょうか」

麻生は声をかけた。

「お待たせしてすみません。麻生です」

橋本美智子は立ち上がって丁寧に頭を下げた。

「お忙しいところ、お呼びたてしてしまって」

橋本は何度も頭を下げてからやっと椅子に戻った。

「お会いできて良かったです」

「向田さんは、残念なことでした。お悔やみ申し上げます」

「ご丁寧にありがとうございます。……まだ四十にもなっていませんでしたので、本人も無念ではあったと思いますが、病気ですから仕方のないことです。最期はとても穏やかで、幸い苦痛も少なかったようで、機嫌よく過ごしておりました」

「そうですか」

麻生は、他になんと言っていいのかわからずにただうなずいた。注文したコーヒーが来るまで、二人は無言でいた。コーヒーを少しすすってから、橋本がやっと口を開いた。

「出所してから、義晴は陶芸の道に進みました」

「陶芸、ですか」

「ええ。もともとあの子は横浜の方の美大に通っていたんです。でもいろいろあったようで中退してしまって。大学を中退したことで父親に強く叱責(しっせき)され、仕送りも止められて、それ以来実家には連絡をよこさなくなりました。アパートも転居して居場所もわからず……あの事件があって、私たち家族はようやく義晴の消息を知りました。町田のバーに勤めていたなんて、まったく知りませんでした」

逮捕された時、向田義晴は三十二、三だった。十年以上も実家と疎遠のままだったわけだ。

「美大では日本画を専攻していたはずです。二年と少し服役して出所してから、いったんは埼玉の実家に戻って職探しをしていたんですが、突然、滋賀県の信楽（しがらき）に陶芸の勉強に行くと言って出て行きました。詳しいことは知らないのですが、美大時代に仲の良かった人の実家が信楽焼きの窯元だったようなんです。その人に誘われたようです。三年ほど修業して、何かの賞をとったとかで……まあ小さな賞のようでしたけれど、自分の名前を出して作った器やカップなどを店に置いてもらえるようになったと手紙が来て、両親も私も心から安堵（あんど）していたんです。これからやっと、あの子にも明るい将来が来る、まともに暮らして幸せになれると……」

橋本は、ハンカチを取り出して目頭にあてた。

「胃癌が発覚したのは昨年の夏です。症状が進むまで発見しにくい、たちの悪い癌で、見つかった時はもう手術しても手遅れの状態でした。それでも、余命半年と宣告されてから一年近く、義晴なりに懸命に生きようとしていました。実家に戻って、庭に小さな小屋を造り、そこで陶芸を続けていました。私も立川の家から、時間を見つけては実家に行って、義晴の手伝いをしておりました。結局、最後は緩和ケア専門の病院に入院してそこで逝きましたが、入院する前に最後の作品をいくつか完成させ、それを信楽に送っていたようです。義晴の死後、信楽の陶器店で小さな個展を開いてもらいました。……義晴は、最期は満ち足りていたと思います」

橋本は、隣の椅子に置いてあった紙の手提げ袋から、風呂敷で包んだ何かを取り出した。

「義晴があなたに、と遺した物です」

橋本が風呂敷をほどくと、喫茶店のテーブルの上に現れたのは、木箱だった。蓋に墨字で、麻生様へ、と書かれている。橋本が蓋を開け、中から何かをそっと取り出した。木箱の横に置かれたものは、陶器で出来た、鳥の置物だった。

「これは……」

麻生は、その鳥に見覚えがあった。これは……雌の雉？　いや違う。これは、小綬鶏だ。

「義晴が私にあてた遺書の中には、子供の頃の思い出や、逮捕されて服役したことでかけた迷惑の詫びなどが、あまり脈絡もなく綴ってありました。緩和ケアが始まった頃に書いたものなので、強い鎮痛剤の影響もあって思考がまとまらなかったのだろうと思います。その中に、原町田署の交番の、麻生さんという巡査に御礼が言いたいと書いてあったんです」

「……御礼、ですか。しかしわたしは……確かに義晴さんを逮捕したのはわたしですが、地域課の巡査でしたから、取り調べを担当したわけでもなく……」

「そうなんですか。遺書、というか手紙には、詳しいことは書いてなかったんです。ただ、御礼が言いたいけれど、今どこに勤務しているかわからないし、わかってももう会いに行くだけの体力もないから、自分の死後、仕事場に置いてある物をなんとかして麻生さんに届けて欲しい、と。できれば手渡しして欲しい、とあったんです。それで原町田署に電話をしたのですが、職員の異動に関することは教えられないと言われてしまい……仕方なく、興信所に依頼して、調べてもらいました。プライバシーを調査するような真似をして、すみません」

「いえ」

　警察官の異動情報など調べればすぐに判ることだし、麻生が今住んでいるのは官舎なので、それも調べれば難なく判るだろう。だが、警察官の個人情報を興信所に依頼して調べるという発想は、なかなか大胆だな、と麻生は思った。見た目は質素でごく平凡な主婦であっても、この人はなかなか意志の強い、しっかりした女性だ。

　麻生は、陶器の鳥を見つめた。

　小綬鶏は日本には二種類が知られていて、関西にいるテッケイという種は台湾原産、関東にいるコジュケイは中国原産だと聞いたことがある。雉の仲間で、鶏くらいの大きさ。茶色と白のまだら模様に、オレンジ色に見える明るい茶褐色が入る。麻生が子供の頃、八王子に住んでいた伯父の家に遊びに行った時、庭に入りこんでいたのを見たことがある。伯父が、あれはコジュケイだ、と教えてくれた。里山に住んでいる、飛べない鳥だよ、と。

「生前、麻生さんのことを弟の口から聞いたことがあります」

橋本が言った。

「あの時、あの女性が町田駅の方に向かって駆け出してくれて、本当に良かった。麻生さんに逮捕されて幸運だったと」

麻生は陶器の鳥から顔を上げた。橋本は、穏やかな顔をしていた。だが麻生には、橋本の言葉の意味がわからなかった。自分が何か特別なことをしたという記憶がない。

向田義晴は、バーテンダーとして勤めていた店の常連だった被害者と恋仲になり、彼女の言葉を信じて貯えのほとんどを彼女に吸い取られてしまった。被害者はピンクサロンに勤めていたが、借金があるので店を辞められないと向田に泣きついた。向田は、いつか自分の店を持つ為にとこつこつ貯金をしていたらしい。その虎の子の八百万を愛する女を救う為に渡した。が、被害者には別に男がいた。よくある話だった。向田は金を渡してから連絡がつかなくなった被害者を向田は探し回り、やがて別の男の存在を知った。向田はナイフを買い、被害者が男とラブホテルから出て来るところを待って襲った。

男は臆病者だったようだ。向田が被害者を追いかけて行くのを、路上に座りこんでただ見送ったらしい。二人が出て来たラブホテルは町田市側にあった。被害者は最初、橋を渡って神奈川県側に逃げようとしていた。土地勘のある女性だったので、橋を渡れば交番があることを知っていたのだろう。が、橋の上で向田に追いつかれた。向田は被害者を刺したが、被害者にとってはとても幸運だったことに、被害者が暴れた拍子に、ナイフは被害者が肩から提げていたバッグに刺さった。被害者がけたたましい悲鳴を上げ、通行人が事件に気づいた。誰かが110番に通報。通報は橋の両側の地域からあったのだろう。麻生たちが現場に到着した時には、神奈川県警のパトカーも近くに停車していて、制服警官の姿もあった。交番にも誰かが駆け込んだに違いない。

だが最初、二人は橋の真ん中よりも南、つまり神奈川県に立っていた。被害者はそちらへ逃げようとしていたのだ。麻生も先輩警察官も、その様子を見て、逮捕は神奈川県警がすることになるだろうと察した。だが被害者は、向田がパトカーの方に注意を向けた隙に、反対方向へと走り出した。麻生を目がけて。

六年前のことだったが、警察官になって初めて遭遇した大きな事件だったので、あの時のことは鮮明に覚えている。何度頭の中であの時の光景を反芻してみても、向田に礼を言われるような行動をとったという記憶はない。ナイフを捨てなさい、その人を放しなさい、くらいは言った。叫んだ。が、それだけだったはず。

「……弟に礼を言われたことに、お心当たりがない、そんなお顔ですね」

橋本は、くすっと笑った。

「ごめんなさい。でも義晴は、本当にあなたに感謝していたのだと思います。その鳥にどんな意味があるのかはわたしにもわかりませんけれど、手渡ししてほしいとまでわたしに頼んだのですから、よほどあなたに、それを貰(もら)っていただきたかったんでしょう」

「綺麗(きれい)な作品ですね」

麻生は小綬鶏にまた目をやった。

「わざわざわたしの為に、作ってくださったんでしょうか」

「そうだと思います。緩和ケアに入る前、義晴は夢中でいくつかの作品を仕上げていました。ほとんどは信楽に送ったようで、お世話になった方々への御礼だったのだと思います。けれどその鳥は、実家の庭の仕事場に残されていました。箱のあて書きも義晴の字です」

橋本は、冷めてしまったコーヒーにまた口をつけてから言った。

「お忙しいのに、今日は本当にありがとうございました。義晴の遺言を実行することができて、わたしもほっといたしました」

橋本は立ち上がり、深く頭を下げた。麻生も慌てて立ち上がろうとしたが、橋本が手の仕草でそれを止めた。

「もうお会いすることもないかと思います。義晴は無事に、向田の家の墓に入りました。あんなことがあった上に最後は病に倒れて、思うようにはならなかった人生でしたが、最期が満ち足りていたと思えることが、家族にとっては幸いでした。麻生さんも、どうかお元気でお暮らしください。警察官として、充実した人生をおくられますよう、お祈りしております」

橋本が店を出て行く背中を見送り終えると、麻生は鳥を箱に戻し、風呂敷を包み直した。

夏の気配が濃い、五月の終わり。そろそろ梅雨入りだろうか。空気が少し湿って感じられるが、風は爽やかだった。昼飯を食べてから帰るつもりでいたが、まだ腹が減らない。少し歩きたくなった。繁華街は避けたくて、足は自然と新宿御苑に向かっていた。

入園料を取られるのか、と少し躊躇ったが、ここまで来たのだからと園内に入る。

新緑の中を歩き、適当なベンチに腰をおろした。

警察官としての充実した人生。橋本に祈ってもらっても、自分がそれをおくれるのかどうか、麻生には自信がない。本庁の捜査一課は、独特のエリート意識と激しいライバル心を隠そうともしない刑事たちで溢れている。皆、自分は「選ばれた刑事」だという自負があるように思える。

風呂敷包をほどいて、膝の上に箱を置いた。

小綬鶏。いったいなぜ、向田義晴はこれを自分に遺したのだろうか。

あ？

思い出した。そうだ、逮捕の後、俺は原町田署に呼ばれたんだ。逮捕時の状況を詳しく説明してほしいと。

向田の取り調べも送検も、原町田署の強行犯係が行い、交番勤務だった麻生は携わっていない。だが一度、署に出向いて逮捕時の状況を説明したことがあった。その時に、向田に会った。向田は素直に自供していたらしいが、殺意は否定していた。殺意があったかなかったかは、量刑に大きく影響する。だが麻生は、向田には殺意はなかった、と感じていた。向田はホテルを出て来た二人に襲い掛かったが、男に刃物は向けていない。被害者のバッグを刺したが、その後、被害者の首に腕をまきつけて被害者が動けなかったにもかかわらず、ナイフを使おうとしなかった。

向田は、自分の怒りを被害者に知ってほしかったのだ。怒りと絶望とを。どれほど被害者のことが好きだったのか、その気持ちを。裏切られることの辛さを。もちろん、それでもあの行為は殺人未遂だ。本人が殺意を否定しても。向田に同情する気持ちはなかった。

「ちょっと話してやってくれ」

原町田署の刑事に言われて、取調室に入った。

「なんか、あんたに言いたいことがあるらしい」

麻生は、思い出した。そう言われて取調室に入り、向田の前に座ったのだ。いったい何を言いたいのだろう。恨み言でも言われるのだろうか。

麻生の顔を見た瞬間、向田義晴は笑顔になった。温かい笑顔だった。

「ご迷惑をおかけしました」

向田は座ったまま頭を下げた。

「罪は償います」

「……なんにしても、未遂で済んで良かったです」

「はい。あなたのおかげです」

「いや、わたしは」

「ほこり、払ってくれましたよね」

「え？」

「あなたが手錠をかけて、俺を立ち上がらせた時」

よく覚えていなかったが、向田のズボンがひどく汚れていて、何も考えずに軽く汚れを払ってやったような気がする。

向田は言った。

「あいつが駅の方に向かって駆け出して、良かったです。あなたに逮捕されて、良かった。あなたは仕事で俺を投げ飛ばし、逮捕した。でも俺のことを人として扱ってくれた。俺は悪いことをしたから逮捕された。きっと刑務所に入る。だけど、俺はあなたのおかげで、世の中を逆恨みしなくて済みます。悪かったのは俺自身だと、納得できました。あなたは警察官として、するべきことをした。でも……俺を憎んではいない。そう思っていいですよね？」

俺は、なんと答えたんだったっけ。

麻生は記憶を懸命に辿ったが、結局、自分が何と返事をしたのか正確に思い出すことはできなかった。向田が何を言わんとしていたのか、それがよくわからなくて、正しい答えが何なのか咄嗟に見つけることができなかったのだ。

ただ、あの時も今も、ただの一度も、向田義晴を憎んだことはない。

そうだ。自分は、正義の為に警察官になったわけではない。そして、悪を憎むと言い切る自信もない。

ただ、ズボンの汚れを払ってやっただけだ。たったそれだけのことで、向田は人生の最期まで、俺を憶えていた。

警察官とは、何なのだろう。道を踏み外してしまった者にとって、自分を逮捕する警察官とは、どういう存在なのだろう。

軽い目眩を感じた。この先、定年まで三十年以上ある。自分は本当に全うできるのだろうか。警察官人生を。

＊

「なんの話だ？」

久しぶりに聞く及川の声は、なんだか以前よりも軽やかだった。

「鳥がなんだって？」

「あんた、詳しいだろう、鳥」

「詳しいのは俺じゃねえよ。相方だ」

及川の新しいパートナーはカメラマンだった。新居に越して間もなく、どこかのゲイバーで知り合った男と同居を始めた。正直に言えば、麻生は安堵していた。及川は、学生時代からの自分との歪んだ関係に、綺麗さっぱり、別れを告げたのだ。一度決心したらもう揺らがない。それが及川という人間だった。

その及川から、鶴が空を飛んでいる写真のついた葉書が届いた。写真の隅にパートナーの名前のクレジットがあった。葉書は転居通知で、余白に、遊びに来い、と書いてあった。麻生はそれを見て及川に電話をしたのだ。

「鳥の写真じゃ食えないんで、雑誌社で仕事してるんだけどな、本当は鳥だけ撮っていたいんだとさ」

「今、そこにいる？」

「ああ、いるよ。鳥のことなら直接訊いてみろよ」

及川のパートナーの声は、意外に渋かった。若い男なのかと思っていたが、もしかすると及川よりも年上かもしれない。

自己紹介を交わしてから、麻生は用件を伝えた。

「小綬鶏ですか。雉の仲間ですが雉よりは小型で、色は」

「小綬鶏は見たことがあります。八王子の伯父の家で、庭に勝手に入り込んでました。確か、飛べないんですよね」

「あ、いえ、飛べますよ。ただ、滅多に飛ばないと思います。飛翔力も強くはないです。でもクイナのように飛べない鳥ではないんです。小綬鶏が飛んでいるのを撮った写真も、見たことがあります」

「……飛べるんですか」

「あまり知られていませんよね。おそらくほとんど飛ばずに生きていると思いますから。臆病な鳥なので、すぐに藪に隠れてしまうんです。空を飛ぶよりも藪に隠れることで危険から逃れている鳥です。外来種で、大正時代に持ち込まれて野に放たれたそうです。雑食で、木の実や草、昆虫なんかも食べます。たまに畑で苗をついたりもするようですが、基本的には大人しくて人に悪さをしない鳥ですよ。飛べない鳥というよりは、飛べるのに飛ばない鳥、ですね。あ、そうだ」

　電話の向こうで、相手が笑った。

「小綬鶏は、純くんや麻生さんとはあながち縁がないわけじゃないな。実は、小綬鶏には別名があるんですよ」

「別名？」

　相手はまた笑って言った。

「警官鳥、です」

「……ケイカン……」

「警察官の警官、です。一説には、小綬鶏の鳴き声がね、ちょっと来い、ちょっと来い、と聞こえるんだそうです。それで警官鳥。今はそうでもないんでしょうが、戦前は警察官って、威張っていたんでしょうね。誰彼構わず、おい、ちょっと来い、って。だけど僕にはそうは聞こえないけどなあ。センダイムシクイって鳥なんか、焼酎一杯ぐい〜、と鳴くと言われてますが、僕には、ちょちゅよ、ちょちゅよ、ぐいー、としか聞こえない。焼酎はともかく、どの辺が一杯なのか……」

電話を切ってから、麻生はベッドを背に床に座り、箱から取り出した小綬鶏を眺めた。

飛べるのに飛ばない、警官鳥。

向田は、これを作っている時に、何を思っていたのだろう。

鷲でも鷹でもなく、小綬鶏に過ぎない、警官鳥。だが向田は決して、そう揶揄したかったわけではないと思う。向田は、この鳥を愛情こめて作ったのだ、と思えるのだ。

陶器の小綬鶏は、美しく愛らしく、とても生き生きとしている。

一人くらいは、あなたのような警察官がいてもいいですよね。悪人を憎まない警察官が。

向田の声が聞こえるような気がした。もちろん、気のせいだ。

鷲にも鷹にもならずに警察官を続けていくことなど、きっと、できない。


電話が鳴った。

「麻生か。すぐ来い」

上司の柏木(かしわぎ)係長だった。

「杉並(すぎなみ)で殺しだ。まだマスコミにも出てない。機捜に続いて俺たちの班がヤマに入る」

「了解しました」

麻生は立ち上がった。小綬鶏をテレビの上に置く。

殺人事件。本庁刑事になって、初めての臨場だった。

解説

沢野いずみ（作家）

柴田さんの作品の魅力とは何か。

それはテーマか。描写か。スリルか。人間模様か……これは人の感性によってまったく異なり、それぞれが正解であると思う。人間の興味を引く分野は多種多様で、一人一人違い、それがまた人の興味深いところだ。誰一人として同じ人間は存在しない。

しかし、あくまで私自身が柴田さんの作品の魅力を語らせてもらうのなら、彼女の作品の殊更面白いところは、その個性的なキャラクターたちである。

小説に限らず、漫画やアニメ、ゲームや映画などに登場する人物の中で、特に主人公というものはどこか綺麗な存在で描かれることが多い。真面目で、優しく、正義感にあふれており、他者を思いやる。そうした清廉潔白な主人公は万人に好かれやすく、描きやすく、読者だけでなく作者からしてもありがたい存在だ。陰のある主人公もいるが、多くは綺麗さを残している。

しかし柴田さんの作品の登場人物はどうだろうか。

この作品の主人公でもある麻生龍太郎が登場する『ＲＩＫＯシリーズ』。その主人公である村上緑子。彼女は悪人ではない。しかし、清廉潔白かと言われると、首を縦に振るのを躊躇ってしまう。彼女はとても有能な刑事だが、自身の上司と浮気をし、同僚と関係を持ち、さらにはある女性とも肉体関係があった。しかし、緑子はただ性に奔放なだけなのか？

いや、そうではない。　彼女はそのときそのときをひたむきに生き、感じ、悩み、愛していた。この緑子という女性がいてこそ、性愛とは何か、友情とは何か、正義とは何か、男と女とは何か、普通とは何か、生きるとは何か、自分とは何か、を深く考えさせられるのだ。

そう、人間というものを、社会というものを、深く考えさせられるのだ。

そして本作、『所轄刑事・麻生龍太郎』の主人公、麻生龍太郎は『ＲＩＫＯシリーズ』の二作目からの登場であり、『聖なる黒夜』で山内練との愛憎劇を繰り広げた、未だに人気の衰えないキャラクターだ。

彼の魅力とは何か？

麻生は個性的なキャラクターが登場する『ＲＩＫＯシリーズ』の中ではどこか印象が薄くなってしまいそうだが、決して忘れることができない人物である。人を愛することに臆病でありながら、どこか隙がある。自分の内側に踏み込まれることを嫌がり、

『透明で弾力のある強靭な壁』を築いてしまう男だ。そして彼は男も女も愛し、男も女も魅了してしまう、そんな人間だ。

刑事としての腕も確かで、彼は勘だけを頼りに歩かない。黙々と聞き込みをし、情報を収集し、証拠を揃える。そうしてついた渾名は『石橋の龍さん』である。石橋を叩いても渡らないと笑われることはあれど、彼はその姿勢を崩さず、慎重に捜査する刑事だった。それは彼が刑事を辞めて探偵になっても変わらない。彼の本質的な部分なのだろう。

さて、今皆様が手に取っている『所轄刑事・麻生龍太郎』は、そんな彼がまだ新米刑事だった頃の話である。

この作品の麻生は、白バイ隊員になれないことにちょっとがっかりしている若者である。夢に未練があり、まだ『石橋の龍さん』になりきっておらず、若さゆえの葛藤が見られる。

本作は短編連作でありながら、そのひとつひとつの事件での麻生の成長と為人が感じられる。

はじめの事件は大きなものではない。ありふれた、よくありそうな事件だ。

玄関先の植木が壊される。人間に被害はない、軽い事件。たかが花ではないか。そう思っていた麻生だが、聞き込みをしながら、人々の声を聞き、そして実感するのだ。

どんな小さな事件でも、関わった人間はすべて泣くのだ。

被害者も、加害者も。

刑事としてそうしたことを学んでいき、成長していく麻生。彼は穏やかな性格で、決して怒鳴らない。取り調べも、優しく語り掛ける。作中大きな声を出すことはあるが、それも子供を助けるためのものだ。彼に激しさはない。だけれどそれがいいところなのだ。それが麻生に多くの人が引き付けられる魅力でもあるのだろう。

刑事としての仕事には本人なりに戸惑いがありながらも、順調に出世していた。作中で彼は所轄刑事から本庁刑事になっている。所轄との違いに戸惑いながら、刑事という職業が自分に務まるのか、彼は悩む。

今回、『所轄刑事・麻生龍太郎』の二次文庫化にあたり、短編が一つ追加された。内容自体は大きな事件が起こるでもない、日常の話だ。だが、私はこの話にこそ麻生らしさが詰まっていると思っている。

所轄から本庁に異動になったばかりで戸惑っていた麻生は、ある事件で逮捕した人物の姉から遺品を譲り受ける。ある鳥の焼き物だ。

麻生は考える。彼はなぜこれを自分に遺したのか。

このときの麻生は新しい仕事場に配属されたばかり。そして悩み多い若者だ。新しいやり方に馴染めるか？　このまま警察官を続けられるのか？　自分に自信もなければ、かといって何か他にやりたいことがあるかと言えば何も出てこない。いろいろ悩んで思考の沼にずぶずぶと浸かってしまうのである。そしてその沼に嵌(はま)って悩む姿が実に人間らしく、親近感と、愛おしさを感じるのだ。

麻生は穏やかな性格だ。本庁刑事は皆誰もがきびきびしていて、プライドという鎧(よろい)を身に纏(まと)い、出世欲を隠さない。しかし麻生にはそれがない。犯人に高圧的に接することもなく、ただ静かに真実を明らかにしようとする。麻生は一方的に犯人が悪いとは決めつけない。彼らを人として見ている。麻生自身はそんな自分では警察官など続けていけない、と考えているが、そんなことはない。ある事情から彼は結局警察官を辞めることになるが、私は彼が実に警察官らしい警察官であったと思う。

他の本庁刑事のような激しさはないながらも、切実で、慎重で、臆病な刑事だった。だがそれがいけないことか、他と違うのは駄目なことかと言えば、そんなことはない。そんな刑事がいてもいいではないか。それで救われる人がいる。そしてそれが麻生らしさなのだから。

さて、そんな刑事生活を過ごしている麻生だが、私生活はどうかと言えば、うまくいっているとは言えなかった。彼は臆病だった。踏み込むこともできなければ、踏み込ませることもできなかった。

麻生には男の恋人がいる。だが、麻生は男性だけを愛するのではなく、女性も愛することができた。所謂（いわゆる）バイセクシャルだ。そんな麻生はどちらも愛せるからこそ葛藤している。男を愛し、そうした人生を歩むことを躊躇ってしまう。

それが本当に幸せなのか？　それとも、それは幸せではないのか？

彼は思い悩む。普通になりきれない自分に。そして勇気のない自分に。

麻生は結婚して子供を作る自分が想像できない。だけど、男の恋人と一緒に暮らすことも選べず、どっちつかずの人間であることに苦しんでいた。

人間、人生の分岐点には悩むものだが、『ＲＩＫＯシリーズ』はそこに性への考え方、生き方が入ってくるので、奥深い。同性愛、異性愛、またはその両方を愛せるバイセクシャル……。それらを受け入れられるかどうか。どう向き合っていくのか。

今でこそそうした同性愛やトランスジェンダー……俗に言うＬＧＢＴなどに対する考え方も浸透し、社会的に理解が深まっているが、『ＲＩＫＯシリーズ』一作目が出たときはまだ受け入れがたい社会であったはずだ。そもそもその概念自体よくわからない、性的マイノリティな人間がいるということも理解できずにいる人間も多かっただろう。そんな中、臆することなくその問題を主軸に盛り込み、書ききった柴田さんはさすがである。しかも脇役のキャラクターで表すのではなく、主人公にそうした要素を取り入れ、より読者に深く考えさせようとする手法はなかなかできるものではない。

私は彼女の作品を読むと思う。

「普通って何？」

異性を愛することが普通なのか。道を外れない生き方をしたら普通なのか。和を乱さないことが普通なのか。

ならばその普通に、自身の幸せはついてくるのか。

麻生も悩んでいる。おそらく、普通から外れてしまいそうな自分を。そしてそれを受け止めきれない自分を。幸せがわからない自分を。

この短編連作の事件の犯人も、初めは普通の平凡な人生を歩んでいたはずだ。しかし、どこかでつまずき、引っかかってしまった。そして越えてしまうのだ、大事な一線を。

この大事な一線……しかし、これは意外と簡単に飛び越えられてしまうのだろう。小さな線だろうが、大きな線だろうが。そして一度越えた人間は、そのまま突き進んでしまう。そして暗い道を闇雲に走り、どんどんぬかるみに嵌ってしまうのだ。

刑事ものは大体事件が起こった後が描かれる。被害者が出てしまった後だ。つまり一線を越えてしまった人間を捕まえなければいけない。

事件の数だけ理由がある。そして柴田さんのミステリはそんな犯人側、被害者側の内面までもさらけ出していく。平凡な母親が薬物に手を出す。恋に生きた若い女性が恋のせいで死んでしまう。富裕層の女性が一気に転落してしまう。大きなきっかけであったり、少しの悪意であったり……。多種多様な事件を短いながらに見事に書き切っているのが、この作品だ。

読んだあと、ホッとするのともまた違う、不思議な読了感に満たされる。難問を解いた後のようなすっきり感か、明け方の太陽を見たようなぬくもりか。それは読んだ人によって感じ方は違うだろう。

私はこれからもその感覚を忘れず、心待ちにしたいのである。

本書は、二〇〇九年八月に新潮文庫にて文庫化された作品を加筆修正し、特別書き下ろしとして「小綬鶏」を加えて再文庫化しました。

所轄刑事・麻生龍太郎

柴田よしき

令和4年 7月25日 初版発行

発行者●堀内大示

発行●株式会社KADOKAWA
〒102-8177 東京都千代田区富士見2-13-3
電話 0570-002-301(ナビダイヤル)

角川文庫 23247

印刷所●株式会社暁印刷
製本所●本間製本株式会社

表紙画●和田三造

●お問い合わせ
https://www.kadokawa.co.jp/（「お問い合わせ」へお進みください）
※内容によっては、お答えできない場合があります。
※サポートは日本国内のみとさせていただきます。
※Japanese text only

ISBN 978-4-04-112532-8 C0193

◇◇◇

角川文庫発刊に際して

角　川　源　義

第二次世界大戦の敗北は、軍事力の敗北であった以上に、私たちの若い文化力の敗退であった。私たちの文化が戦争に対して如何に無力であり、単なるあだ花に過ぎなかったかを、私たちは身を以て体験し痛感した。西洋近代文化の摂取にとって、明治以後八十年の歳月は決して短かすぎたとは言えない。にもかかわらず、近代文化の伝統を確立し、自由な批判と柔軟な良識に富む文化層として自らを形成することに私たちは失敗して来た。そしてこれは、各層への文化の普及滲透を任務とする出版人の責任でもあった。

一九四五年以来、私たちは再び振出しに戻り、第一歩から踏み出すことを余儀なくされた。これは大きな不幸ではあるが、反面、これまでの混沌・未熟・歪曲の中にあった我が国の文化に秩序と確たる基礎を齎らすためには絶好の機会でもある。角川書店は、このような祖国の文化的危機にあたり、微力をも顧みず再建の礎石たるべき抱負と決意とをもって出発したが、ここに創立以来の念願を果すべく角川文庫を発刊する。これまで刊行されたあらゆる全集叢書文庫類の長所と短所とを検討し、古今東西の不朽の典籍を、良心的編集のもとに、廉価に、そして書架にふさわしい美本として、多くのひとびとに提供しようとする。しかし私たちは徒らに百科全書的な知識のジレッタントを作ることを目的とせず、あくまで祖国の文化に秩序と再建への道を示し、この文庫を角川書店の栄ある事業として、今後永久に継続発展せしめ、学芸と教養との殿堂として大成せんことを期したい。多くの読書子の愛情ある忠言と支持とによって、この希望と抱負とを完遂せしめられんことを願う。

一九四九年五月三日

角川文庫ベストセラー

サハラの薔薇
下村敦史

エジプトで発掘調査を行う考古学者・峰の乗るパリ行き飛行機が墜落。機内から脱出するとそこはサハラ砂漠だった。生存者のうち6名はオアシスを目指して砂漠を進み始めるが食料や進路を巡る争いが生じ⁉

騙し絵の牙
塩田武士

『罪の声』の著者が、大泉洋を小説の主人公に〝あてがき〟し話題沸騰。雑誌編集長の速水は雑誌廃刊の可能性を告げられ、組織に翻弄されていく。交錯する邪推、画策、疑惑。次第に彼の別の顔が浮かび上がり……。２０１８年本屋大賞ランクイン作。

悪い夏
染井為人

生活保護受給者（ケース）を相手に、市役所でケースワーカーとして働く守。同僚が生活保護の打ち切りをネタに女性を脅迫していることに気づくが、他のケースやヤクザも同じくこの件に目をつけていて――。

正義の申し子
染井為人

ユーチューバーの純は会心の動画配信に成功する。悪徳請求業者をおちょくるその配信の餌食となった鉄平は、純を捕まえようと動き出すが……出会うはずのなかった2人が巻き起こす、大トラブルの結末は？

クレシェンド
竹本健治

ゲームソフトの開発に携わる矢木沢は、ある日を境に激しい幻覚に苦しめられるようになる。幻覚は次第に進化し古事記に酷似したものとなっていく。『涙香迷宮』の鬼才・竹本健治が描く恐怖のメカニズム。

角川文庫ベストセラー

ヘブンメイカー　恒川光太郎

"10の願い"を叶えられるスターボードを手に入れた者は、己の理想の世界を思い描き、なんでも自由に変えることができる。広大な異世界を駆け巡り、街を創り、砂漠を森に変え……新たな冒険がいま始まる！

異神千夜　恒川光太郎

数奇な運命により、日本人でありながら蒙古軍の間諜として博多に潜入した仁風。本隊の撤退により追われる身となった一行を、美しき巫女・鈴華が思いのままに操りはじめる。哀切に満ちたダークファンタジー。

無貌の神　恒川光太郎

万物を癒す神にまつわる表題作ほか、流罪人に青天狗の面を届けた男が耳にした後日談、死神に魅入られた少女による77人殺しの顚末など。デビュー作『夜市』を彷彿とさせるブラックファンタジー！

滅びの園　恒川光太郎

突如、地球上空に現れた〈未知なるもの〉。有害な不定形生物プーニーが地上を覆った。プーニー災害対策課に志願した少女・聖子は、滅びゆく世界の中、いくつもの出会いと別れを経て成長していく。

君の想い出をください、と天使は言った　辻堂ゆめ

悪性の脳腫瘍で病院に運ばれた夕夏。夜中に泣いていると謎の男が現れ「大切なものと引き換えに命を助ける」と持ち掛けられる。翌朝、腫瘍は良性に変わっていたが夕夏からはここ2年間の記憶が消えていて——。

角川文庫ベストセラー

角川文庫ベストセラー

警視庁SM班Ⅰ
シークレット・ミッション
富樫倫太郎

警視庁捜査一課に新設された強行犯特殊捜査班。そこは優秀だが組織に上手く馴染めない事情を持った刑事6人が集められた部署だった。彼らが最初に挑むのは女子大生の身体の一部が見つかった猟奇事件で――！

警視庁SM班Ⅱ
モンスター
富樫倫太郎

若い女性の人体パーツ販売の犯人は逮捕された。だが事件に関係した女性たちが謎の失踪を遂げ、班長の薬寺までもが消えてしまう。まだあの事件は終わっていないというのか？　個性派チームが再出動する！

脳科学捜査官 真田夏希
エキサイティング・シルバー
鳴神響一

キャリア警官の織田と上杉の同期である北条直人が失踪した。北条は公安部で、国際犯罪組織を追っていたという。北条の身を案じた2人は、秘密裏に捜査を開始するが――。シリーズ初の織田と上杉の捜査編。

脳科学捜査官 真田夏希
ストレンジ・ピンク
鳴神響一

神奈川県茅ヶ崎署管内で爆破事件が発生した。捜査本部に招集された心理職特別捜査官の真田夏希は、SNSを通じて容疑者と接触を試みるが、容疑者は正義を掲げ、連続爆破を実行していく。

脳科学捜査官 真田夏希
エピソード・ブラック
鳴神響一

警察庁の織田と神奈川県警根岸分室の上杉。二人には、決して忘れることができない「もうひとりの同期」がいた。彼女の名は五条香里奈。優秀な警察官僚だった彼女は、事故死したはずだった――。